Aquí todos mienten

Shari Lapena

Aquí todos mienten

Traducción de
Jesús de la Torre Olid

Papel certificado por el Forest Stewardship Council®

MIXTO
Papel | Apoyando la
silvicultura responsable
FSC® C117695

Penguin
Random House
Grupo Editorial

Título original: *Everybody Here is Lying*

Primera edición: enero de 2024

© 1742145 Ontario Limited
© 2024, Penguin Random House Grupo Editorial, S. A. U.
Travessera de Gràcia, 47-49. 08021 Barcelona
© 2024, Jesús de la Torre Olid, por la traducción

Printed in Spain – Impreso en España

ISBN: 978-84-9129-957-8
Depósito legal: B-19.415-2023

Compuesto en Mirakel Studio, S. L. U.

Impreso en Rodesa,
Villatuerta (Navarra)

SL 99578

Para Julia

1

No dicen nada mientras William la acompaña hasta su coche, aparcado detrás del motel; nunca dejan los coches delante, donde los podrían reconocer. Nadie sabrá jamás que han estado aquí. Al menos, eso es lo que se han estado diciendo cada vez durante los últimos meses, desde que la llama de su aventura prendió y empezó a avivarse. Pero ahora, se ha extinguido de repente. Por ella. Él no se lo esperaba.

Se habían visto en su motel habitual de las afueras de la ciudad, donde nadie los conoce. Está en la autopista principal. Tenían que ser discretos. No podían verse en sus casas porque los dos están casados y, según parece, ella quiere seguir estándolo. Hasta hace media hora, él no había tenido que pararse a pensar en ello. Siente como si le hubiesen puesto una zancadilla y todavía no hubiera recuperado el equilibrio.

Se detienen junto al coche de ella y él se inclina para besarla. Ella aparta la cara. Le invade la desesperación y el desaliento al darse cuenta de que está decidida. Él se gira rápidamente y se aleja, dejándola ahí, con las llaves en la mano. Cuando llega a su coche, la mira, pero ella ya está poniendo el motor en marcha y se aleja a toda velocidad, como si así dejara claras las cosas.

Él se queda ahí, perdido, viendo cómo se va. Hoy había algo en ella que le parecía distinto. Él siempre llegaba el primero al motel, se registraba, pagaba en metálico, cogía la llave y le enviaba un mensaje con el número de la habitación. Hoy, cuando ella ha llamado a la puerta y ha entrado, ha tirado de él y le ha besado con más ansia de lo habitual. No se han dicho nada. Se han arrancado la ropa el uno al otro igual que siempre, han hecho el amor igual que siempre. Después, ella suele quedarse con la cabeza sobre el pecho de él, escuchando sus latidos, según decía. Pero hoy se ha sentado apoyada en el cabecero y ha dejado la mirada fija al frente, mirándolos a los dos en el espejo de la cómoda. Ha tirado de las sábanas hacia arriba para cubrirse los pechos. También muy poco propio de ella.

Ya no le escuchaba los latidos.

—Tenemos que acabar con esto —ha dicho.

—¿Qué? —Él la ha mirado, sorprendido, y, a continuación, se ha incorporado para quedarse sentado junto a ella—. ¿Qué estás diciendo? —Se ha quedado mirándola. Qué mujer tan hermosa. Su estructura ósea, su suave pelo rubio y su glamour natural, que evoca al de una antigua estrella de cine. Ha sentido una oleada de alarma.

Ella ha girado la cabeza y, después, le ha mirado.

—William, no puedo seguir con esto. Tengo una familia, debo pensar en mis hijos.

—Yo también tengo hijos.

—Tú no eres madre. No es lo mismo.

—Antes no era un impedimento —ha señalado él—. Hoy no ha sido un impedimento.

Entonces, ella ha parecido enfadarse.

—No hace falta que me lo eches en cara —ha respondido.

Él ha suavizado el tono y ha acercado la mano, pero ella se la ha apartado.

—Nora, sabes que te quiero. —Y ha añadido—: Y sé que tú me quieres.

—Eso no importa. —Había lágrimas en sus preciosos ojos azules.

—¡Claro que importa! —Estaba entrando en pánico—. ¡Es lo único que importa! Me divorciaré de Erin. Tú puedes dejar a Al. Nos casaremos. Los niños se acostumbrarán. Va a salir bien. La gente lo hace continuamente.

Ella se ha quedado mirándole un momento, como si le sorprendiera la propuesta. Nunca habían hablado del futuro; se habían concentrado en el presente. En su placer y en su felicidad inesperada. Por fin, ella ha negado con la cabeza y se ha limpiado las lágrimas de la cara.

—No. No puedo. No puedo ser tan egoísta. Destrozaría a Al y no le puedo hacer eso a mis hijos. Me odiarían. Lo siento.

Después, se ha levantado de la cama y ha empezado a vestirse de nuevo mientras él la miraba incrédulo. Que todo pudiera cambiar tan rápido, de una forma tan radical, sin previo aviso, resultaba desconcertante. Ella estaba ya llegando a la puerta cuando él ha gritado:

—Espera —y ha empezado a vestirse rápidamente—. Te acompaño al coche.

Y eso ha sido todo.

Ahora él está subiendo a su coche para volver por la autopista hacia Stanhope. Son las cuatro menos cuarto de la tarde. Está demasiado enfadado como para volver a su consulta o al hospital. No tiene cita con ningún paciente. Es martes; siempre se reserva la tarde para pasarla con ella. Sin saber qué hacer, decide volver a casa un rato. La casa estará vacía. Michael estará en su entrenamiento de baloncesto y Avery tiene ensayo con el coro después de clase. Su mujer estará trabajando. Tendrá la casa para él solo y está deseando servirse una copa. Después, volverá a salir antes de que llegue nadie a casa.

Su casa está en la parte alta de Connaught, una larga y agradable calle residencial que no tiene salida. Todavía está pensando en Nora cuando pulsa el botón del parasol del coche para abrir la puerta del garaje. Entra y pulsa otro botón para cerrar la puerta tras él. Ella habrá llegado ya a su casa de más abajo en la misma calle, puede que arrepintiéndose de su decisión. Pero no parecía muy dispuesta a cambiar de idea. Se plantea ahora si habrá tenido otros amantes. Nunca se lo ha preguntado. Había supuesto que él era el único. Se da cuenta de que, en realidad, no la conoce en absoluto, pese a que pensaba que sí, pese a que la ama, porque le ha pillado completamente desprevenido.

Mete la llave en la cerradura de la puerta lateral que va del garaje a la cocina. Cree oír un ruido y se detiene. Hay alguien en la cocina. Abre la puerta y se sorprende mirando a su hija de nueve años, Avery, que se suponía que debía estar ensayando con el coro.

Ella se gira y se queda mirándolo. Estaba tratando de coger las galletas de la encimera.

«Joder —piensa él—, ¿es que nunca se puede disfrutar de un momento a solas?». No tiene ahora mismo ninguna gana de ocuparse de su complicada hija.

—¿Qué haces aquí? —pregunta, intentando que no se le note el tono de fastidio, pero le cuesta. Ha sido un día de mierda. Acaba de perder a la mujer que ama y siente como si lo hubiese perdido todo.

—Vivo aquí —contesta ella con sarcasmo. Y le da la espalda para coger las galletas, abre el paquete con un ruido de papel arrugado y mete la mano.

—Pero ¿no se supone que deberías estar ensayando con el coro? —insiste él acordándose de respirar hondo. De no enfadarse. Se dice a sí mismo que ella no está siendo desagradable a propósito, es solo que no puede evitarlo. Es así. No es como el resto de la gente.

—Me han mandado a casa —contesta.

No tiene permiso para volver a casa del colegio sola. Se suponía que tenía que recogerla su hermano mayor; el entrenamiento de baloncesto y el ensayo del coro terminan a la misma hora, a las cuatro y media. Mira la hora en el reloj del horno: las cuatro y ocho minutos.

—¿Por qué no has esperado a tu hermano?

Ella no para de meterse Oreos en la boca.

—No quería.

—No se trata de que *tú* quieras o no —le dice él con tono airado. Ella le mira con recelo, como si notara que está cada vez de peor humor—. ¿Cómo has entrado en casa?

—Sé lo de la llave de debajo del felpudo.

Lo dice como si pensara que es tonto. Él trata de controlar su cada vez peor genio.

—¿Por qué te han mandado a casa? ¿Han cancelado el ensayo? —Ella niega con la cabeza—. Entonces ¿qué ha pasado? —Se descubre deseando que Erin esté ahí para así poder encargarse de esto. Se le da mucho mejor que a él. Empieza a sentir un dolor familiar entre los ojos, se aprieta el puente de la nariz y comienza a moverse, inquieto, por la cocina, limpiando, guardando cosas. No quiere mirarla porque su expresión irreverente le exaspera. Piensa en su padre: «Te pienso borrar esa sonrisita de la cara».

—Me he metido en un lío.

«Hoy no —piensa—. No puedo enfrentarme a esta mierda ahora mismo».

—¿Por qué? —pregunta, mirándola ahora. Ella se limita a quedarse observándolo sin dejar de comer. Y él no puede evitar sentir esa habitual oleada de rabia hacia su hija. Siempre se está metiendo en líos y ya está harto. Cuando era niño, su padre le daba una bofetada cuando se portaba mal y no le ha pasado nada. Pero hoy en día es distinto. La han consentido. Porque los expertos dicen que necesita paciencia y apoyo. Él cree que lo que han hecho ha sido permitir que se convierta en una niña mimada que no conoce sus límites.

—Cuéntame qué ha pasado —dice ahora con un tono de advertencia en su voz.

—No. —Y es ese tono de desafío, como si tuviese la sartén por el mango, como si él no fuera nada y no tuviera ninguna autoridad sobre ella, lo que le saca de quicio. Cruza la cocina con tres largas zancadas, cegado por la rabia. Algo dentro de él se ha roto. Sucede muy deprisa, con más rapidez que el pensamiento consciente. Le da un golpe en el lado de la cabeza, con más fuerza de la que pretendía. Ella cae como una piedra, ya sin la expresión desafiante en su rostro, sustituida por otra de sorpresa y, después, de vacío. Y durante una milésima de segundo, él siente satisfacción.

Pero le dura poco. Se queda sobre ella, horrorizado por lo que acaba de hacer. También está sorprendido por haber hecho algo así. Siente un hormigueo de dolor en la mano. Se dice a sí mismo que solo quería darle una bofetada, para hacerla entrar en razón. No tenía intención de golpearla con fuerza. Se inclina sobre su hija, que está desplomada en el suelo; ella se encoge apartándose de él. Rápidamente, pero con suavidad, la sienta en el suelo, con las piernas por delante y la espalda apoyada en los armarios de la cocina.

—¡Lo siento, cariño! ¡Avery, no quería hacerlo! Lo siento mucho. —Las palabras le salen a toda velocidad y parpadea para contener las lágrimas.

Ella le mira con expresión vacía, ya sin responder. Él siente nauseas por lo que ha hecho. Es un hombre decente. Un médico, no un animal. No es como su padre. Y quiere a su hija, la quiere. ¿Cómo ha podido perder los estribos de esa forma?

—Lo siento mucho. Te compensaré. Avery, te lo prometo. No debería haberlo hecho. Es que… me he puesto furioso. He pasado un día muy malo. Sé que no es excusa. Sabes que te quiero, cariño. Te quiero más que a nada.

Los ojos de ella están un poco vidriosos, pero, por lo demás, parece que está bien. Entonces, gira la cabeza para no mirarle a los ojos.

Él habla con tono suplicante y odia cómo suena.

—Oye, lo siento. Sé que es imperdonable, pero no se lo contemos a tu madre. Ya tiene bastante ahora. —Avery no responde; no piensa hablarle. Él hace una pausa y sigue hablando—: Y no le vamos a contar que has vuelto a casa sola, porque eso la va a enfadar, y ya sabes que te haría pagar las consecuencias. Puedes decir que has venido con un amigo.

Ella no le hace caso y se queda mirando al frente en silencio. Él cree que sí se lo va a contar y que es lo que se merece. Le va a salir un moretón. Supone que podría intentar negarlo. Es imposible predecir a quién va a creer Erin. Su hija cuenta con un historial de mentiras. Él también, pero eso no lo sabe su mujer.

Se pone de pie y se aparta de Avery. Tiene que salir de aquí, alejarse de la escena de lo que acaba de hacer. Le inunda una sensación de autodesprecio. Puede sentir el reproche de su hija, se la imagina calibrando. Ya tiene algo para usar en su contra. Un paso más hacia el final de su matrimonio. Se da la vuelta y vuelve a salir al garaje.

Pero cuando llega al coche y saca las llaves, vacila.

2

Nora llega a casa a eso de las cinco menos cuarto. Ha estado haciendo unos recados después de dejar a William en el motel, para así poder justificar su ausencia. Faith está entrenando al fútbol y debería llegar pronto a casa. Ryan ha debido salir; su coche no está en la entrada. Su marido, Al, no llegará a casa hasta las seis, más o menos. No tiene tiempo para darse una ducha y quitarse el olor de William. El olor de lo que han hecho juntos. ¿Cómo explicaría estar dándose una ducha por la tarde si, de repente, llegara Ryan a casa? Se decide por limpiarse con una toalla en el lavabo del baño.

Se echa a llorar. Había que hacerlo. Se dice a sí misma que no importa cuáles sean sus sentimientos. Debe ser consecuente con las decisiones que ha tomado. Es fuerte y debe superarlo. Pero no va a resultar fácil. Está enamorada de William. Ahora sabe que nunca ha estado enamorada de su marido, ni siquiera al principio. Al y ella se habían querido antes, pero nunca hubo entre ellos una pasión verdadera. No como la que tiene con William. Tenía.

Solo tiene cuarenta y dos años. Todavía conserva una buena figura y un buen aspecto. No es tan deslumbrante como lo era veinte años atrás, pero aún despierta miradas cuando entra en una habitación. No puede evitar haberse enamorado de William, un médico atractivo y encantador, ni sentirse todavía deseada. Pero sí puede cambiar su forma de actuar. Puede dejar de verle. Es demasiado arriesgado. Ha sido una egoísta. Sufrirían demasiadas personas si les descubrieran: su marido y sus hijos. La mujer de William y sus hijos. No quiere ser la causa de todo ese dolor. Tendrá que dejar su voluntariado en el hospital. Va a ser incapaz de verlo allí después de esto.

La impulsiva proposición de William de que dejaran a sus respectivas parejas y se casaran ha sido toda una sorpresa. ¿Lo habrá dicho de verdad? Nunca se le había ocurrido esa posibilidad, pero, aunque lo haya dicho de verdad, está fuera de toda discusión. Sus hijos, Faith y Ryan, jamás se lo perdonarían, y ellos lo son todo para ella. No, no puede arriesgarse a perderlos.

Ha hecho bien en ponerle fin. Ha sido un milagro que no los descubran. Nadie debe saberlo jamás. Le preocupaba mucho que se le notara que se sentía más joven, más guapa, más feliz, más viva durante estos últimos meses. Ha tratado de ocultarlo. Tenía que ponerle fin ya, antes de que alguien se diera cuenta. Antes de que Al se diera cuenta…, si es que todavía no lo ha hecho. Últimamente ha estado más callado de lo habitual, más distante. Pero quizá le pase algo en el trabajo. ¿Cómo iba a saber lo de ella con William? Han sido muy cuidadosos.

Michael está sudando después del entrenamiento de baloncesto. El entrenador está hoy claramente encantado con él y eso hace que se sienta radiante. Quiere contarles a sus padres lo que ha dicho hoy el entrenador sobre su forma de jugar. En el vestuario, se seca con la toalla que ha sacado de su bolsa de deporte. Se quita los pantalones de baloncesto y se pone los del chándal y la sudadera que lleva en la bolsa. Es casi mediados de octubre y hace frío en la calle. Se despide a regañadientes de sus amigos, que salen juntos del colegio, y desea poder irse con ellos y disfrutar un poco más de formar parte del equipo. Pero se da la vuelta y avanza por los pasillos en dirección a la sala de música que está al otro lado del colegio para recoger a su hermana pequeña. Le fastidia tener que hacer esto cada martes. ¿Por qué no puede su madre salir antes del trabajo un día a la semana para recoger a Avery? Piensa en lo incordio que es. Él tiene ya doce años, está en sexto y quiere estar con sus amigos. No mola nada tener que volver a casa con su hermana pequeña. Se pregunta qué estarán diciendo sus amigos, qué se estará perdiendo.

Rodea la última esquina hasta el pasillo de la sala de música. Su hermana no está sentada en su lugar habitual del banco del pasillo con la mochila al hombro y arrastrando impaciente los pies contra el suelo mientras le espera. Asoma la cabeza dentro de la sala y, a continuación, entra. La profesora de música, la señorita Burke, levanta los ojos y le sonríe. Le recuerda. Él también estuvo en el coro hasta que lo dejó por el deporte. Él mira por la sala, pero Avery no está.

—¿Buscas a tu hermana? —pregunta la señorita Burke.

—Sí —asiente él.

—Me temo que he tenido que enviarla a casa. Estaba muy alborotadora.

Michael se viene abajo. Otra vez no. Normalmente, cuando Avery se mete en líos, sus padres discuten. Avery les absorbe toda la energía; apenas parecen darse cuenta de que él está. Últimamente, Michael tiene que hacer algo muy espectacular para llamar su atención. Avery solo tiene que portarse mal, cosa que hace a todas horas, mientras que él saca buenas notas con discreción, entrena con el equipo de baloncesto y corta el césped sin protestar. No es justo.

—Se supone que no debe ir a casa sola —le dice a la profesora de música.

Una expresión de preocupación atraviesa el rostro de la señorita Burke.

—Debería haberte esperado —contesta ella—. Si es eso lo que tenéis acordado.

Michael sale de nuevo de la sala de música y vuelve a recorrer sus pasos por los pasillos vacíos del colegio. Se desanima aún más; la alegría por los elogios de su entrenador ha desaparecido. Ahora Avery sí que se ha metido en un buen lío. A sus padres no les va a gustar que haya vuelto a casa sola. ¿Qué se suponía que podía hacer él? Estaba en el entrenamiento de baloncesto. No lo sabía. Ahora él también está enfadado con ella.

Va a casa solo, deprisa, con la cabeza agachada, consciente de que esta noche todos van a estar de mal humor. A nadie le va a importar que el entrenador piense que ha jugado muy bien. Normalmente, es un trayecto de veinte minutos con Avery, pero lo hace en quince. Cuando llega a casa, la puerta de delante está cerrada con llave, lo cual es una novedad. Saca su llave y abre la puerta. Su madre llegará pronto a casa, sobre las cinco y media. Se le ocurre entonces que Avery y él pueden decir que han vuelto juntos a casa. O no decir nada. Su madre no tiene por qué saber que Avery se ha metido en un lío ni que ha vuelto a casa sin él. Resulta tentador. Pero ¿y si la señorita Burke llama a su madre? ¿Debería correr el riesgo? Se van a poner furiosos si se enteran y él no les ha contado nada. Nunca antes les ha mentido.

Michael se dirige de inmediato a la cocina mientras llama a su hermana.

—¡Avery! ¿Dónde estás? —Se detiene en la cocina, pero no hay rastro de ella. Si Avery estuviera en casa, su mochila estaría en el suelo. Preocupado, recorre la planta inferior de la casa, buscándola—. Mierda —murmura. Después, levanta la voz—: Avery, ¿dónde estás? —Sube las escaleras hasta la primera planta, de dos en dos, y mira en el dormitorio de ella. No está. Mira en el suyo. Muchas veces, su hermana fisgonea entre sus cosas. Pero tampoco está ahí. Está empezando a preocuparse de verdad. No está en el dormitorio de sus padres, en el despacho ni en ninguno de los baños. Tampoco en el garaje vacío. No está en el sótano. El corazón le late ahora con fuerza después de haber estado recorriendo la casa a toda velocidad, y también por el miedo. Ella es su responsabilidad, y no sabe dónde está. Abre las puertas correderas del comedor que dan al patio de atrás y la llama por el jardín. Pero nadie responde. Atraviesa el jardín hasta la valla trasera, se da la vuelta y levanta los ojos hacia el tejado. Ya se ha subido allí otras veces. Pero no la ve. Ahora sí que está asustado. No ha vuelto a casa. ¿Dónde narices está? Podría estar jugando en el bosque que hay detrás de la casa. Podría estar en cualquier sitio.

Se saca el móvil del bolsillo del chándal. Avery solo tiene nueve años y no tiene móvil. Llama a su madre.

—Sí, cariño, ¿qué pasa? —Por su voz, su madre parece ocupada. ¿Cuándo no lo está?

Traga saliva.

—Eh... Avery no está aquí.

—¿Qué quieres decir con que no está ahí? —Su madre habla con tono agudo—. ¿Dónde estás?

Ahora va a tener que contarle la verdad.

Erin Wooler cierra los ojos mientras escucha a su hijo. Un momento después, se dirige todo lo rápido que puede hacia la salida del despacho. Ha pronunciado en voz baja las palabras «emergencia familiar» mirando a su jefe, que, con un gesto de asentimiento, le ha dado permiso para marcharse.

—Que no cunda el pánico —le dice a su hijo de doce años—. Probablemente haya ido a ver a Jenna. Voy para casa. ¿Puedes ir tú a casa de Jenna para ver si está ahí? Llámame en cuanto la encuentres. Estaré en casa en quince minutos.

Va hacia el aparcamiento, sube a su coche y deja el teléfono en la guantera, donde pueda cogerlo rápidamente. Está preocupada, claro, pero no tiene miedo. Todavía no. Quiere a su hija, pero Avery es un desafío. Siempre se pasa de la raya. «¿Por qué nunca hace lo que le ordenan?», piensa Erin con más frustración que miedo. Cuando la encuentren van a tener que decidir qué hacer. ¿Cómo pueden lograr que Avery aprenda de esto en lugar de volverse más desafiante? Eso es lo que suele ocurrir cada vez que tratan de controlarla.

Erin piensa en su hijo, Michael, y en el temblor que acaba de notar en su voz. Es un chico muy bueno. Se va a sentir culpable; y ella va a tener que tranquilizarle diciéndole que ha sido culpa de Avery, no de él. Que él no es el responsable del comportamiento de su hermana. Es muy sensible, siempre preocupado por no disgustar a nadie, sobre todo a sus padres. Erin aumenta un poco la velocidad. Nadie te dice nunca lo complicado que es ser padre. Cuánta energía te absorbe. El precio que supone para un matrimonio. El simple hecho de criarte en una familia no te prepara para tener la tuya propia.

Mientras Erin conduce, empieza a llover. No deja de lanzar miradas a su teléfono móvil, esperando una llamada en cualquier momento para decirle que la ha encontrado. Está en casa de su amiga Jenna, en la casa de enfrente. Debe estar ahí. Pero luego recuerda que Jenna está también en el coro y que no la han mandado a su casa. En el bosque, entonces. A Avery le gusta jugar en el bosque de detrás de su casa, en esa casita del árbol. Erin está aparcando en la entrada cuando suena su móvil. Lo coge rápidamente.

—No ha abierto nadie en casa de Jenna. Estoy en la casa del árbol y tampoco está —dice Michael.

Es evidente que está pensando en los mismos pasos que ella. Su hijo respira con fuerza y puede oír la preocupación en su voz. Inmediatamente, le contagia también su pánico. Pero ella es la adulta, debe mantener la calma.

—Vale, Michael, ven a casa. Dondequiera que esté, probablemente aparecerá ahora que está lloviendo. Si no, iremos a buscarla. Voy a llamar a tu padre. —Cuelga y sale del coche.

La puerta de la calle no está cerrada con llave y entra corriendo en la casa. Se quita los tacones con un puntapié junto a la puerta y empieza rápidamente a buscar, gritando el nombre de Avery; quizá haya vuelto mientras Michael la estaba buscando. Sube y baja corriendo las escaleras, recorre toda la casa. Puede que Avery se haya escondido, para gastarles una broma. Busca debajo de las camas y detrás de la ropa de los armarios, por todos los sitios que se le ocurren. Avery no está. Vuelve a gritar su nombre una y otra vez. No hay respuesta.

Mientras vuelve a la cocina, Michael atraviesa el vestíbulo desde la puerta de la calle y se cruza con ella. Está empapado y parece alterado, con la cara pálida a pesar de que es evidente que ha estado corriendo.

—Voy a llamar a tu padre —dice ella—. Y después, llamaré a la policía.

3

William llega a casa a las seis menos veinte, después de la llamada de Erin. Ha notado la angustia en su voz, aunque estaba claro que trataba de disimularla delante de Michael. «Avery ha desaparecido», le ha dicho. «Voy a llamar a la policía». Hay un coche de policía aparcado en la calle delante de la casa. Siente que el estómago se le revuelve al verlo.

Aparca su coche en el garaje y respira hondo. Debe mantener la calma. Debe ser la roca que todos esperan que sea en medio de una crisis. Él es el hombre de la casa, es médico. Debe hacer uso de su formación. No puede derrumbarse. La voz tensa de su mujer resuena en su mente. «Avery ha desaparecido. Voy a llamar a la policía».

Cuando entra, encuentra a su mujer y su hijo sentados en la sala de estar de la parte delantera de la casa con dos agentes de policía de uniforme. La agente es mayor y el hombre, que parece tremendamente joven, apenas un adolescente, está tomando nota.

Erin levanta la vista hacia él, con el rostro demacrado. Y entonces, cae en la cuenta de lo que está pasando. Lo siente como un golpe tan fuerte que le deja sin respiración. Su mujer no se levanta ni se acerca para darle un abrazo. Tampoco él se acerca a ella.

La agente de policía se levanta.

—¿Señor Wooler? —pregunta.

—Soy el doctor Wooler —consigue responder.

Ella asiente.

—Soy la agente Hollis y este es el agente Rosales. Su mujer ha denunciado hace unos minutos la desaparición de su hija. Acabamos de llegar. Vamos a tomar nota de los detalles e iniciaremos una búsqueda. Los detectives llegarán enseguida.

Él asiente y se acomoda en un sillón. Se queda mirando la repentina lluvia que golpea contra las puertas de cristal del comedor que dan al patio de atrás. Ha sido un día muy extraño.

—¿Tienen alguna fotografía reciente de Avery? —pregunta Hollis.

—Están todas en mi teléfono —responde Erin. Lo saca, trastea con él y le enseña las fotos de Avery. La mano le tiembla.

—¿Me permite? —pregunta Hollis, y selecciona y envía varias de ellas a su propio móvil—. Rubia, ojos azules —dice mientras estudia las fotos—. ¿Altura? ¿Peso?

—Mide un metro veinte, unos veintisiete kilos —responde Erin.

—¿Qué ropa llevaba hoy?

Es como si William no estuviera presente. Erin parece quedarse pensativa un momento.

—Vaqueros… azul oscuro, eran bastante nuevos. Zapatillas rosas. Una camiseta blanca con margaritas por delante. Llevaba su cazadora vaquera y su mochila es azul marino.

—¿Alguna señal característica? ¿Cicatrices?

Erin niega con la cabeza y, después, lo mira a él. William también niega.

—Ha dicho que nadie ha visto a Avery desde que salió del ensayo del coro —dice Hollis, dirigiéndose a Erin—. ¿A qué hora fue eso?

William no consigue pronunciar palabra; es como si estuviera paralizado. La oportunidad pasa de largo.

Erin se gira hacia Michael.

—No lo sé —responde Michael con voz nerviosa—. La han expulsado del ensayo. No sé cuándo exactamente. —Y añade—: Es después de clase, a las tres y media, y dura hasta las cuatro y media.

Hollis mira al policía joven que está a su lado.

—Tenemos que hablar con el profesor.

—Es la señorita Burke —les dice Michael.

Hollis asiente.

—Entonces, ha salido del colegio y no sabemos adónde ha ido. ¿No ha llegado a casa?

Erin niega con la cabeza.

—Su mochila no está. Tampoco tiene llave propia, porque se supone que no debe volver a casa sola.

William traga saliva y sigue sin decir nada. Se siente mareado, como si estuviese en la cima de un alto edificio y se inclinara hacia delante para mirar abajo. Sabe que Avery ha estado hoy en casa después del colegio. Ha utilizado la llave de debajo del felpudo de la puerta para entrar. Ha hablado con ella. Le ha pegado. Es un monstruo y un mentiroso. Se va sintiendo cada vez peor; tiene miedo de ponerse a vomitar. Pero no debe hacerlo. Se traga la bilis, se aclara la garganta y sugiere:

—Quizá se haya escapado.

Su mujer le mira.

—¿Por qué iba a hacerlo?

Él desvía la mirada.

—Puede que estuviera enfadada porque la han castigado en el ensayo del coro; ya sabes cómo se pone. —Al instante, desea no haber dicho eso.

—¿Cómo se pone? —pregunta Hollis con suavidad—. ¿Cómo es Avery?

Erin suelta un fuerte suspiro y contesta:

—Es complicada. Es una niña de nueve años encantadora. Muy lista. Muy inteligente, la verdad. Pero es difícil. Sufre un trastorno de aprendizaje y un TDAH. También tiene problemas de conducta.

Hollis los mira a ambos.

—¿A qué se refiere exactamente?

William deja que su mujer hable por los dos.

—Es lista, pero lo pasa mal en el colegio. Se frustra con facilidad. Es impulsiva. A menudo, actúa sin pensar. Es tozuda, rebelde ante la autoridad. Prácticamente, hace lo que quiere. Nosotros hacemos lo que podemos.

A Erin no parece que le importe contarles esto, pero William sabe que cuando un niño desaparece, a los padres se les considera sospechosos. Ahora van a pensar que ellos le han hecho algo. Ojalá no se lo hubiese contado.

Pero Hollis se limita a asentir.

—De acuerdo. ¿Alguna vez se había escapado con anterioridad? —Ahora le mira a él.

William puede notar que se sonroja un poco y contesta:
—No.

Hollis le observa con más atención y pregunta:

—¿Va todo bien en casa? ¿Algún problema que debamos saber?

William la mira a los ojos antes de responder:

—Por supuesto que no. Todo va bien. —Erin no dice nada. Michael tiene la mirada fija en su regazo.

—De acuerdo. —Mira a Erin—. Gracias por las fotos. —Se pone de pie y continúa—: Si no les importa, nos gustaría echar un vistazo por la casa. Podría haberse escondido en algún sitio. Les sorprendería saber lo habitual que es eso; se esconden y, después, se quedan dormidos.

—Ya hemos mirado por todas partes —responde Erin con impaciencia.

Pero William sabe qué están pensando. Son sospechosos, claro que sí. Quizá encuentren algo en la casa.

—Por supuesto, adelante —dice William—. Pero dense prisa, por favor —les insta con la voz rota—. Tienen que encontrarla.

Erin está inquieta mientras realizan la búsqueda de Avery. Han enviado su foto y una descripción de ella y de la ropa que llevaba a toda la policía y los medios de comunicación. Hay coches patrulla buscándola, agentes de policía que ya están llamando a cada puerta, hablando con la gente que vive entre la escuela de primaria Ellesmere y la residencia de los Wooler, y recorriendo de arriba abajo la calle Connaught, donde viven. Puede que alguien la haya visto. Erin sabe que algo terrible ha pasado. Avery habría vuelto a casa a tiempo para cenar si hubiese podido.

Acaba de aparecer en las noticias locales de las siete de la tarde. «Noticia de última hora… Una niña de nueve años ha desaparecido cuando volvía sola a casa después del colegio en la ciudad de Stanhope, Nueva York…». Su fotografía ha aparecido en la pantalla. Resulta difícil de creer. Erin siente como si estuviese viviendo dentro de un sueño espantoso, de los que provoca la fiebre.

Rápidamente se ha organizado una búsqueda por la zona dirigida por agentes de policía y con la ayuda de voluntarios, a pesar de que la lluvia es cada vez más fuerte. Es octubre, pronto anochecerá y empieza a hacer frío; el tiempo es de vital importancia. Pero Erin está atrapada en la casa, como una mosca fosilizada, sin poder ir a ningún sitio, sin poder buscar a su hija. Debe quedarse ahí y hablar con los detectives, responder a sus preguntas. William está también, sentado a su lado, en el sofá de la sala de estar, levantándose a veces con desesperación para mirar por el ventanal como si pudiera ver a Avery aparecer por el camino de entrada, como si de algún modo hubiese despistado a todos los que andan buscándola y hubiese conseguido llegar a casa, ajena a todo. Tampoco han permitido que Michael se una a la búsqueda. Lo tienen en la cocina, con una agente, para que así puedan hablar a solas con los padres.

Los dos detectives han llegado justo después de que los primeros agentes de policía, tras no encontrar nada en la

SHARI LAPENA

casa, fueran en busca de la profesora de música. El detective Bledsoe es caucásico, de cuarenta y tantos años, de aspecto corriente y vestido con un funcional traje gris. Nadie repararía en él en medio de una multitud. Erin espera que sea más avispado de lo que parece. Stanhope es una ciudad bastante pequeña. ¿Qué experiencia pueden tener en este tipo de cosas? No recuerda que aquí haya desaparecido nunca un niño. La compañera de Bledsoe, la detective Gully, una mujer negra quizá diez años más joven que Bledsoe, con la cabeza rapada y un elegante traje pantalón, es con quien Erin conecta. Quizá por ser mujer. Quizá porque sus ojos son más vivos y su expresión más simpática que la de su compañero.

El móvil de Bledsoe vibra sobre la mesa de centro y hace que Erin se sobresalte. El corazón se le detiene, aterrada por si son malas noticias. Él mantiene una corta conversación y cuelga. Vuelve a dejar el móvil sobre la mesa entre ellos y se inclina hacia delante en el sillón que ha acercado a la mesita.

—Era Hollis —dice—. Han hablado con la señorita Burke. Dice que Avery comenzó a portarse mal nada más empezar el ensayo del coro. La regañó, pero dice que tuvo que expulsarla a eso de las tres cuarenta y cinco.

—¿Tiene permiso para hacer eso? —pregunta Erin, con voz estridente—. ¿Puede un profesor enviar a una niña de tercer curso a su casa sola? —Por primera vez, se le ocurre que hay un culpable.

—No nos centremos en eso ahora mismo —sugiere Bledsoe—. Pero ahora sabemos que se fue del colegio aproximadamente a las tres cuarenta y cinco.

—A menos que no lo hiciera —interviene Gully.

Erin mira a Gully. Ha dicho algo que podría ser una obviedad. Bledsoe ha dado por sentado que a Avery le ha pasado algo de camino a casa desde el colegio. Todos lo han dado por sentado.

Bledsoe se muerde el labio, mira a Gully casi como si estuviese enfadado con ella por haber dicho eso en voz alta, pero quizá esté enfadado consigo mismo. Toma aire con fuerza, lo expulsa. A continuación, asiente:

—Tenemos que registrar el colegio —reconoce. Coge su móvil de la mesa de centro y va al comedor, donde puede tener algo de intimidad, pero todos pueden oírle dar instrucciones para que registren el colegio de arriba abajo.

Erin cierra los ojos mientras piensa en todos los sitios donde podría esconderse una niña pequeña en ese colegio tan enorme. Los armarios de almacenamiento, las taquillas, el sótano, el tejado. Podrían haberla arrastrado hasta una clase vacía a esa hora del día, sin que nadie lo viera, y podría haberle pasado cualquier cosa. Al pensarlo, Erin siente que pierde el equilibrio. Se agarra al borde del sofá hasta que la sensación se le pasa. Cuando se recupera, abre los ojos y se inclina hacia la detective Gully, a la que considera más lista que Bledsoe.

—Prométame que la va a encontrar —dice.

—Haré todo lo que esté en mi mano, se lo prometo —responde Gully.

4

Nora Blanchard está pegada a las noticias de la noche. El impacto ha dejado de lado sus insignificantes preocupaciones. Están todos sentados alrededor de la televisión de la sala de estar: ella, Al, Ryan y Faith. La hija de William ha desaparecido. Es demasiado espantoso solo de imaginarlo.

Piensa en esa misma tarde, en cómo ha terminado su relación con William, y se arrepiente de lo inoportuno que ha sido. Qué perdido debe sentirse. Intenta imaginarse lo que debe estar pasando. Se le parte el corazón al pensar en él y desearía poder consolarle. Su mujer no puede hacerlo. No queda amor entre ellos, se lo ha dicho él, y ella debe estar sufriendo aún más que él. Al fin y al cabo, es la madre. Nora no puede ni imaginarse la angustia que la mujer de William debe estar sintiendo. La hija de Nora, Faith, es apenas dos años mayor que Avery, dos cursos por encima en el colegio. «¿Y si fuera Faith la que hubiese desaparecido?». Faith, con once años, es muy atlética, lleva el pelo corto y todavía se la puede confundir con un niño. Pero no por mucho tiempo más.

Pero Nora no puede ir a ver a William para darle consuelo y apoyo. Su relación es secreta. La familia de él estará siendo observada con microscopio y ella no puede acercarse a él. El único modo en que puede contactar con él es por teléfono. Su pequeño y sucio secreto, su otro teléfono, que, a veces, utiliza para comunicarse con él. William también tiene otro, solo para ella.

Se le ocurre ahora, con una repentina angustia, que si no encuentran pronto a Avery, la policía podría descubrir lo de su segundo teléfono, del que su mujer no sabe nada, y el corazón parece dejarle de latir.

«Lo van a descubrir. Él tendrá que contarles para qué es. Tendrá que decirles la verdad». Puede sentir cómo el rubor le desaparece de la cara.

—Eh —dice su hija a la vez que extiende una mano para acariciarle el hombro—. La encontrarán.

Se sobresalta cuando Faith la toca. Aparta la vista de la televisión para mirar a su familia. Los tres la observan con preocupación. Se da cuenta de que ha estado llorando y se seca las lágrimas con los dedos.

—Perdón —dice, tratando de sonreír—. Ya sabéis lo sensible que me pongo. Esa pobre familia.

Al niega con la cabeza.

—No me puedo creer que le haya pasado algo de camino a casa desde el colegio. Faith viene andando a casa desde allí todos los días. Vivimos en la misma calle. Esta es una comunidad segura. Estoy convencido de que la van a encontrar.

Así es su marido, piensa Nora mientras le mira. No tiene imaginación. Esconde la cabeza en la arena. Todo va bien. Incluso cuando no es así, incluso cuando está pasando justo delante de tus narices.

—Aparecerá, mamá —dice Faith—. Probablemente lo haya hecho a propósito. Todo el mundo sabe cómo es.

—¿A qué te refieres? —le pregunta Nora a su hija. William no le ha contado nunca nada sobre Avery. Hablan muy poco sobre sus familias cuando están juntos.

—Siempre está metiéndose en líos. Hace lo que le da la gana. Los profesores siempre la están mandando al despacho porque no pueden con ella.

—Quieren voluntarios —anuncia de repente su hijo, Ryan—. Voy a ayudar a buscarla.

—Es una buena idea —contesta Nora. Se alegra de que su hijo quiera ayudar, aunque esperaba que se quedara ahí esta noche; habían cancelado su turno de noche en la planta. Normalmente, no está en casa para la cena. Se pone de pie, un chico alto, de buena constitución, atractivo y de dieciocho años. Demasiado potencial y, sin embargo, para ella ha sido fuente de demasiadas preocupaciones este último año.

—Voy contigo —dice Al, sorprendiéndola. Quizá no sea tan optimista con respecto a su vecindario, al fin y al cabo.

—¿Puedo ir yo? —pregunta Faith.

Nora niega con la cabeza.

—No. Tú eres demasiado joven. Te quedas en casa conmigo.

Al y Ryan se ponen sus botas de senderismo y sus chaquetas y equipos para la lluvia y buscan unas linternas mientras Nora y su hija vuelven a la cocina y empiezan a lavar los platos. Nora se detiene para verlos marchar y enseguida deja que Faith se vaya a hacer sus deberes. Quiere estar a solas con sus pensamientos. Se imagina a su marido y su hijo ahí afuera, en medio de una oscuridad cada vez más densa, bajo la fuerte lluvia, rastreando el bosque que hay entre la ciudad y el río en busca de la hija de William. Espera que la encuentren pronto, sana y salva. Tienen que encontrarla.

El tiempo va pasando, demasiado rápido. La detective Gully sabe que cuando desaparece un niño, cada minuto cuenta. Ahora hay un equipo realizando una búsqueda exhaustiva dentro del colegio. Hasta ahora, no ha habido ningún resultado cuando han preguntado puerta por puerta; parece que nadie ha visto a Avery volviendo a casa. Pero eso no significa que no saliera del colegio. Simplemente, podría haber pasado desapercibida. Si no la encuentran pronto, empezarán a preguntar entre todo el personal y los voluntarios del colegio de ese día. Ya han investigado a todos los agresores sexuales de la zona. Tienen a un grupo grande de voluntarios peinando los campos vacíos y sin urbanizar al norte de la casa de los Wooler y el bosque que hay detrás de su calle, en dirección al río. Llevan linternas, pero a las ocho habrá anochecido del todo y tendrán poca visibilidad. Si no encuentran a la niña, van a tener que cubrir la misma zona de nuevo por la mañana. Van a mirar también en el río, lo dragarán si es necesario. Harán un llamamiento por televisión y habilitarán un teléfono de colaboración ciudadana. Removerán cielo y tierra. Podría ser que Avery haya subido a un autobús y la terminen encontrando en Manhattan. Cosas más raras se han visto. Pero a Gully no le gusta cómo pinta esto. Siente cierto desasosiego en el fondo del estómago. Le encanta su trabajo. Su labor es importante, necesaria. Pero le pasa factura.

Ya ha trabajado con anterioridad en casos de niños desaparecidos, en Chicago, antes de que la trasladaran a Stanhope. No cree que Bledsoe haya dirigido nunca una investigación como esta. Aquí no. Él está un poco a la defensiva y ella es más joven, y mujer. Aceptará sus sugerencias, al menos. No la ignora. No es tan malo. Gully los ha visto peores.

Observa a los dos padres que están sentados en frente de ella. Han respondido a todas las preguntas que les han hecho, sobre Avery, sobre sus hábitos, sus conocidos, los conocidos de la familia, dónde creen que puede haber ido. Saben que le gusta jugar en el bosque y que hay en él una casita de árbol a la que suele ir. Su hermano ya ha ido a buscarla allí, pero, aun así, han enviado a un equipo para que busquen con más atención.

Los padres de Avery se han mostrado sinceros con respecto a sus problemas de conducta y han descrito a una niña que es difícil de controlar y que es bastante rebelde. Por ejemplo, Avery no toma ninguna medicación para su TDAH porque se niega a tomarla. Están al borde de un abismo, a la espera de noticias. La madre se ha mostrado consternada pero estoica y ha hecho un evidente esfuerzo por mantener la compostura. El padre le interesa más. Hay algo en él, algo que no cuadra. No le gusta pensar eso, pero es así. Ya se ha visto en otras situaciones similares. Le parece que oculta algo. Cree que sus frecuentes paseos para mirar por la ventana son una puesta en escena que interpreta para ellos. La madre no hace nada de eso. Sencillamente, parece aterrada.

La policía de uniforme que ha estado en la cocina con el hijo se asoma a la sala de estar.

—Michael acaba de ayudarme a poner una cafetera. ¿Alguien quiere?

Los dos padres niegan con la cabeza al unísono.

—Sí, por favor —responde Gully, agradecida. Va a ser una larga noche.

—Sí, estupendo, gracias —dice Bledsoe.

Bledsoe vuelve a mirar a los padres.

—¿Saben de alguien que pudiera sentir rencor hacia ustedes? —pregunta—. ¿Se les ocurre alguien que quisiera hacer daño a Avery?

Erin y William le miran sorprendido.

—Claro que no —responde Erin.

—No —contesta William—. Somos gente normal. No hay ninguna razón para que nadie le haga daño a nuestra hija.

Un silencio incómodo inunda la sala porque todos saben cuál es la razón más probable por la que alguien podría llevarse a una niña pequeña.

—¿Es usted médico? —pregunta Bledsoe a William.

—Sí. Soy médico de familia con acreditación para trabajar en el Hospital General de Stanhope. Tengo una consulta en el centro de la ciudad.

—¿Y usted, señora Wooler?

—Yo soy secretaria jurídica. En un bufete de la ciudad. Levitt y Levitt.

Asiente despacio con la cabeza.

—¿Alguien que esté enfadado con usted?

Ella se detiene a pensar.

—No. Soy una simple secretaria. Nuestro bufete no lleva casos feos. Y de todos modos, es con los abogados con quienes se enfadan, no conmigo.

—¿Hay alguien que se haya enfadado con usted, doctor Wooler? —pregunta Bledsoe—. ¿Ha perdido a algún paciente recientemente? ¿A algún niño, quizá?

William niega con la cabeza.

—Lo recordaría. No. Nada fuera de lo normal. Algunos casos tristes, pero por enfermedad natural. Nadie está enfadado conmigo, que yo sepa.

—Entonces, ¿ninguna queja profesional contra usted? —insiste Bledsoe.

—Ninguna —responde William secamente.

Gully puede oler el café que viene de la cocina. Se pone de pie.

—Voy a por el café.

Sale de la sala de estar. A su derecha está la puerta de la casa y al otro lado del vestíbulo, a su izquierda, está la cocina. En la entrada, más cerca de la puerta, hay una fila doble de perchas a lo largo de la pared. La entrada no está bien iluminada, pero ve varias chaquetas y abrigos colgados en dos filas. Ya han registrado la casa los primeros agentes que se presentaron. Pero Gully se fija en algo que nadie ha mencionado. Ve una cazadora vaquera de talla infantil colgada de una de las perchas. Se acerca para verla mejor. Es demasiado pequeña para que sea de Michael. Esta debe ser la cazadora que creen que Avery llevaba ese día. ¿Qué hace aquí?

—¿Bledsoe? —lo llama desde la entrada—. ¿Puedes venir un momento?

5

Gully siente que el pulso se le acelera mientras Bledsoe se acerca a ella en la entrada. Busca un interruptor y lo enciende, inundando la entrada de luz. La agente de la cocina se acerca a ver qué hacen.

—Mira eso —dice Gully señalando con el mentón—. Una cazadora vaquera de niña.

Bledsoe toma una bocanada de aire a su lado.

—Joder —murmura.

Erin y William salen ahora a la entrada.

—¿Qué pasa? —pregunta Erin.

—¿Es esa la cazadora vaquera de su hija? —pregunta Bledsoe.

Ella la mira, como si estuviese confundida.

—Sí.

—Usted ha dicho que la llevaba cuando salió hoy para el colegio —dice Bledsoe.

—Eso creía. Quizá no la llevara. No estoy segura.

—¿Cuáles son sus hábitos matutinos? —pregunta

Gully—. ¿Quién la prepara para el colegio y la despide en la puerta por la mañana?

—Los dos —explica Erin—. Las mañanas son un poco caóticas. Michael y Avery se van juntos al colegio. Los vi marcharse esta mañana y estoy bastante segura de que llevaba puesta esa cazadora. —Su rostro parece amarillento bajo la severa luz del techo.

Gully mira a William. Tiene el ceño fruncido. Parece mareado.

—Doctor Wooler, ¿se acuerda usted?

—No lo sé. Los vi marcharse, me despedí de ellos, pero... —Se gira hacia su mujer y niega con la cabeza—. Creo que no la llevaba puesta esta mañana. —Y añade—: Pero no lo sé. Me temo que no soy muy observador. —Evita mirar a Gully a los ojos y ella se pregunta por qué.

Ella mira hacia la cocina, ve a Michael de pie tras la agente de policía, mirando en silencio.

—Michael, ven aquí un momento.

Sale despacio a la entrada, lanzando miradas nerviosas a sus padres y a los detectives.

Gully señala hacia la cazadora de la percha y le pregunta con suavidad:

—¿Llevaba Avery esta cazadora esta mañana cuando iba al colegio contigo?

Parece confundido, receloso. Ella espera su respuesta.

—No lo sé. No estoy seguro —contesta.

Ella cree que Michael ha oído que sus padres discrepaban por la cazadora. ¿Es por eso por lo que teme dar una respuesta definitiva? ¿Qué se esconde aquí, en esta familia?

Erin mira a su hijo.

—Piensa, Michael. Intenta recordar. Es importante. ¿Llevaba la cazadora vaquera u otra cosa?

Michael traga saliva.

—Llevaba la cazadora vaquera esta mañana.

Gully lanza una mirada a Bledsoe y los dos llegan a la misma conclusión.

—Avery debió volver hoy aquí, a la casa.

Bledsoe se gira hacia los padres.

—Han dicho que no vienen a casa comer. ¿Tiene ella una llave propia?

—No —responde Erin.

En medio del tenso silencio, Michael habla con tono reticente, trémulo.

—Sabe que hay una llave debajo del felpudo de la puerta de la calle. La ha usado antes.

William puede notar el sudor que le va apareciendo en las axilas y siente las manos húmedas. Se queda mirando a su hijo. Todos caen ahora en la cuenta de que Avery ha vuelto, que ha estado hoy en la casa después del colegio. Él debería haberlo admitido antes, a la primera oportunidad. Debería haberles contado que ha estado aquí antes, que la ha visto. Pero no lo ha dicho cuando ha tenido oportunidad porque tenía miedo. Miedo de lo que pudieran creer, de las conclusiones que podrían sacar. Ha mentido a la policía. Debía estar impactado; no pensaba con claridad. Era incapaz de pensar nada. ¿Y si alguien lo ha visto entrar o salir? Aplaca el deseo de limpiarse las manos con los pantalones. Debería haberles contado que ha estado aquí, pero ya es tarde.

—Gracias, Michael —dice Gully.

Erin le pregunta a Michael con voz angustiada:

—¿Lo ha hecho otras veces, lo de venir a casa sin ti?

Michael baja la mirada al suelo, con la cara pálida y el labio inferior tembloroso.

—Solo una vez. Yo quería quedarme en el colegio con mis amigos y... le conté lo de la llave. —Empieza a llorar—. Fue solo una vez, lo juro.

William se siente de nuevo afligido al ver las lágrimas de su hijo. Se da cuenta de que Michael podría cargar con esto el resto de su vida. Saber que si no hubiese mandado a su hermana a casa aquella vez y no le hubiese dicho lo de la llave, probablemente ella no habría vuelto sola a casa hoy y nada de esto habría sucedido. Michael solo tiene doce años. William se siente mareado; no puede moverse. Pero su mujer se inclina y coge a su destrozado hijo entre sus brazos, para consolarle y decirle que todo va a salir bien, que no es culpa suya.

William mira de reojo a los detectives. Gully parece pensativa. Le mira a los ojos y él aparta los suyos rápidamente. Siente como si estuviese bajo un microscopio. Se acerca a Michael y le pone una mano en el hombro.

—No pasa nada, campeón —le dice, con sus ojos inundándosele de repente. Esto es insoportable. ¿Cómo van a sobrevivir a esto ninguno de ellos? Es culpa suya. No debería haber vuelto hoy a casa.

La agente vuelve a entrar en la cocina y empieza a buscar tazas de café. Eso rompe la tensión y todos ellos entran en la cocina, excepto Bledsoe, que desaparece en el interior de la sala de estar, con el móvil ya en la mano y listo para hacer las llamadas necesarias. Gully le sigue, pero aunque William trata de oír lo que se dicen, no lo consigue.

Gully regresa enseguida a la cocina mientras William prepara café para los dos detectives y la agente de policía con uniforme. Habla mientras les da la espalda a los demás.

—Si ha vuelto a casa después del colegio debe haber vuelto a salir —dice.

Bledsoe aparece en la puerta de la cocina.

—Han encontrado su mochila en su taquilla del colegio —anuncia.

—A veces se le olvida traerse la mochila a casa —dice Erin a la vez que se le rompe la voz.

Bledsoe regresa a la sala de estar, con el móvil en la oreja.

—Es posible que haya vuelto a casa a la hora de comer y haya regresado al colegio por la tarde sin su cazadora —dice Gully—. Algunos de nuestros agentes están tratando de verificar si ha estado todo el día en el colegio. Tenemos que estar seguros de que solo ha venido a casa después de que la echaran del coro.

William traga saliva. Las manos le tiemblan mientras coloca las tazas de café sobre la encimera para Gully y Bledsoe. Desearía haber gestionado esto de otra manera. Quiere contarle a la detective que ha estado aquí y que ha visto a Avery después del colegio. Que volvió a salir. «Dios mío, ¿y si alguien le ha visto?». Pero le falta valor. Nunca hasta ahora ha sabido lo cobarde que es. Mira a su mujer, que sigue abrazando a Michael. Parece destrozada y Michael, casi catatónico. Los detectives van a querer interrogarles a todos aún más, por supuesto. Se pregunta qué dirán su mujer y su hijo de él.

Gully le lleva el café a Bledsoe hasta la sala de estar y él cuelga el teléfono. Le pasa la taza. Se toma su tiempo. Debe hablar con un tono que no parezca amenazante:

—Me pregunto... —dice antes de dar un sorbo a su café. Habla en voz baja para que los padres que están en la cocina no la puedan oír—. Puede que ella no estuviera sola en la casa.

Bledsoe la mira con ojos penetrantes.

—¿Crees que había alguien dentro de la casa con ella? ¿Por qué?

—No sé. Estoy tratando de mantener la mente abierta. Pero ¿esa cazadora?

—¿Qué pasa con ella?

—Está en una de las perchas altas —contesta Gully. Bledsoe continúa mirándola, pero el rubor le va subiendo por el cuello al darse cuenta de adónde quiere ella llegar.

—Una niña de un metro veinte no podría llegar a esa percha —dice Bledsoe.

Gully asiente.

—Hay perchas vacías debajo. Avery no colgó su cazadora. Había alguien en esta casa con ella.

6

Ryan Blanchard se sube el cuello de la chaqueta bajo el poncho impermeable y se tira de la capucha más hacia delante. Está oscuro, llueve con fuerza y la temperatura está bajando. Ya está empapado y apenas puede ver nada. Se mira el reloj: las ocho y seis minutos. Los voluntarios se despliegan a lo largo de una fila irregular de figuras con casi dos metros de separación que se mueven despacio y que blanden linternas que apuntan al suelo. Han empezado en el borde del bosque tras las casas de Connaught Street y van avanzando hacia el río.

Ryan camina al paso de los demás, con los ojos fijos en el suelo irregular que tiene ante él, moviendo la linterna de un lado a otro. El bosque da una sensación de peligro. Mientras avanzan, tiene que apartar helechos y zarzas mojadas, serpentear entre los árboles. Puede oír las ramas que se rompen y los pasos de los demás que van a ambos lados de él y oler la tierra húmeda y fértil. Un pájaro sale ahuyentado de un árbol que tiene delante, asustándole.

Debería estar trabajando ahora en la planta. Ya llevaría medio turno, estaría cansado y deseando que llegara su día libre de mañana. Pero han cancelado su turno por recortes en la producción y ahora está aquí, bajo la fuerte lluvia, ayudando a buscar a una niña desaparecida. Les han dicho que puede haberse adentrado en el bosque y haberse perdido o caído y estar herida. Pero él sabe qué están pensando todos: que la han secuestrado cuando volvía a casa desde el colegio y que lo que están buscando es su cuerpo. Aun así, los que dirigen la búsqueda lanzan gritos a cada rato, llamándola en medio de la noche.

No quiere pensar en Avery Wooler. Intenta distraerse pensando en el futuro. Tiene claro que el año que viene va a marcharse de este lugar para ir a la universidad. Las ganas de irse de Stanhope le pican con más fuerza cada día.

Su padre va caminando a su lado, a su derecha, y su familiar corpulencia resulta reconfortante. Ryan se pregunta qué pensará su padre mientras mueve la linterna adelante y atrás, concentrado en su tarea. Aquí afuera parece más serio que cuando estaba en casa, con sus simples palabras de tranquilidad. Pero ahora mismo todos están serios. Es más real, aquí, bajo la fría lluvia, no es simplemente algo que sale en televisión.

Su padre y él no están tan unidos como antes. Se han distanciado. No tienen nada en común desde que aprendió a montar en bici, a ir de acampada, a jugar al baloncesto. No pasan tiempo juntos. Ryan cae en la cuenta de que esto, buscar a Avery Wooler, es lo primero que han hecho juntos desde hace mucho tiempo, mientras mueve su linterna por el suelo empapado. Su madre es el centro de la familia. Todos lo saben. Su padre está en la periferia, pero no con ellos. Su padre está... apartado. Pero Ryan tampoco está tan unido a su madre últimamente. Existe un abismo entre Ryan y sus padres y sabe que es por él. No ha resultado ser el hijo que pensaban.

Nora tiene la televisión encendida en la sala de estar y espera angustiada mientras la noche avanza. No dicen nada nuevo en internet ni en la televisión y, a medida que pasan las horas, su temor aumenta. Desea con desesperación que Avery aparezca sana y salva. Se imagina a su marido y su hijo ahí afuera, rastreando el bosque bajo la fría lluvia. ¿Encontrarán algo? ¿Van a pasarse ahí toda la noche? Quizá Avery esté retenida en algún sitio, o puede que ya esté muerta. La cabeza le da vueltas. Está preocupada por William. Desearía ahora no haberle dicho que habían terminado. ¿De dónde había sacado las fuerzas? Ahora la han abandonado.

No se atreve a enviarle un mensaje. Piensa en su segundo y secreto móvil, bien escondido tras el conducto de ventilación del dormitorio que comparte con Al. No debe ponerse en contacto con él. Ahora no. La policía está en la casa. Encontrarán su teléfono.

La desaparición de su hija va a traer consecuencias y ella va a formar parte de ellas. Debe estar preparada, pensar qué hacer. Lo van a descubrir. Sus pensamientos se van volviendo más tenebrosos.

Nora hace algo que casi nunca hace. Se pone de rodillas y reza, por todos ellos. Se pregunta si lo que le ha pasado a Avery es un castigo que ha enviado Dios por lo que William y ella han estado haciendo. Puede que en sus manos haya sangre de esa niña pequeña.

La espera es insoportable, la tensión dentro de la casa es evidente. Erin Wooler se mueve inquieta entre la sala de estar y la cocina, con su cuerpo en tensión cada vez que uno de los detectives recibe una llamada. Pero hasta ahora, nada. Es como si Avery hubiese desaparecido de la faz de la tierra. Han registrado a fondo el colegio, pero no la han encontrado. El equipo que han enviado a la casita del árbol ha dicho que no había señales patentes de que Avery haya estado allí ni de que se haya cometido ningún acto delictivo, y no la consideran escenario de ningún delito.

Michael está destrozado. Ella ha hecho todo lo que ha podido por consolarlo, por tranquilizarlo. Pero, en el fondo, le angustia que su hijo enviara con anterioridad a Avery a casa sola y le contara lo de la llave. El corazón casi se le ha detenido cuando él lo ha confesado. Ha tenido que tranquilizarlo y decirle que no es culpa suya. No lo culpa. Él no podría saber lo que iba a pasar. Pero aun así, es duro. No sería humana si no pensara en qué habría pasado si... si él no hubiese hecho eso. Probablemente Avery se habría quedado esperándolo en el banco junto a la puerta del ensayo del coro. Estaría aquí con ellos ahora mismo, en lugar de estos detectives. Pero no debe pensar en eso. Piensa que William podría haber mostrado más apoyo hacia su hijo. Pero parece estar impactado.

Se sienta en el sofá y observa ahora a su marido, que mira por la ventana de la sala de estar hacia la oscuridad, comido por los nervios. Bajo el puro terror visceral que los dos sienten por Avery —«¿Dónde está? ¿Qué le está pasando?»— hay otro temor que aparece a la vez. ¿Y si no la encuentran rápidamente? ¿Qué pasará entonces? Los detectives centrarán su atención en ellos. Irán apartando todas las capas que con cuidado han ido colocando sobre su familia y dejarán a la vista quiénes son. William no va a salir especialmente bien parado.

Bledsoe termina otra llamada, mira con seriedad a Gully y le pide a William que vuelva a sentarse. Erin siente que el corazón se le detiene; tiene algo que contarles. William obedece y vuelve a dejarse caer en el sofá, como si estuviese agotado. Tiene un aspecto espantoso. Ella debe estar igual; siente como si hubiese envejecido varios años desde que su hijo la ha llamado esta tarde al trabajo.

—Vamos a considerar la casa como posible escenario de los hechos —dice Bledsoe con cuidado.

Erin le mira tratando de entender qué quiere decir. Lanza una mirada a Gully.

—¿Qué?

—Tenemos ya confirmación de que Avery ha estado en el colegio todo el día de hoy —le explica Bledsoe—. Estuvo castigada durante la hora del almuerzo y ha estado presente en la clase todo el día. No podría haber vuelto a casa y dejado la cazadora en ningún momento, salvo después del colegio, después de salir del coro a las tres cuarenta y cinco. Habría llegado a casa a eso de las cuatro y cinco.

—Eso ya lo sabemos —dice William con impaciencia—. Debe haber llegado a casa, usado la llave de debajo del felpudo para entrar y haber vuelto a salir y olvidarse de la cazadora. Y alguien se la ha llevado. —Se ha ido poniendo visiblemente inquieto.

—Intente mantener la calma, doctor Wooler —responde Bledsoe.

Erin mira a su marido, asustada. Bledsoe continúa hablando con prudencia.

—La cuestión es que no creemos que Avery estuviera sola hoy en la casa después de llegar del colegio.

—¿Qué está diciendo? —pregunta Erin, con el estómago revolviéndose.

—Creemos que había alguien aquí dentro con ella, después de que regresara del colegio —dice Gully. Y añade—: Esa es la razón por la que tenemos que considerar la casa como escenario de los hechos. Vamos a traer a un equipo de policía científica para que registre a fondo la vivienda cuanto antes. Necesitamos la colaboración de la familia.

Erin está perpleja.

—¿Por qué piensan eso? —pregunta. Su marido, a su lado, se ha quedado completamente inmóvil.

—Porque otra persona ha colgado la cazadora de Avery en la percha superior —contesta Bledsoe—. Ella no podría haber alcanzado sola.

A Erin le da la sensación de que la cabeza se le queda sin sangre; se siente mareada. Tienen razón. ¿Cómo no se había dado cuenta? La cazadora está en una de las perchas de arriba. Avery siempre usa las de abajo, a la fuerza.

—Pero ¿quién ha podido entrar en la casa? —pregunta. Nota que la histeria se va acercando. Esto no puede estar pasando. Mira a los dos detectives. Se gira hacia su marido; su rostro se ha quedado lívido.

—El felpudo no es muy buen sitio para esconder una llave —comenta Gully—. Si alguien quisiera entrar, probablemente sería ese el primer lugar donde miraría. Y puede que alguien haya estado vigilando a Avery y la haya visto venir a casa sola y usar la llave para entrar en una casa que suponía que estaba vacía.

—La llave sigue ahí —añade Bledsoe—. El equipo de la científica querrá echarle un vistazo.

William está ahora crujiéndose los nudillos al lado de ella, con aspecto de que se le vaya a salir el corazón por la boca.

—Dios mío —susurra Erin controlando las náuseas a la vez que se da cuenta de lo fácil que es que cualquiera se pueda llevar a una niña. Aun cuando crees que lo has hecho todo para mantenerla a salvo, nunca es suficiente. Porque el mundo es un lugar espantoso, lleno de maldad. La sensación le llega a lo más hondo y le cuesta respirar.

—O… quizá le abrió la puerta a alguien —añade Bledsoe.

—¿A quién? —pregunta William, aún inquieto.

—¿A un desconocido? ¿Un amigo de la familia? ¿El padre de un compañero de clase? Cualquiera —responde Gully.

Erin se siente aún más agitada que antes. Ya era bastante malo que alguien pudiera haberse llevado a Avery cuando volvía a casa desde el colegio, pero esto… Esto es ya demasiado.

—¿Podría haberlo hecho? —insiste Gully—. No hay señales de que hayan entrado por la fuerza.

Erin traga saliva e intenta concentrarse.

—No lo sé. Probablemente. Si han llamado a la puerta, habrá salido a abrir. No se detendría a pensar que está sola en casa. No le tiene miedo a nada. —Y entonces, empieza a llorar. Porque ahora, Avery debe estar completamente aterrorizada.

—Es una pena que no tengan una cámara en el porche —dice Bledsoe.

Mientras Erin llora, nota que su marido la rodea con los brazos.

—¿Hay alguien…, quien sea…, que haya mostrado interés por Avery? —pregunta Gully—. ¿Alguien que haya pasado por su casa últimamente ofreciéndose a hacer algún trabajo o ese tipo de cosas?

Erin sofoca sus sollozos e intenta pensar. Pero el cerebro se le bloquea, incapaz de funcionar. Mueve la cabeza con desesperación. Mira a su marido, que está a su lado, en busca de ayuda. Pero William parece igual de abrumado que ella.

—¿No tiene clases particulares? ¿De piano o algo parecido? ¿Alguna actividad extraescolar que no hayan mencionado? —pregunta Gully.

—No, solo el coro —responde Erin—. No se decidía por nada.

—Tenemos que repasarlo todo de nuevo —dice Bledsoe—. Amigos, familia, conocidos, cualquiera que los conozca, aunque sea un poco. Es probable que se la hayan llevado. Y cuando se llevan a un niño, con frecuencia se trata de un conocido de la familia. Se sorprenderían de lo a menudo que eso ocurre.

7

William se disculpa para ir al baño. Hay un aseo en la planta baja, pero él va arriba. Puede notar los ojos de los detectives en su espalda al salir. Recorre el pasillo de arriba y cierra la puerta del baño con pestillo al entrar. Y entonces, se inclina sobre el váter y vomita. Se queda ahí, sudando, pensando que quiere morirse. Se imagina a su pequeña Avery, no como la última vez que la ha visto, sino sonriendo y feliz, y llora en silencio. Por fin, consigue levantarse y tira de la cadena, se echa agua fría en la cara y se lava las manos. No puede soportar mirarse en el espejo; se odia.

Tiene que decidir qué hacer.

La maldita cazadora.

Él había colgado la cazadora que Avery había dejado en el suelo, mientras ponía orden de forma automática a la vez que le preguntaba por qué había vuelto sola a casa. Se había olvidado de eso hasta que la detective la ha visto. Y ahora la policía sabe que había alguien en la casa con ella, y ha perdido la oportunidad de decir que era él. Si les dice ahora que ha estado aquí, que la ha visto, que él ha colgado la cazadora, e intenta contarles que ella estaba bien cuando se ha ido, nunca le creerán. Así que debe seguir asegurando que no ha pisado la casa. Pero ¿dónde va a decir que estuvo? Ha estado desaparecido durante mucho tiempo esa tarde; primero con Nora y, después, ha vuelto a casa; y no puede confesar ninguna de esas cosas. No ha pasado por su consulta ni por el hospital y no hay nadie que pueda confirmar que ha estado con él. Está jodido.

La policía va a registrar la casa. No van a encontrar huellas de desconocidos ni ninguna otra cosa porque no ha habido nadie más en la casa. Y después pondrán el foco sobre Erin y él. ¿No es eso lo que suelen hacer? ¿Acusar a los padres si no encuentran a nadie más? Y él no tiene coartada.

Entonces, cae en la cuenta de que tiene otro problema, algo que sí van a encontrar. Su teléfono desechable. Por un momento, se queda sin respiración. Van a meter a Nora también en esto, lo van a averiguar, sus peores temores se van a hacer realidad. Dios santo. Nora ha cortado con él. Precisamente hoy. Es como si hubiese tenido una premonición de toda la mierda que se le venía encima. Se pregunta qué pensará ella si se empieza a decir que el padre de la niña desaparecida es el principal sospechoso.

Deben estar preguntándose por qué tarda tanto. Se endereza y respira hondo. Espera que nadie le haya visto, que no hayan advertido su coche entrando y saliendo del garaje. Siente una desconcertante oleada de temor que debe esforzarse en aplacar. Hay muchas posibilidades de que no lo hayan visto, porque ya lo habrían dicho, ¿no? Ya han enviado a varios agentes a interrogar a los vecinos de toda la calle. Es un riesgo calculado, pero tiene que seguir adelante. En el peor de los casos, podría negarlo, decir que se han confundido.

Su casa está en lo alto de Connaught Street, que va de norte a sur, paralela al río, y no tiene salida. La única calle con la que conecta es con Greenley Avenue, que va en dirección este hacia el centro. Al norte de la casa hay terreno sin urbanizar, solo matorrales, que se unen con el bosque en su bajada hacia el río. Las casas están construidas a cierta distancia y, por lo que él sabe, nadie tiene cámaras. No hay delincuencia en Stanhope. Es una ciudad pequeña. Muy segura. Hasta que deja de serlo.

Gully continúa en casa de los Wooler mientras la complicada noche va pasando, sin ninguna noticia sobre el paradero de Avery. A la familia se la han llevado a pasar la noche a un hotel del centro, el Excelsior, acompañada por la agente de policía. Bledsoe ha vuelto a la comisaría para organizar un puesto de mando. Desde ahí va a dirigir la investigación en contacto constante con los grupos de búsqueda, los agentes que están patrullando y los que están en la comisaría localizando a agresores sexuales.

Gully observa a los técnicos mientras realizan su meticuloso trabajo. Están buscando huellas, rastros de sangre que haya sido limpiada, fibras, pelos, lo que sea. Por supuesto, el escenario ya ha quedado alterado, pero quizá tengan suerte. Gully nota que está todo demasiado ordenado como para que la niña haya estado en casa después del colegio. ¿No habrá merendado algo? Quizá no le haya dado tiempo. O puede que quienquiera que estuviera con ella aquí lo haya limpiado todo para que parezca que no ha venido y simplemente la haya fastidiado con lo de la cazadora vaquera. No todo el mundo razona con claridad mientras está cometiendo un delito. Gully no puede evitar pensar que colgar una cazadora es el tipo de cosa que podría hacer alguno de los padres.

Gully sube a la habitación de Avery. Con guantes en las manos, enciende la luz del techo y se queda mirando un largo rato. La habitación está pintada en blanco crudo, la cama bien hecha y con una bonita colcha rosa y amarilla encima. Hay una mesita de noche junto a la cama blanca, un pequeño escritorio blanco y una silla del mismo color, y algunos cuadros en las paredes, sin duda elegidos por la madre. Cuesta hacerse una idea de cómo es Avery mirando su habitación.

La oscuridad y la lluvia chocan contra la ventana del dormitorio; la tenue luz hace que la habitación parezca acogedora y segura. Gully siente una punzada de angustia por la niña desaparecida. Es ya tarde y ella está en algún sitio ahí fuera, en lugar de aquí, arropada en la cama, donde debería. Gully se adentra en la habitación y abre el cajón de la mesita de noche. Hurga con cuidado entre su contenido: bolígrafos y papel, el envoltorio de una chocolatina, un bálsamo de labios y, debajo de todo eso, un diario. Es de los que tienen su propio cierre pequeño y dorado con una llave atada a un cordón rojo. Lo deja para leerlo después. Mira debajo de la cama, bajo el colchón. Registra por detrás de los cuadros, por el escritorio y los cajones de la cómoda. Levanta la alfombrita del suelo. Está buscando algo que la ayude a entender qué ha podido pasarle a la niña. Incluso los niños de nueve años pueden tener secretos.

Se sienta en la cama y abre el diario. Las primeras páginas tienen anotaciones cortas, mal escritas, sobre el colegio y lo mal que lo pasa en él. Parece que Avery no tiene amigos. Escribe que no le cae bien a nadie, salvo a una niña, Jenna, que vive al otro lado de la calle, pero no siempre puede contar con ella. Gully se permite durante un momento sentirse tremendamente triste por esta niña solitaria. Las anotaciones cesan de repente, como si la novedad de tener un diario se hubiese pasado. Gully mueve las páginas en el aire para ver si hay algo entre ellas, pero no cae nada. No hay aquí ningún secreto.

Nora oye que Al y Ryan entran por la puerta de la calle, cuelgan sus chaquetas y se quitan las botas. Se queda un momento tumbada en su lado del sofá de la apenas iluminada sala de estar, temerosa de lo que le puedan contar. Mira su reloj y ve que es pasada la una de la noche. Se incorpora y enciende una lámpara.

Al entra en la sala de estar y ella lo mira, con la esperanza de ver una buena noticia reflejada en su rostro. Pero si la hubiesen encontrado, habrían entrado a toda velocidad en la habitación para decírselo.

—¿Algo? —pregunta cuando Ryan entra en la habitación detrás de su padre y se coloca a su lado.

Al niega con la cabeza.

—Ni rastro de ella. Van a enviar a los voluntarios a que empiecen de nuevo por la mañana.

—Estáis empapados. Debéis estar congelados —dice ella. Los dos asienten sin fuerza, tiritando y con los labios azulados—. ¿Vais a volver por la mañana? —pregunta.

Al mira a su hijo.

—Me voy a pedir el día libre en el trabajo. Lo entenderán.

Ryan asiente.

—Yo también voy a volver.

—Los dos necesitamos una ducha caliente —dice Al—. Ve tú primero, Ryan.

—No, ve tú, papá —contesta Ryan.

Al asiente y se gira para subir.

—No tardo —le dice a su hijo.

Por un momento, Ryan se queda con ella. Es como si quisiera decir algo. O quizá, piensa ella, solo desee consuelo. Esto debe resultar perturbador para él; tiene una hermana no mucho mayor que la niña desaparecida, que va al mismo colegio, que hace el mismo camino a casa todos los días. Nora se acerca, pero él se gira.

—Buenas noches, mamá —dice.

Ella le ve subir fatigosamente las escaleras.

8

A primera hora de la mañana siguiente, Erin se despierta tras un breve y agitado sueño y se sorprende al verse en una desconocida habitación de hotel. Entonces, se acuerda y el agobiante peso se vuelve a posar sobre ella. Se pregunta si va a ser siempre así, si se despertará todos los días y tendrá que acostumbrarse a esta nueva y terrible realidad. William no está a su lado en la cama. Se levanta sobre un brazo y lo ve sentado en una de las sillas del hotel, mirándola.

—No quería despertarte —dice con voz hueca. A continuación, se levanta fatigosamente y añade—: Voy a darme una ducha.

Ella lo ve entrar en el baño y vuelve a dejarse caer sobre la almohada. No ha venido nadie a decirles que han encontrado a Avery, viva y a salvo. Erin coge su móvil de la mesita de noche. Apenas son las seis, su hija lleva unas catorce horas desaparecida. Y empieza a mirar en el teléfono. Siente nauseas ante lo que lee. Las noticias dicen que su casa se considera como el escenario de los hechos. Hay una foto de ella, con un precinto amarillo de la policía a lo largo del porche delantero. Muy concluyente. No dicen nada de la cazadora, de que una persona desconocida la había colgado muy alto. Los detectives les dijeron anoche que esta información la van a mantener en secreto y les pidieron que no la compartieran con nadie. También dijeron que no han cambiado la descripción que dieron al principio, en la que incluían que Avery llevaba la cazadora vaquera. A menudo, ocultar información a la población general puede servir de ayuda a la policía. Se queda mirando la fotografía de su casa con el precinto policial y piensa que los detectives podrían haber contado a los medios de comunicación que los padres son los principales sospechosos. Siente que su confianza en los detectives se va mermando y que aparece un nuevo temor.

—¿Has visto esto? —le pregunta a William con el teléfono en alto cuando sale del baño.

—Sí —contesta sin apenas mirarlo.

—¡Cómo se atreven! —exclama, alterada y furiosa.

Él empieza a vestirse. Suelta un fuerte suspiro y la mira.

—Creo que tenemos que prepararnos —dice con cautela.

—Pero… colocar un precinto policial en la casa… ¿de verdad era necesario? ¡Hace que parezca que piensan que nosotros le hemos hecho algo!

—Quizá sea eso lo que creen —dice William.

—No. —Niega con la cabeza de un lado a otro—. No. No pueden pensar eso. Si es eso lo que creen, dejarán de buscarla. ¡No pueden dejar de buscarla!

Él la agarra con fuerza de los dos brazos y la mira fijamente.

—No vamos a permitir que dejen de buscarla.

En ese momento, se oye un tímido toque en la puerta.

—¿Están levantados? —Es la voz de la agente de policía, la que ha estado ahí toda la noche, en una silla junto a la puerta de sus habitaciones. Aun así, es probable que haya dormido más que ellos.

—Sí, salimos en un minuto —grita William.

Erin va a por Michael, que está dormido en una habitación contigua. Lo agita para despertarlo y lo atrae hacia ella para abrazarlo.

—Vamos. Vístete, Michael. Tenemos que ponernos en marcha. —Vuelve a su habitación y se viste rápidamente. Cuando abre la puerta que da al pasillo, con William justo detrás de ella, ve a los detectives Bledsoe y Gully salir del ascensor y acercarse a ellos. Tienen una expresión seria y, por un momento, se ve azotada por el miedo, aterrorizada por lo que le puedan decir. Los dos se han puesto otra ropa, pero, mientras se aproximan, Erin está segura de que tampoco han dormido apenas.

William sale por delante de ella al pasillo y los ve.

—¿Alguna noticia? —espeta.

Bledsoe hace un gesto de negación.

—Me temo que no. —Los mira a los dos y, después, a Michael, que aparece en el pasillo a su lado—. Nos gustaría hacerles algunas preguntas más.

William lanza una mirada rápida a su mujer antes de dirigirla de nuevo a los detectives.

—Ya hemos respondido a todas sus preguntas —contesta con impaciencia.

—Estamos haciendo todo lo humanamente posible por encontrar a Avery —dice Bledsoe con tono tranquilizador—.

Nos gustaría que vinieran con nosotros a la comisaría, si les parece bien.

—¿Qué? —exclama Erin con un nudo en el estómago.

Bledsoe no responde y se limita a dar un paso atrás para que puedan seguir a Gully hasta los ascensores. Pero Erin no se mueve.

—¿Por qué han dicho a la prensa que nuestra casa es el escenario de los hechos? —pregunta.

—Nosotros no les hemos dicho nada —responde Bledsoe—. Han sacado sus propias conclusiones.

William coge un muffin y café para llevar en el comedor casi vacío del hotel, e insta a Erin a que haga lo mismo. Michael también coge un muffin y un bote de zumo. Pero ninguno de ellos tiene demasiadas ganas de comer y los dulces siguen dentro de la bolsa de papel. A la agente de uniforme que ha pasado la noche junto a su puerta la han mandado a su casa. William se ve enseguida entrando con su mujer y su hijo en la comisaría de policía del centro de la ciudad. Nunca ha entrado en esa comisaría, ni en ninguna otra comisaría, por ningún motivo. Esta necesita una mano de pintura y huele a sudor y a café rancio.

Gully y Bledsoe llevan a los Wooler por detrás de la recepción y siguen por un pasillo hasta otra sala de espera más pequeña. Aquí, a William y Erin les dicen que van a meterlos en dos salas de interrogatorios diferentes mientras Michael espera. A él le interrogarán después, en presencia de un progenitor.

William empieza a asustarse. El corazón comienza a

latirle con fuerza. Puede ver un temor similar en los ojos de su mujer y angustia y confusión en los de su hijo. Su mujer no es culpable de nada. Jamás haría daño a su hija. Seguro que se dan cuenta. William vuelve la mirada hacia su hijo y ve su cara de preocupación mientras se llevan a sus padres.

La sala de interrogatorios es pequeña y sencilla, con una mesa metálica y cuatro sillas. Él se sienta en un lado, Bledsoe y Gully se acomodan juntos en el otro. William se pregunta si debería pedir un abogado. Pero le preocupa lo que eso les pueda parecer.

—No vamos a tardar mucho —anuncia Bledsoe—. Esto es completamente voluntario, solo para considerar todas las posibilidades. Puede marcharse cuando quiera.

William no está seguro de creerle.

—Claro, haré lo que sea por ayudar. Solo quiero que encuentren a Avery.

Bledsoe asiente. Se apoya en el respaldo de su silla, relajado.

—Nos gustaría descartar algunos detalles. Por ejemplo, si puede decirnos dónde estaba usted ayer por la tarde, antes de que llegara a casa a las cinco cuarenta. Parece que no estuvo en su consulta ni en el hospital desde, más o menos, las dos.

Así que lo han comprobado. Intenta mantener un tono tranquilo.

—No, no estuve.

—¿Y dónde estaba? —pregunta Bledsoe.

Ya ha pensado en esto. Ha estado pensando en ello toda la noche. Sabía que se lo preguntarían. Podría contarles lo de la aventura sin darles el nombre de Nora. Podría hacerlo. Pero no quiere. No quiere que Erin se entere, ahora no, así no. Pero entonces, se pregunta si ya habrán encontrado su otro teléfono. Lo tiene escondido en el coche, un Infiniti G37. Tiene el coche en el garaje. Deben haberlo registrado anoche, cuando registraron la casa. Pero una de las razones por las que compró ese coche hace poco fue porque tiene un compartimento secreto en el reposabrazos del asiento trasero. ¿Lo saben ellos? ¿Es posible que lo hayan pasado por alto? Hace demasiado calor en la habitación y nota que empieza a sudar. Le están mirando, esperando a que responda.

—Necesitaba salir. No tenía ninguna cita y no me apetecía ponerme con el papeleo.

—¿Adónde fue?

—Fui a dar una vuelta con el coche. Fui hacia el norte, siguiendo el río, y me detuve en un mirador un rato. Solo quería pensar.

—¿En qué quería pensar?

«Mierda».

—En nada en particular. —Y añade—: Ya sabe, en la vida.

—¿Qué tal va su matrimonio? —pregunta Bledsoe.

—Va bien.

—Y si le preguntamos a su mujer, ¿responderá lo mismo?

William no sabe qué dirá su mujer.

—Oiga, ¿qué tiene esto que ver con mi hija?

Bledsoe no responde a la pregunta.

—Su hija es difícil. —Baja la mirada a una carpeta que tiene abierta sobre la mesa—. Trastorno de hiperactividad y déficit de atención. Problemas de conducta. —Levanta los ojos—. Eso no debe ser divertido.

William se está enfadando.

—Sí, puede ser complicada. Hemos sido muy francos al respecto. Pero eso no significa que no la queramos. Por supuesto que la queremos. —Y se apresura a añadir—: Solo queremos que vuelva.

—Durante esa larga excursión, ¿hizo alguna parada? —continúa Bledsoe—. ¿Para tomar un café? ¿Comprar algo? ¿Echar gasolina? ¿Puede decirnos algo que confirme dónde estuvo?

William se da cuenta ahora de una cosa. El motel podría confirmar dónde estuvo. No dio su nombre y siempre pagaba en metálico. Pero la persona de la recepción le reconocería sin duda. Le reconocería en cuanto apareciera su fotografía en la primera página, probablemente hoy. Siente que una oleada de adrenalina se le dispara por las venas. Se da cuenta también de que el personal del motel no tiene por qué saber necesariamente a qué hora se marchó, porque en medio del impacto de que Nora le dejaba, olvidó devolver la llave al salir. La había tirado después, al río. Podía decir que salió del motel cuando su mujer lo llamó. Nora y él aparcaban siempre en la parte de atrás, así que sus coches no estaban visibles desde la oficina del motel. Probablemente, el personal del motel no sabrá a qué hora se marchó. Nora no va a decir nada. Traga saliva mientras mantiene el equilibrio sobre el borde de una decisión.

—No, creo que no.

—Entonces, nadie puede confirmar dónde estuvo entre las tres cuarenta y cinco, cuando salió su hija del colegio, y cuando llegó usted a casa a las cinco cuarenta. Es bueno saberlo. —Ahora, se inclina hacia delante—. ¿Fue ayer a casa, doctor Wooler? ¿Cuando su hija estaba allí?

—No. —Se arma de toda la fuerza que tiene dentro y mira al detective directamente a los ojos—. No fui hasta que Erin me llamó, sobre las cinco y veinte. Llegué allí a las cinco cuarenta. La policía ya estaba allí cuando yo llegué.

Bledsoe asiente.

—De acuerdo. Eso es todo lo que necesitamos por ahora. Gracias. —Se pone de pie—. Si no le importa, puede quedarse aquí mientras hablamos con su mujer.

9

Erin está sentada, nerviosa, en la sala de interrogatorios, esperando a Bledsoe y a Gully. No sabe cuánto tiempo va a estar ahí. Está angustiada por la desaparición de su hija y piensa que todo esto es una pérdida de tiempo. Le preocupa lo que puedan pensar los detectives. Le inquieta que Michael esté solo en la sala de espera. Solo tiene doce años. Esto le va a afectar. Les va a afectar a todos ellos.

Por fin, se abre la puerta y entra Bledsoe, seguido de Gully. Erin no está ya tan segura de Gully.

—Empecemos —dice Bledsoe mientras Gully y él se sientan en frente de ella. Él le sonríe—. Esto es completamente voluntario. Puede marcharse cuando quiera.

Esto sorprende a Erin. A ella no le parece así. Se pregunta qué harían si se levantara y saliera. Bledsoe tiene una carpeta en la mano que coloca sobre la mesa. Erin se pregunta qué habrá en ella. Ojalá supiera qué ha contado su marido en su interrogatorio.

—Ha dicho usted que estaba en el trabajo cuando su hijo la llamó al móvil ayer a las cinco menos cinco de la tarde —empieza Bledsoe.

Así que, definitivamente, son sospechosos. Siente cómo empieza a aparecer la histeria. ¿Van a dedicar todas sus energías a buscar a Avery o a tratar de culparles de esto a ella y a William?

—Sí.

—¿Había alguien más en el despacho?

—Sí —asiente—. Había varias personas que pueden confirmar que estuve allí toda la tarde, hasta que me fui sobre las cinco. —Piensa que quizá esto sea un simple formalismo, algo que tienen que hacer, y que luego volverán a buscar a Avery.

—De acuerdo —contesta Bledsoe. Hace una breve pausa y, después, continúa—: Su marido no puede confirmar su paradero a la hora en que Avery desapareció.

Erin se queda perpleja. Había supuesto que estaba en el trabajo. ¿Dónde habría estado si no?

—¿Qué? —pregunta con voz débil.

Bledsoe clava la mirada en ella.

—Dice que había salido a dar una vuelta con el coche, más o menos, desde las dos hasta que usted le llamó a eso de las cinco y veinte. Nadie puede confirmar dónde estuvo.

Esto no se lo había esperado. Ni siquiera puede disimular su sorpresa. Siente que un extraño entumecimiento se asienta en su cuerpo.

—¿Alguna idea de dónde pudo estar? —pregunta el detective.

Ella niega con la cabeza.

—Si él dice que salió a dar una vuelta con el coche es que fue así. —Pero sus pensamientos se aceleran y siente un pellizco en el estómago.

—Eso es una vuelta muy larga —insiste Bledsoe.

—Le gusta mucho su coche nuevo —responde.

—¿Cómo describiría su relación con su marido? —pregunta Bledsoe.

—Es buena. —Él no deja de mirarla y eso le molesta; es como si estuviese dando a entender algo. No va a contarles las intimidades de su matrimonio. No es de su incumbencia—. Es decir, tenemos nuestros altibajos, como cualquiera, pero somos una pareja sólida.

—¿Y cómo es su marido con los niños?

—Es un padre excelente —insiste ella.

—¿Alguna vez pierde la paciencia? —pregunta Bledsoe.

Erin lanza una mirada a Gully. ¿Por qué no deja que ella haga alguna pregunta? Bledsoe le parece agresivo, enervante. Responde con cautela. No le gusta cómo está yendo esto.

—A veces. Igual que yo. Como cualquier padre. ¿Tiene usted hijos, detective? —Está entrando en pánico. ¿Qué ha contado William? ¿Qué ha confesado? ¿Por qué no se han imaginado esto y lo han hablado antes de venir aquí, cuando estaban en la habitación del hotel? Y a Michael le van a interrogar. Qué terrible poner a un niño en una situación así: «Contar a la policía la verdad o proteger a tus padres». Siente que la habitación empieza a dar vueltas.

Él no responde a su pregunta.

—Su marido dice que no fue a casa ayer por la tarde.

—Claro que no —responde ella.

—Si lo hizo, lo averiguaremos.

—No fue él, fue otra persona —insiste ella, con la histeria asomando en la voz—. Alguien debió llamar a la puerta y ella le dejó pasar. Alguien se la ha llevado. ¡Tienen que encontrarla! —Dirige su mirada de pánico a Gully, que la mira con compasión.

Michael se está mordiendo las uñas mientras está sentado solo en la sala de espera. Es un hábito que ha dejado recientemente, pero empezó de nuevo anoche, y con ganas. No le importa; su mundo se está desmoronando. Piensa que quizá el último momento feliz de toda su vida fuera cuando el entrenador lo elogió en el entrenamiento de baloncesto de ayer.

Tiene miedo por su hermana. Sabe que es un fastidio y que, a veces, consigue enfadar a todos, que hace que sus padres discutan. Lleva siendo así desde que tiene memoria. Se acuerda con claridad de la primera vez que su padre le pegó. Ella tenía seis años, estaba teniendo una pataleta porque no le habían dado la taza que quería durante la cena. Su madre se levantó de la mesa para sacarla del lavavajillas y lavársela, para tranquilizarla. Su padre estaba furioso. «Erin, siéntate. Deja de hacer todo lo que te pide. La estás malcriando». Y Avery le miró y le gritó: «TE ODIO», y dio un golpe tan fuerte en la mesa que todo se derramó. Él le dio una bofetada en la cara y todo quedó en silencio. Pero ese silencio no duró mucho porque, a continuación, sus padres se enzarzaron en una discusión tremenda. Michael se había echado a llorar, pero parecía que Avery, a pesar de todo, estaba disfrutando del caos que había provocado.

Sin embargo, ahora Michael no soporta la idea de que ella esté por ahí, sola. Ha pasado fuera toda la noche. Debe de estar asustada, puede que herida. Tiene una sensación de temor que no puede quitarse de encima. «¿Por qué no la encuentran?».

Es culpa suya. Si no la hubiese mandado a casa aquella vez, si no le hubiese dicho lo de la llave, probablemente le habría esperado ayer. Los dos estarían yendo hoy al colegio, como un día cualquiera. Pero, en lugar de eso, su familia está asustada y él sentado en la comisaría mientras los detectives interrogan a sus padres. Van a interrogarle a él. Siente náuseas solo de pensarlo. ¿Qué más quieren de él? Ya les ha contado lo que pasó. Lo lamenta. Ojalá pudiera volver a hacer todo de una forma distinta. Pero no puede, y ahora su hermana pequeña está desaparecida.

Oye que se abre una puerta al otro lado del pasillo y enseguida aparece la detective delante de él. Ya han terminado con su madre. Le toca a él. Siente un miedo paralizante, como cuando tuvo que dar una charla el año pasado en una asamblea escolar. Pero esto es mucho peor.

—Michael, ya estamos listos para empezar contigo —le dice Gully—. Ven conmigo, vamos con tu madre. —Su voz suena amable y le está sonriendo.

La sigue al interior de la pequeña habitación y ve a su madre sentada en una mesa frente al detective Bledsoe. Ella se pone de pie y se acerca a él. Lo rodea con los brazos y le besa en la cabeza. Últimamente, él le ha estado diciendo que no haga eso, que ya no es un niño pequeño, pero ahora desea todo el consuelo que ella le pueda dar.

—Siéntate —le dice Bledsoe. Michael se sienta junto a

su madre—. No vamos a tardar mucho, muchacho, así que, tranquilo.

Michael asiente en silencio. Quiere agradarles.

—Cuando volviste a casa ayer después del colegio, después del entrenamiento de baloncesto, ¿estaba tu padre en la casa? —pregunta Bledsoe.

Michael se queda sorprendido. Nota que su madre se pone en tensión a su lado, como si temiera cuál pueda ser su respuesta. Levanta los ojos hacia ella, pero su madre tiene la mirada fija hacia el frente, hacia los detectives.

—No pasa nada si cambias ahora tu versión —dice Bledsoe con tono tranquilizador—. Solo queremos saber la verdad. ¿Nos la puedes decir? ¿Nos puedes contar la verdad, Michael?

Su madre está rígida a su lado, pero no dice nada. Él traga saliva, nervioso.

—No. No estaba allí. ¿Por qué me pregunta esto? —Su voz suena un poco aguda.

—¿Sabes si había estado allí con anterioridad, antes de que tú llegaras a casa?

Michael niega con la cabeza, consternado. Están acusando a su padre. Creen que él le ha hecho algo a Avery. Todo se tambalea.

—No —responde—. No estaba, lo juro. No había nadie. La casa estaba vacía.

—De acuerdo —dice Bledsoe. Espera un momento y, después, pregunta—: ¿Cambiaste algo en la casa, Michael? ¿Ordenaste un poco, quizá?

—¿Qué? —Vuelve a mirar a su madre, que parece paralizada y espantada. Vuelve a mirar al detective y le contesta con cierta furia—: ¿Por qué me pregunta eso? ¡Yo no he hecho nada!

—Vale, Michael, no pasa nada. Teníamos que preguntártelo, ¿de acuerdo? —Bledsoe apoya la espalda en la silla y dice—: Entonces, ¿no colgaste tú la cazadora vaquera de Avery?

—No. —Les está diciendo la verdad. Él no colgó la cazadora. No limpió nada. No vio a su padre. Les ha contado la verdad, pero parece que no le creen.

—¿Cómo describirías a tu padre, Michael? —pregunta el detective.

«Creen que papá lo ha hecho», piensa Michael, preocupado. «Se equivocan. Papá no estaba allí. Les ha dicho la verdad».

—Es bueno —dice, por fin—. Es un buen padre.

—¿Alguna vez pierde los estribos contigo?

Michael niega despacio con la cabeza.

—No.

El detective espera; quiere más. Michael no quiere añadir nada. Quiere que esto acabe.

—¿Alguna vez pierde los estribos con tu hermana?

Ahora, Michael no puede mirar a su madre, no lo soporta. No sabe qué responder. Siente cómo pasa el tiempo hasta que su silencio es la respuesta que están buscando, y ya es demasiado tarde.

—¿Qué hacía cuando perdía la paciencia con tu hermana?

Michael traga saliva antes de contestar.

—A veces, le ha gritado.

Bledsoe asiente despacio.

—¿Alguna vez le ha pegado?

—No de verdad.

—Es una respuesta de sí o no, Michael.

—Solo le ha dado alguna bofetada, para calmarla.

—Para calmarla —repite Bledsoe.

—Se lo merecía —dice Michael en defensa de su padre.

Los dos detectives dirigen la mirada a su madre.

10

Gully sale de la sala de interrogatorios detrás de Bledsoe, Erin y Michael. Van todos en silencio. Han acabado, por ahora. Los resultados que han obtenido de estos cortos interrogatorios resultan inquietantes. El padre no tiene coartada. El padre tiene mal genio, en el pasado ha perdido los estribos con su dificultosa hija. Se sabe que la ha abofeteado en varias ocasiones. Esto ha provocado fricciones entre los padres, ha perjudicado al matrimonio, algo que la madre, por fin y a regañadientes, ha confesado.

A Bledsoe se le dan mejor los interrogatorios de lo que Gully se esperaba. Se ha quedado impresionada. Está segura de que él cree que William Wooler puede haberle hecho algo a su hija. Desde luego, es posible. Pero le preocupa que Bledsoe sea corto de miras y no considere otras posibilidades. Ya lo ha visto antes, con otros detectives a los que ha conocido. Tendrá que asegurarse de que no ocurra lo mismo aquí.

Nora baja a la cocina y ve que Al y Ryan ya están ahí, desayunando y tomando café. Normalmente, es ella la primera en bajar, pero esta mañana ha dormido hasta más tarde de lo habitual. Ha pasado despierta casi toda la noche y ha conseguido quedarse dormida justo antes del amanecer.

Ahora, se sirve una taza de café de la cafetera.

—Buenos días —dice.

Los dos responden con un gruñido.

Al tiene el portátil abierto sobre la mesa de la cocina, a su lado, mientras Ryan consulta su teléfono. A ella no le gusta que usen la tecnología en la mesa, pero hoy es distinto. También ella quiere echar un vistazo a su teléfono, pero no quiere parecer demasiado ansiosa y ellos saben que nunca mira el teléfono antes de desayunar. No sabe bien cómo actuar, cuál es el nivel adecuado de preocupación que debería mostrar.

—¿Qué es lo último que se sabe? —pregunta mientras da un sorbo a su café y se sienta al lado de Al. Faith se levantará enseguida.

Al levanta la vista hacia ella.

—No la han encontrado.

A Nora se le encoge el corazón.

—Consideran la casa de los Wooler como el lugar de los hechos —continúa Al.

—¿Qué?

—Mira —dice Al empujando el portátil hacia ella. Le inquieta ver el precinto policial a lo largo del porche delantero de los Wooler y lo que eso significa. No dan más detalles. Pero debe querer decir que ya no creen que a la hija de William la hayan secuestrado de camino a casa desde el colegio. Los pensamientos de Nora se arremolinan en su cabeza. ¿Ha entrado alguien a la casa y se la ha llevado? Suena increíble. Nada de eso ha pasado nunca en su ciudad.

—No lo entiendo —dice tontamente.

—Está bastante claro —contesta Al—. Creen que le ha pasado algo en la casa. Probablemente piensan que lo ha hecho el padre.

Lo mira incrédula.

—Eso es absurdo —dice.

—¿Lo es? —La observa de una forma que a ella le cuesta interpretar.

Ryan alza rápidamente la mirada hacia los dos. Nora se levanta de la mesa y mete pan en la tostadora. Pero es solo por hacer algo; no sabe cómo va a ser capaz de comérselo.

Al y Ryan se van de la mesa y se preparan para incorporarse a la búsqueda. Están serios, cansados, sin las mismas ganas que la noche anterior. Nora está deseando que se vayan. En cuanto salen por la puerta, busca alguna otra noticia en el portátil de Al, pero no hay nada más. Piensa en lo que ha dicho Al. Se pregunta si la policía considera a William sospechoso. Siempre se sospecha de los padres, ¿no? Siente un escalofrío de miedo. Es un médico muy respetado en Stanhope. Muy popular. Resulta imposible que le puedan creer capaz de hacer daño a su hija.

No puede deshacerse de su sensación de culpa, de que a William y a ella los están castigando por lo que han hecho. Le aterra que la policía encuentre el teléfono secreto de William. Ahora sí que lo van a encontrar, claro, si consideran la casa como escenario de los hechos. Un daño colateral, eso es lo que ella va a ser. Ella y su familia, destrozados. Y entonces se siente avergonzada porque una niña pequeña podría estar muerta y ella está pensando en cómo le va a afectar a ella.

Se prepara, con manos temblorosas, para su turno de voluntariado en el hospital, mientras Faith se arregla para ir al colegio, que seguro que va a ser espantoso. Hoy va a haber muchas lágrimas en el colegio, quizá apoyo adicional para los pequeños compañeros de clase de Avery, para ayudarles a enfrentarse a todo esto.

Normalmente, Faith va caminando sola al colegio. Pero hoy, Nora la acompaña. Quiere sujetar a su hija de la mano, como hacía antes, pero se contiene. Pasan junto a la casa de los Wooler, en lo alto de la calle, con su fuerte presencia policial, el precinto, las cortinas echadas, y piensa en él ahí dentro, con su mujer, su mundo desmoronándose alrededor de ellos. Se pregunta si él pensará en ella.

No son aún las nueve de la mañana del miércoles cuando Gully y Bledsoe terminan con los Wooler. Un agente de uniforme se lleva a la familia de vuelta al hotel para que recojan sus cosas; los de la científica habrán acabado pronto con la casa y pueden volver. Aún tienen que estudiar unas huellas dactilares, pero no han encontrado nada de interés, ninguna señal de que la niña sufriera ningún daño dentro de la casa, ningún rastro de sangre que hubiesen limpiado apresuradamente. Se han llevado el coche de William al laboratorio de criminalística, pero han dejado el de Erin. Saben que Erin estuvo en el trabajo hasta después de que Avery desapareciera. Gully piensa que tienen que mantener la esperanza de que la van a encontrar pronto en algún lugar, y aún viva, pero a medida que pasan las horas, ese resultado se vuelve menos probable. Es una decepción que en el registro no haya salido nada; ni siquiera los perros rastreadores han encontrado nada.

—Tenemos que considerar la posibilidad de que puedan haberla matado dentro de la casa, estrangulada o asfixiada —dice Bledsoe—. Y la mejor forma de sacar el cadáver sin peligro a ser vistos a plena luz del día sería por el garaje, en el maletero del coche, con la puerta del garaje cerrada. Tienen una cerradura y una apertura automática de la puerta, así que los únicos que podrían haberlo hecho son los padres. Y sabemos dónde estaba la madre.

Gully asiente despacio. Desde luego, es una posibilidad que el padre la matara y la sacara de la casa de esa forma.

—Si alguien la sacó por detrás y a través del bosque, nuestro equipo habría encontrado algo —dice.

Pero ninguno de los agentes que ha ido puerta por puerta ha encontrado a nadie que viera el coche de Wooler salir o entrar del garaje. No parece que nadie haya visto nada la tarde anterior. Nadie vio a Avery volver a casa desde el colegio, ni tampoco en la puerta de la casa, sola o con alguien más. No hay cámaras en la zona. Tampoco en los cruces de las calles que van hasta la casa de los Wooler. No se ha visto a nadie inusual merodeando por la casa o por el barrio, ni tampoco ningún vehículo desconocido por la zona. El teléfono de colaboración ciudadana que se habilitó la noche anterior no ha tenido ningún resultado de utilidad hasta ahora. Si Avery se montó en un coche, podría estar ya en cualquier sitio. Han enviado su descripción a todo el estado y a todo el país. Todo el mundo busca a Avery Wooler.

Han acordado que los padres hagan un llamamiento en una aparición en televisión. Los van a traer de nuevo a la comisaría de policía para que lo hagan a mediodía de hoy. Gully piensa que quizá dé algún resultado. Eso espera. Porque hasta ahora no tienen nada. Salvo algunas dudas con respecto al padre de la niña desaparecida.

William puede sentir la aguzada tensión entre su mujer y su hijo y él. Casi se oye chisporrotear dentro del silencioso coche de la policía mientras los llevan de vuelta al hotel. Cuando llegan, le dice a Michael que recoja sus cosas en su habitación. Quiere hablar con Erin sin que Michael esté presente.

Una vez dentro de su habitación, él la mira y baja la voz para que Michael no le pueda oír desde la habitación de al lado:

—¿Qué les has contado?

Ella lo mira, asustada, enfadada, y le responde disparándole con otra pregunta:

—¿Dónde estuviste ayer por la tarde? ¿Por qué no estabas en el trabajo?

No sabe qué decir. ¿Cuánto tiempo va a poder seguir inventando mentiras? Seguramente encontrarán el teléfono en cualquier momento, si es que no lo han hecho ya. Pero es un cobarde, o quizá un ridículo optimista, no está seguro.

—Estaba agotado. No me apetecía estar en el trabajo. Me fui a dar una vuelta con el coche.

—¿Durante tres horas? —exclama ella—. ¡Dios mío! ¡Creen que le has hecho algo a Avery!

—¡No he hecho nada! —responde él, recordando el golpe que hizo que Avery se cayera al suelo y cómo después lo borró todo de forma deliberada.

Ella lo mira, con semblante frío, casi indiferente.

—Saben que pierdes los estribos, que alguna vez le has dado una bofetada a Avery.

—¿Se lo has contado tú? —Ahora está enfadado con ella, se siente traicionado. Sí que pierde los estribos, no se enorgullece de ello. Se avergüenza de ello. Ha abofeteado a su hija en varias ocasiones, pero no se parece en nada a lo que su padre hacía con él. Y al contrario que su padre, él se ha sentido de inmediato abrumado por el remordimiento y la culpa. Y al contrario que su madre, que no hacía nada por intervenir, Erin se ha puesto al instante contra él en cada ocasión, más furiosa con él que con su rebelde e incontrolable hija.

Y entonces, de alguna forma, el problema termina cambiando; ya no es un asunto entre ellos dos y Avery, por algo que ella haya hecho o no, sino un problema entre Erin y él, y ya no es por el comportamiento de Avery, sino por el de él. Al final, su mujer siempre encuentra excusas para Avery, pero nunca para él. Siempre señala con un fastidioso aire de superioridad que él es el adulto. Avery es lo que se ha interpuesto entre ellos, los dos lo saben. La constante presión de tener que lidiar con ella los ha enfrentado. Ha provocado animadversiones, un enorme daño a su matrimonio. Los ha destrozado. Erin es más progresista, más paciente; él es tradicional y pierde los estribos. Ya rara vez están de acuerdo en cómo manejar a Avery. Discuten por ello a todas horas, van acumulando resentimiento y rencor. A los dos les preocupa que alguien lo sepa, que Avery le cuente a alguien del colegio que su padre le pega, también les preocupa el impacto que todo esto tiene en Michael. Y ahora la policía conoce su feo secreto.

Ahora ella también está enfadada.

—¡Desde luego que no se lo he contado! No soy tonta. Sé lo que eso podría parecer. —Respira hondo y habla con tono triste—: Han puesto a Michael entre la espada y la pared. Ha tenido que contarles la verdad. Yo no podía decir que estaba mintiendo.

William siente como si le hubiesen dado un puñetazo en el estómago.

—Joder —dice.

—No culpes a tu hijo por esto —le espeta su mujer—. Esto es por tu culpa.

11

William recorre el camino de entrada con su mujer y su hijo, pasan junto al aluvión de gritos de los periodistas y el precinto amarillo de la policía. «¿Cuándo van a quitar esto?», piensa lleno de rabia.

Siente una punzada de temor al entrar. El equipo de la policía científica ha estado aquí toda la noche. No han podido encontrar el teléfono o lo habrían dicho. Pero se han llevado su coche y van a revisarlo con detenimiento. ¿Qué va a hacer cuando lo encuentren? Tendrá que confesar su aventura. Odia lo que eso le va a provocar a Erin, especialmente ahora, la manera en que va a distorsionarlo todo. Y tampoco quiere que Nora se vea metida en esto. Mantendrá su nombre al margen. Utilizaban sus teléfonos con moderación, nunca se dirigían el uno al otro por su nombre en sus mensajes. Debería haberse deshecho del maldito teléfono.

Entran en la casa y encuentran a la detective Gully en la cocina. William no quiere mirarla a los ojos, ahora que ella sabe lo disfuncional que es esta familia, ahora que sabe qué tipo de padre es.

—Han terminado. Podemos quitar el precinto —anuncia—. Pero tenemos que hablar de una cosa.

A William se le va a salir el corazón por la boca. Mira a su mujer, consciente de que esto va a ser lo que acabe con los dos.

—El llamamiento por televisión. Va a ser difícil y tenemos que prepararlos —dice Gully.

Gully ha organizado antes este tipo de cosas. Siempre resulta estresante para los padres, y eso se nota. Erin está pálida como la leche y Gully nota que su aspecto es considerablemente peor que el que tenía ayer. A pesar de su estoicismo innato, la presión le está afectando. Eso y quizá el hecho de que los movimientos de su marido no están muy claros. William parece inquieto, distraído.

Celebran la rueda de prensa a las doce del mediodía dentro de una sala de la comisaría de policía, con muchos asientos para los periodistas, pero hay más que salen por la puerta hasta el pasillo. Los destrozados padres se turnan para leer una declaración preparada que han redactado con la ayuda de Gully, con Michael colocado junto a ellos de pie y en silencio. Saldrá en televisión, con fotografías de la niña desaparecida en la pantalla y el teléfono de colaboración ciudadana deslizándose por la parte inferior. Tiene algo de teatral para suscitar interés y la ayuda de la audiencia. Lo hacen para provocar una sacudida y ver si sale algo. Permite que los padres sientan que están ayudando.

Pero es algo por lo que también los van a juzgar. La gente tendrá opiniones y no va a dudar en compartirlas. Las redes sociales lo han empeorado todo de una forma exponencial. Gully sabe que las personas gestionan el estrés y el dolor de modos distintos. Hay quienes no pueden llorar porque están impactados. Y habrá televidentes que interpretarán ese impacto como frialdad, como falta de sensibilidad. «¿Qué se puede hacer?», piensa Gully. Una cierta proporción de la audiencia siempre pensará de manera automática que los padres han tenido algo que ver con la desaparición de su hija pequeña e interpretará cualquier cosa que vea en su comportamiento como una confirmación. «Y no saben ni la mitad», piensa Gully al recordar sus interrogatorios con el doctor Wooler, su mujer y su hijo esa misma mañana.

Los detectives saben más de lo que están contándole al público. Saben que Avery estuvo en la casa esa tarde, con otra persona. Saben que el padre no tiene coartada, que ha abofeteado a su hija en alguna ocasión, que la relación del matrimonio se ha resentido por ello. Saben que Avery no lleva su cazadora vaquera. Pero por ahora, no van a mencionar nada de todo eso.

Bledsoe se acerca al micrófono y se presenta.

—Gracias por venir —dice—. Ayer por la tarde, Avery Wooler, de nueve años, salió de la escuela de primaria Ellesmere aproximadamente a las tres cuarenta y cinco de la tarde y se fue sola a casa a pie. Nadie la ha visto desde que salió del colegio. Tiene un metro veinte de estatura, unos veintisiete kilos de peso, el pelo rubio y los ojos azules. La última vez que se la vio llevaba unos vaqueros azul oscuro, una camiseta blanca con margaritas por delante, zapatillas rosas y una cazadora vaquera azul oscuro. Si han visto a Avery o a alguna persona, actividad o vehículo que pueda ser sospechoso en los alredededores donde Avery ha desaparecido o si tienen información que pueda ser de relevancia, por favor, llamen al número que aparece en la pantalla. Ahora, los padres van a pronunciar unas palabras. Por favor, sean respetuosos. No van a responder a ninguna pregunta.

Bledsoe se aparta del micrófono y hace una señal a Erin y a William para que se acerquen mientras Gully observa con atención.

Erin es la primera en hablar. Muestra cierta dignidad trágica. Su voz suena calmada y no se oiría de no ser por el micrófono. Mira fijamente el papel, que le tiembla en las manos.

—Nuestra hija, Avery, ha desaparecido. Es una niña guapa y lista con toda la vida por delante. La queremos y deseamos su regreso con desesperación. Por favor, ayúdennos a encontrarla. —Levanta los ojos y las cámaras lanzan destellos, haciéndola pestañear.

William coge el micrófono de sus manos y lee:

—Avery, si puedes oírnos, debes saber que te queremos y que deseamos que vuelvas más que nada. —Parece vacilar y, después, se recupera—. Si hay alguien ahí afuera que tenga a nuestra hija, le suplicamos que nos la devuelva, por favor. Suéltela en un lugar seguro. Es lo único que pedimos. No es más que una niña. Puede dejarla marchar. Si lo hace, no pasará nada.

Nora, con ropa de calle pero con un cordón que la identifica como voluntaria del hospital, camina rápida por el pasillo en dirección a la sala, con sus zapatos chirriando por las baldosas del suelo, justo antes de las doce. Sabe que van a retransmitir un llamamiento en directo por televisión sobre Avery. Todo el mundo ha estado hablando de ello y sabe que van a tener la televisión encendida en la sala. Nora está deseando ver a William, aunque solo sea a través de una pantalla de televisión. No lo ha visto desde que se separaron en el motel y, desde entonces, han pasado muchas cosas. Tiene que observar su cara, tratar de intuir cómo lo lleva. Cuando entra en la sala, con la televisión colocada en el rincón, pegada al techo, ve que está atestada por el personal. Han acudido todos los que han podido.

Todos están preocupados por el doctor Wooler y su hija desaparecida. Nora se sienta en uno de los pocos asientos que quedan libres, junto a Marion Cooke, una de las enfermeras con las que trabaja con regularidad, que casualmente también vive en Connaught Street. Marion la mira un momento y dirige su atención de nuevo a la pantalla con rapidez. Nora se da cuenta de que la doctora Vezna parece especialmente afectada, igual que un par de enfermeras. Nora se pregunta qué expresión tendrá ella. Mira por la sala. Son todos compañeros del doctor Wooler; todos le tienen aprecio y lo respetan. Tiene fama de ser inteligente, cariñoso y muy trabajador; muchos de ellos llevan años colaborando con él. Hoy todo el mundo está afectado.

Y entonces, Nora se acuerda del teléfono. Cuando eso salga a la luz, todos los que están en esta sala sabrán lo de su aventura. De repente, se siente mareada.

La sala queda en absoluto silencio cuando empieza la declaración. Tras las palabras del detective, habla la madre de Avery. Nora la mira fijamente, apenas la reconoce. Recuerda a Erin como una mujer muy atractiva, la ha visto en actos del hospital, pero ahora nadie lo diría. Y después, es el turno de William. Nora no puede soportar ver el dolor y el miedo de William mientras lee ante el micrófono. Y a continuación, habla como si se dirigiera directamente a la persona que se ha llevado a su hija y le suplica que la devuelva sana y salva. No cree ni por un segundo que no esté siendo sincero. Piensa que nadie podría dudar de él al verle. Mira a la doctora Vezna, que tiene la mano apretada sobre su boca. Otras personas a su alrededor muestran distintos estados de estoicismo o angustia. Nora piensa que es como si estuviese en un funeral, pero aparta ese pensamiento de su mente. No puede soportar pensar que la hija de William esté desaparecida… o muerta. Se esfuerza por no llorar. Busca el pañuelo en el bolsillo de sus pantalones.

Marion, sentada a su lado, es una de las estoicas. Pero es la primera en levantarse y salir de la sala cuando termina. Nora sabe qué siente Marion por William y sospecha que desea estar sola.

12

La búsqueda continúa, pero no hay rastro de Avery. Gully sabe que es una carrera contrarreloj; a cada hora que pasa, las posibilidades de encontrarla con vida disminuyen.

Sin embargo, inmediatamente después del llamamiento por televisión, empiezan a entrar las llamadas. Unos agentes de uniforme responden a ellas y hacen seguimiento de cada una, salvo las que parecen claramente estrambóticas. Para una ciudad que se enorgullece de su sentido de la vida en comunidad, de cuidarse unos a otros, hay un sorprendente número de personas dispuestas a contar a la policía que tienen un conocido que les resulta extraño o que podría ser un pervertido. Gully suelta un suspiro mientras piensa que, como en todas las ciudades pequeñas, la mentalidad puede ser más estrecha que en las grandes metrópolis.

Gully está en la sala grande que han establecido como puesto de mando cuando Bledsoe se acerca a ella. Gully levanta los ojos.

Bledsoe le habla con una mirada cómplice:

—No te imaginas lo que acaban de encontrar en el coche de William Wooler.

—ADN de Avery en el maletero —contesta Gully con tono sombrío.

Él niega con la cabeza.

—No. Aún siguen analizando. Pero sí han encontrado un teléfono desechable escondido en el reposabrazos del asiento trasero.

Gully está asimilando la noticia cuando un agente se acerca a los dos:

—Hay alguien que quiere verles.

Erin está sentada, casi catatónica, en el sofá de su sala de estar. Le atormenta pensar en Avery. ¿Dónde está? ¿La tienen retenida en algún sitio? Durante un momento, a Erin le cuesta respirar. Debe dejar de imaginarse esas cosas. Debe aferrarse a la esperanza, concentrarse en tener a Avery de vuelta.

Al menos, la policía ya no considera la casa como lugar de los hechos. Quizá ahora dediquen más esfuerzos a buscar a Avery en lugar de a tratarlos como posibles sospechosos. Pero piensa inquieta en su marido. ¿Por qué pasó tanto tiempo fuera del trabajo ayer por la tarde? ¿Qué narices hacía yéndose a dar una vuelta con el coche cuando se suponía que tenía que estar trabajando? ¿Le está ocultando algo?

—Deberías comer algo —le insta William—. Apenas has comido desde... —Vacila—. Ayer.

Ella no responde. Se limita a mirarlo en silencio. Michael, incapaz de seguir soportándolo más, se ha retirado a su dormitorio, probablemente para entretenerse jugando con el ordenador. Ella está a punto de preguntar de nuevo a su marido qué estuvo haciendo la tarde de antes, pero él habla primero:

—Voy a hacerte una tostada. Y un té. ¿Vale? —le ofrece William, solícito.

Se retira a la cocina. Ella piensa que, al menos, ahora los han dejado solos, después de una mañana tan desagradable. Qué calvario ha sido todo: el angustiante interrogatorio en la comisaría, volver a casa desde el hotel para preparar la declaración, la aparición en televisión. Podía sentir cómo le temblaban las manos durante todo el tiempo. No puede soportar verlo, pero la televisión está puesta con volumen bajo en la sala de estar y a cada hora están retransmitiendo el llamamiento en el canal local. Se están esforzando. Todos se están esforzando.

William le trae una tostada con mantequilla y el té y lo deja en la mesa de centro, delante de ella. De repente, el olor hace que Erin se dé cuenta de lo hambrienta que está. William tiene razón, no ha comido desde ayer a mediodía. No ha podido tocar ese muffin de esta mañana.

Alguien llama a la puerta y los dos se quedan inmóviles.

—¿Quién es? —pregunta Erin con un pellizco en el estómago. Le es imposible ver a nadie ahora mismo. Ni siquiera amigos bienintencionados. Le ha dicho a William que les diga a todos que se marchen. Quiere estar escondida hasta que todo esto haya terminado.

—No lo sé —responde William, y se acerca a la ventana de la sala de estar para asomarse por un hueco de las cortinas y mirar hacia la puerta de la calle—. Joder —protesta con vehemencia—. Son esos putos detectives. —De inmediato, parece inquietarse, ponerse en guardia.

A ella le sorprende su reacción.

—Quizá traigan alguna noticia —dice—. Puede que la hayan encontrado. —Siente una repentina y alarmante mezcla de esperanza y miedo que la aturde.

William va a abrir y los deja pasar; Erin no cree que pueda ponerse de pie. La tostada y el té siguen en la mesa, intactos.

Bledsoe y Gully entran en la sala de estar, donde ya han pasado tanto tiempo. Se sientan en los mismos sillones que en anteriores ocasiones mientras William se une a ella en el sofá.

—¿La han encontrado? —pregunta Erin con voz temblorosa.

Gully niega con la cabeza.

—Me temo que no —dice Bledsoe—. Aún no. —Mira directamente a su marido y hace una larga pausa.

Erin empieza a asustarse. «¿Qué está pasando aquí?».

—Pero hemos recibido una llamada —continúa Bledsoe—. Al final, sí que hay alguien que vio algo. —Espera un momento—. Uno de sus vecinos vio su coche, doctor Wooler, entrando a su garaje a eso de las cuatro de la tarde de ayer.

Erin se gira para mirar a su marido, horrorizada.

William está de vuelta en la comisaría de policía, en la misma sala de interrogatorios donde ha estado esa misma mañana.

—¿Tengo otra opción? —le había preguntado a Bledsoe antes en la casa.

—La verdad es que no —había contestado Bledsoe—. Será mejor que le leas sus derechos, Gully.

Su mujer ni siquiera se ha levantado del sofá cuando se lo han llevado. No se ha puesto de su parte. Ya no. Él ha pensado que nunca más lo estará después de esto. Habían terminado. Ella le iba a odiar. Y Michael también.

William les ha dicho que no necesita abogado porque no ha hecho nada malo. Se pregunta si será un error, pero ya se encuentra en una mala situación y no quiere quedar peor.

Le dicen que le están grabando en vídeo y empiezan.

—Tenemos un testigo que vio su coche entrar en su garaje ayer a eso de las cuatro de la tarde —dice Bledsoe.

Al principio, él lo niega. Quiere negar que todo esto esté pasando. Hace un gesto de negación con la cabeza.

—No. Es imposible. No estuve allí.

—Pero alguien lo vio allí, William —insiste Bledsoe—. Uno de sus vecinos lo vio. Después, se fue y pasó la noche fuera por un viaje de trabajo y no ha venido a la comisaría a informarnos hasta esta mañana. Tiene usted que darnos una explicación.

William se coloca las dos manos sobre la cara y empieza a llorar. Llora como si estuviese destrozado. Está destrozado. Jamás conseguirá sobrevivir a esto. Pero mientras él llora y los detectives le miran, se da cuenta de que en algún lugar dentro de él existe un instinto de supervivencia. Por fin, se tranquiliza y se limpia los ojos con las manos. Gully empuja una caja de pañuelos hacia él. Están esperando mientras él mantiene la mirada fija en la mesa. Piensa que estos cabrones engreídos creen haber resuelto el caso. Bueno, pues no es tan sencillo.

—Yo no le hice nada —dice—. No sé dónde está. —Los detectives se limitan a mirarlo, esperando—. Estuve allí —confiesa por fin, consciente de su propia condena. Jamás le van a creer—. Decidí volver a casa temprano, para variar. Creía que la casa estaría vacía. Era martes y Michael tenía entrenamiento de baloncesto y Avery ensayo del coro y creía que no vendrían a casa hasta las cinco menos cuarto, más o menos.

—Continúe —lo anima Bledsoe cuando se detiene.

—Es que nunca puedo estar solo —dice—. Siempre hay gente alrededor. Tengo una consulta muy concurrida, no doy abasto en el hospital y todos están en casa cuando vengo y yo solo necesitaba un poco de espacio. Solamente tengo tranquilidad cuando voy en el coche. —Qué estúpido suena eso. Gully asiente como si le entendiera, pero Bledsoe no hace ni un solo movimiento, ni siquiera un parpadeo—. Pero cuando entré en la cocina, Avery estaba allí. —Gully parece compadecerse, así que, le habla a ella—: Colgué yo su cazadora, porque ella la había dejado en el suelo de la cocina. —No puede continuar.

—De acuerdo —dice Bledsoe—. ¿Qué ocurrió después?

William traga saliva.

—Le pregunté qué estaba haciendo en casa sola. Y me contó que se había portado mal y que la habían echado del coro. Yo le dije que debería haber esperado a su hermano, pero ella se puso muy respondona. Perdí los nervios y... le di una bofetada. —Se detiene. Fue mucho más que una bofetada, pero eso no se lo va a contar. No va a contarles todo.

—¿Y después? —pregunta Bledsoe.

—¡Le pedí perdón! Le dije que lo sentía, que no debería haberle dado una bofetada. Que la quería y que debería haberme comportado mejor. Pero ella no decía nada ni me miraba. —Mira a Bledsoe a los ojos—. Y entonces, me fui.

Está seguro de que Bledsoe no le cree.

—Por eso estaba tan seguro de que debía haberse escapado, al menos, al principio —se apresura a explicar William—. ¿Lo entienden? Estaba enfadada conmigo por haberle pegado, así que, debió salir de casa después de irme yo y alguien se la llevó, y tienen que encontrarla...

Gully lo interrumpe:

—¿Por qué no nos ha contado antes que estuvo en la casa, que fue usted quien colgó la cazadora? Podría habernos ahorrado mucho tiempo.

—Porque sabía lo que iba a parecer, que ustedes supondrían que yo le había hecho algo, pero es evidente que no fue así.

—No es tan evidente para mí —dice Bledsoe con vehemencia.

William vuelve a mirar al detective, asustado.

Bledsoe se inclina hacia William por encima de la mesa.

—Usted estuvo allí. Tuvieron una discusión y le dio una bofetada. Nadie la ha visto desde entonces. Nadie la vio salir de la casa. Yo creo que salió de ella en el maletero de su coche.

William se siente palidecer.

—No. —Niega con la cabeza—. No, eso es absurdo. No es eso lo que ocurrió.

Bledsoe vuelve a apoyar la espalda en su silla.

—Lo normal es que un padre que desea que su hija vuelva más que nada en el mundo nos hubiera contado que había estado allí, que había colgado él su cazadora —dice—. Un padre inocente que quisiera volver a ver a su hija con vida no habría mentido a la policía. —Y añade—. Ni a su mujer.

El rostro del detective se vuelve borroso ante los ojos de William. Siente una tirantez en el pecho.

—Estamos analizando su coche en el laboratorio, palmo a palmo. Enseguida sabremos si su hija ha estado en el maletero. —Bledsoe se inclina aún más—. Ya hemos encontrado otra cosa en su coche.

William se hunde en su asiento. Siente como si se quedara vacío.

—Eso no tiene nada que ver con mi hija —dice por fin.

—Un teléfono imposible de rastrear, muy bien escondido. Guarda usted muchos secretos, doctor Wooler.

—Estaba teniendo una aventura —confiesa sin rodeos.

—¿Con quién?

—Eso no se lo puedo decir.

Los detectives esperan, mirándolo.

—Ese coche suyo, el Infiniti G37, es nuevo, ¿verdad? —dice Bledsoe, por fin.

William asiente.

—Lo del teléfono desechable ha sido una sorpresa. No entiendo cómo pasó inadvertido en el primer registro del coche en su garaje. Tiene un compartimento secreto en el reposabrazos del asiento trasero, algo que viene de fábrica, pero que pocos conocen. Aparece si se busca en internet. Es evidente que usted lo sabía. ¿Es por eso por lo que compró ese coche, doctor Wooler?

William lo niega.

—Yo no lo sabía. Lo descubrí por casualidad. —Es mentira. Sí que lo sabía. Sí que fue una de las razones por las que compró ese coche en particular. Acababa de empezar su aventura con Nora. Recuerda lo emocionado que estaba el día que lo sacó del concesionario.

—Lo que vemos aquí, doctor Wooler, es un patrón de mentiras —dice Bledsoe.

—Yo no le he hecho nada a mi hija —protesta William—. Estaba teniendo una aventura. Por eso tenía el teléfono. Eso fue lo que hice ayer por la tarde antes de ir a casa. Estuve en un motel con otra mujer. No estuve por ahí con el coche como dije. Por eso mentí. No quería que mi mujer lo supiera.

—¿Qué motel? —pregunta Bledsoe.

—El Breezes, en la autopista nueve.

—¿A qué hora salió del motel?

—Sobre las cuatro menos cuarto. Vine a casa, vi un momento a mi hija y me volví a marchar. Estaba bien cuando la dejé.

—¿Qué hora era cuando salió de su casa?

—No lo sé exactamente, alrededor de las cuatro y veinte.

—¿Y adónde fue después de salir de su casa? —pregunta Bledsoe.

William traga saliva.

—Después sí que estuve de verdad dando una vuelta con el coche.

—¿Y el registro de su móvil lo puede confirmar? —pregunta Bledsoe.

Había apagado el móvil cuando se reunió con Nora en

el motel. Siempre lo hacía. No quería que los molestaran. Tenía su busca por si en el hospital necesitaban ponerse en contacto con él. Y había apagado también el otro móvil después de enviar a Nora por mensaje el número de la habitación del motel y de que ella contestara. No había vuelto a encender de nuevo su móvil hasta poco después de las cinco. Sabe la impresión que va a dar. No puede hacer nada al respecto. Traga saliva antes de contestar.

—Apagué el teléfono.

Hay una larga pausa que se extiende durante un rato.

—Ah, ¿sí? —pregunta por fin Bledsoe.

13

Nora vuelve a casa de su turno en el hospital a media tarde. Ha estado todo el día consultando las noticias en el móvil cada vez que ha podido. Pero ahora enciende el portátil y descubre unas imágenes de William cuando los detectives lo sacan de su casa rodeado por la prensa y lo llevan a la comisaría para interrogarle esa misma tarde. Es preocupante. Lee que es la segunda vez que le interrogan ese mismo día en la comisaría. «¿Por qué? ¿Por qué se están centrando en William?». Han pasado casi veinticuatro horas desde que Avery desapareció y no hay rastro de ella. Es evidente que la policía cree que William ha tenido algo que ver. Nora sabe que no puede ser verdad. No se imagina lo que él debe estar pasando. Aterrado por la desaparición de su hija. Y sospechoso, puede que acusado.

Su marido y su hijo regresan a casa poco después que ella, con frío y hambre tras varias horas de búsqueda. Se sientan a la mesa de la cocina mientras ella les prepara unos bocadillos que les calmen el hambre hasta la cena. Prepara la comida como si estuviese en trance. Ryan guarda silencio, pero Al le cuenta lo que han hecho, que han pinchado el suelo con palos, buscando tierra recién removida en el bosque, la señal de alguna fosa poco profunda, el desánimo cada vez mayor al no encontrar nada...

—Debe estar ya muerta —dice—. Es lo que piensan todos, te lo puedo asegurar. Creen que ha sido el padre. Y es médico.

Ella le mira.

—¿Qué? ¿A qué te refieres?

Él la mira sorprendido.

—Está en todas las noticias —dice—. Se lo han vuelto a llevar para interrogarlo. Apuesto a que pronto lo van a arrestar. Ese asqueroso cabrón.

Y cuando la mira, ella ve algo distinto en los ojos de su marido, un destello de algo desagradable que a ella no le gusta. Hay algo en su expresión. ¿A qué viene esto? De repente, el corazón se le detiene. ¿Lo sabe? ¿Lo de ella y William? ¿Disfruta viéndola sufrir? Quizá no sea tan ignorante como ella suponía. ¿La ha seguido y los ha visto juntos en el motel? Nota que, de repente, la tensión en la habitación se hace palpable. ¿Sabe que William es su amante? ¿Es eso lo que pasa?

Se está volviendo paranoica. Ha ido creciendo poco a poco y ahora esa paranoia la está abrumando. Es solo cuestión de tiempo antes de que la policía llame a su puerta porque saben lo de ella y William y todo salga a la luz.

No soporta seguir mirando a su marido y dirige su atención a su hijo. Ryan se encuentra a un millón de kilómetros de ella, apenas conoce ya a su pequeño. Y antes estaban muy unidos. Se queda mirándolo, inclinado sobre la mesa de la cocina, comiéndose su bocadillo. Se pregunta qué estará pasando por su mente.

Mientras William está en la comisaría por segunda vez ese día, Erin espera. No puede comer, pero la rabia le da el alimento y la energía que no ha tenido desde que Avery ha desaparecido. Vieron a William aquí, entrando en el garaje, sobre las cuatro de la tarde. Saben que Avery estuvo en la casa. Le aterra estar a punto de saber qué es lo que le ha pasado a su hija.

Es como si la hubiesen dividido en dos, manteniendo a la vez en su mente dos ideas contradictorias. Una parte de ella no puede creerlo, pero la otra sí. Ha visto lo furioso que puede ponerse William con Avery, cómo se lanza contra ella. Lo entiende porque, a veces, Avery también la pone furiosa.

Recuerda una fiesta de cumpleaños de una de las compañeras de clase de Avery cuando tenía seis años. Erin la llevó, preocupada por cómo resultaría, porque a menudo Avery era complicada, especialmente cuando estaba con otros niños. No sabía compartir. No parecía saber cómo relacionarse con otros niños. Avery empezó a causar problemas de inmediato, cuando empujó con fuerza a otra niña en el juego de la silla y, después, la acusaron de mentir. Erin se moría de la vergüenza. A partir de ahí, fue a peor. Aún recuerda el bochorno que sintió al ver las sonrisas contraídas de las demás mujeres y cuando una de ellas dijo: «Alguien está pasando un mal día». Cuando la niña del cumpleaños empezó a abrir sus regalos y Avery se los quiso quitar, Erin decidió que había llegado el momento de marcharse. Pero Avery se negaba y empezó a patalear y a dar puñetazos a su madre. Erin se las arregló para disculparse ante todos y mantener la calma hasta salir de la casa. Pero en cuanto consiguió arrastrar hasta el coche a una Avery que no paraba de retorcerse y dar golpes y le puso el cinturón, Erin dio la vuelta a la esquina, detuvo el coche a un lado de la calle y empezó a llorar sin poder controlarse, por la frustración, la vergüenza y la rabia.

El comportamiento de Avery también afecta a Erin. La deja sin energías, hace que pierda su confianza como madre. Pero la diferencia entre ella y William es que él arremete contra su hija y ella no. ¿Y si él se había hartado y ella no había estado delante para detenerle? Se lo puede imaginar, lo había visto venir. William pegando a Avery o sacudiéndola con tanta fuerza que le rompe el cuello. Quizá la empujó y ella se golpeó la cabeza. Habría sido un accidente. Él no lo habría hecho adrede. Habría intentado salvarla. Se habría sentido fatal. Habría mentido sobre ello. Puede que William sí le haya mentido y también a la policía. ¿Qué otras mentiras habrá contado a lo largo de su matrimonio? Ahora siente el espantoso temor de que Avery esté muerta, que su marido la haya podido matar en un momento de descontrol, y no sabe cómo Michael y ella van a poder salir adelante.

Pero llevan casados casi quince años. No se puede creer que él haya hecho esto. Es imposible. Quizá los detectives se hayan inventado lo de que alguien lo vio en un intento de atraparle de algún modo.

Erin mira desde la ventana de la sala de estar, por detrás de la cortina. No quiere que la vean los reporteros que están en la calle. A medida que pase el tiempo, sabe que va a ocurrir una de estas dos cosas: o William vuelve a casa con una explicación razonable, quizá que los detectives admitan que se han inventado lo del testigo para ponerlo nervioso, o que vengan los detectives para decirle que ha confesado y después le digan qué le ha ocurrido a su hija.

Un coche patrulla de la policía se detiene delante de la casa. Ve bajar a William.

Gully ha hablado con los agentes que han interrogado a los profesores de Avery del colegio. Todos han estado de acuerdo en que Avery es muy inteligente, pero que tenía problemas de conducta, que era difícil. Era rebelde. Decía mentiras. Los profesores están bastante seguros de que cierto acto de vandalismo, cuando alguien llenó el baño de las niñas con papel y provocó una inundación, fue obra de Avery, que aseguró haber visto que lo hacía otra niña. Pero aparte de hacerse una mejor idea de cómo era Avery, no han sacado nada más en claro. Ninguno de sus profesores había visto a nadie por los alrededores del colegio ese día ni los anteriores. Ningún desconocido merodeando cerca de la valla del colegio ni siguiéndola hasta su casa. Ningún vehículo extraño en la calle. Nadie que mostrara interés por Avery.

En cualquier caso, ahora saben que el padre de Avery estuvo con ella ayer por la tarde en la casa, que fue él quien colgó su cazadora. Si está diciendo la verdad y no le ha hecho nada, la niña debió salir de nuevo de la casa y ser víctima del delito. Gully sabe que Bledsoe cree que William Wooler ha matado a su hija y se ha deshecho del cadáver. Pero ella está tratando de mantener la mente abierta, al menos hasta que la policía científica haya terminado con el coche del doctor Wooler.

Acaba de estar en el motel Breezes y ha visto que las cámaras de seguridad llevan un tiempo sin funcionar bien. No conocen la identidad de la amante de William Wooler. Nadie en el motel recuerda haberla visto, solo a él. La recepcionista lo ha reconocido. Utilizó un nombre distinto y pagó en efectivo. Estuvo allí ayer por la tarde, como suele ser habitual, pero la recepcionista no sabía cuándo se fue. Gully cree que estaría bien poder hablar con esa otra mujer, aunque solo sea por saber algo más sobre William Wooler, su estado de ánimo ese día. Puede que su amante sepa más que su esposa.

Ahora está volviendo al barrio de los Wooler. Quizá pueda decirle algo la única amiga de Avery, Jenna, que vive al otro lado de la calle. Ya debe haber vuelto del colegio.

Gully aparca en la puerta de la residencia de los Wooler y cruza la calle hasta la casa de los Seton. Llama al timbre y espera mientras piensa qué estará pasando en la casa de los Wooler, que está a sus espaldas. Se imagina a William contándole a su mujer lo que les ha contado a ellos. No puede ni imaginar cómo se va a sentir Erin Wooler después.

Abre la puerta una mujer de treinta y muchos años, de rostro bonito y agradable.

—¿Señora Seton? —La mujer asiente. Gully saca su identificación y se presenta—: Estoy investigando la desaparición de Avery Wooler. —El rostro de la mujer se vuelve serio. Una niña de pelo moreno y largo se acerca y se queda mirando a Gully al lado de su madre—. Y tú debes ser Jenna —dice Gully con una agradable sonrisa. La niña asiente.

—Pase —dice la mujer a la vez que abre la puerta del todo. La lleva hasta la cocina y Jenna se sienta en la mesa—. Los agentes de la policía han venido ya y han estado hablando con todos nosotros. Por desgracia, ninguno hemos visto nada.

—En realidad, he venido para hablar con Jenna, si le parece bien.

La madre de Jenna mira a su hija con gesto protector.

—¿Te parece bien, Jenna? ¿Quieres hablar sobre Avery?

—Sí —responde Jenna, pero parece nerviosa.

Gully se sienta en frente de ella mientras su madre las mira, apoyada contra la encimera de la cocina con los brazos cruzados.

—Eres amiga de Avery, ¿verdad? —pregunta Gully.

Jenna asiente.

—Estamos en el mismo curso. En la misma clase.

Gully la mira con una sonrisa alentadora.

—¿Alguna vez te ha hablado Avery de alguna cosa que le preocupara? —Jenna niega con la cabeza—. ¿Te ha mencionado si alguien la estaba molestando? —Vuelve a negar. Gully baja la voz—: ¿Te contaba secretos?

Ahora, Jenna vacila antes de responder:

—Sí. Pero son secretos, así que, no se lo puedo contar. Le prometí que no lo contaría.

Gully levanta los ojos hacia la madre de Jenna, que la mira preocupada.

—Pero a mí me lo puedes contar —contesta Gully— porque soy detective de policía. Y estoy tratando de encontrar a Avery y traerla a casa sana y salva. Estamos todos muy preocupados por ella.

Jenna se muerde el labio y mira con angustia a su madre.

—Pero no puede decirle nunca a Avery que yo se lo he contado.

—No lo haré, lo prometo —responde Gully.

—Porque si se lo dice, me matará.

—Lo entiendo —la tranquiliza Gully.

La cara de Jenna se ruboriza.

—Me dijo que tenía un novio.

—¿Un novio?

Jenna asiente.

—Es mayor que nosotras.

—¿Cómo de mayor? —pregunta Gully.

Jenna se encoge de hombros.

—No sé. No me quiso decir quién era. —Y añade—: Le gustaba burlarse de mí con eso. —Su piel se sonroja aún más—. Pero me dijo que le hacía cosas. Cosas de mayores.

14

Cuando Michael oye que su padre ha vuelto a casa, sale a escondidas de su habitación para escuchar sin que lo vean, desde lo alto de las escaleras. No sabe por qué volvieron los detectives a por su padre; tenía puestos los auriculares en su habitación y ni siquiera se había enterado de que habían venido, pero su madre le contó dónde estaba su padre. Se pregunta si será culpa suya también por haber contado la verdad sobre que su padre abofetea a Avery. Es todo por su culpa. Quiere salir corriendo. Ser otra persona. Cualquiera menos Michael Wooler. Pero ha estado esperando, con los auriculares apagados, angustiado y pendiente de cuando llegara su padre.

No le cuesta oír lo que sus padres se dicen porque están levantando la voz. Le preocupa oír a su padre llorar. Nunca ha oído a su padre llorar. Le preocupa aún más oír cómo confiesa, entre sollozos, que estuvo en casa ayer por la tarde y que vio a Avery. Que la policía lo sabe. Que, al parecer, creen que él ha tenido algo que ver con su desaparición.

—¿Y es verdad? —pregunta su madre con el tono más frío que jamás ha oído. Michael está a punto de desmayarse.

—¿Qué? ¿Has perdido la cabeza? —le reprocha su padre—. ¡Por supuesto que no! ¿Cómo puedes preguntarme eso siquiera? La vi y me volví a ir. Tuvimos una discusión. Le di una bofetada, eso es todo. Me sentí fatal y me marché. Estaba bien cuando me fui. Te lo juro.

—¡Le has mentido a la policía! ¡Me has mentido a mí! —grita su madre—. ¿Cómo puedo creer nada de lo que digas? —Dirige toda la fuerza de su rabia hacia él—. Todo esto es culpa tuya... La dejaste aquí, sola, ¡y ahora ha desparecido! —Hay un largo y espantoso silencio y, entonces, su madre grita—: ¿Y qué estabas haciendo aquí?

—Hay algo más que deberías saber —dice su padre con voz angustiada.

Michael quiere volver corriendo a su habitación y meter la cabeza bajo la almohada. No quiere seguir oyendo. Pero no puede moverse; está petrificado.

La voz de su padre suena completamente abatida.

—He estado teniendo una aventura. La policía lo sabe.

A Michael le tiembla todo el cuerpo mientras se sienta durante otra larga pausa.

—¿Quién es ella? —pregunta su madre, con la voz tan llena de veneno que casi no la reconoce.

—No te lo puedo decir. Pero ya ha terminado. Estuve con ella ayer por la tarde. Me dejó. Por eso vine a casa.

Michael oye un estruendoso manotazo que solo puede ser el sonido de su madre dando una bofetada a su padre en la cara.

—Vete —grita—. ¡Vete y no vuelvas nunca!

Michael vuelve corriendo a su habitación y se pone los auriculares para no oír nada.

El detective Bledsoe mira a Gully con incredulidad.

—¿Crees que se lo ha inventado?

—¿Quién? ¿Jenna o Avery? —pregunta Gully.

—Cualquiera.

Gully suelta un fuerte suspiro.

—Creo que Jenna ha dicho la verdad. Pero ¿Avery? Sinceramente, no lo sé. Parece que Avery tiene un largo historial de mentiras. Aunque podría ser verdad. —Toma aire y lo suelta—. Oye, tiene nueve años. No le dejan volver sola a casa desde el colegio porque tiene que cruzar una calle transitada y, al parecer, no tiene paciencia para esperar en el semáforo. Pero sabemos que sí le dejan jugar en la calle y en el bosque que hay detrás de la casa, y en esa casita del árbol, sin que la vigilen. Es posible que alguien se haya estado aprovechando de ella. Si es así, probablemente se trate de alguien cercano. Tiene muy pocos amigos. Eso la vuelve vulnerable. —Gully hace una pausa mientras piensa en la niña solitaria que había escrito en su diario—. Es una pista que debemos seguir.

Bledsoe niega con la cabeza.

—Nuestra prioridad ahora mismo es Wooler, y dónde ha podido llevársela. Hemos tratado de rastrear sus movimientos de ese día ahora que sabemos que estuvo en la casa. Dice que salió a eso de las cuatro y veinte. Cuando volvió a encender su teléfono poco después de las cinco estaba aquí. —Señala en un mapa de la pared—. En la autopista nueve.

Cuando su mujer lo llamó a las cinco y veinte, estaba aquí.
—Mueve el dedo hacia el sur—. A unos veinte minutos al
norte de Stanhope, no muy lejos del motel Breezes, por cierto, y hemos confirmado que llegó a casa a las cinco cuarenta, así que fue directamente a casa después de hablar con su
mujer. Si la ha matado él, no tuvo mucho tiempo para deshacerse del cadáver..., apenas una hora. Trasladaremos la
búsqueda a algún lugar donde haya podido dejarla según
nuestra información. Eso estrechará el cerco. —Mira a Gully—. Ya han empezado, pero me gustaría que tú fueras allí.

Ahora, a medida que cae la noche, Gully piensa que la oscuridad parece traer con ella la desesperación. Avery lleva
desaparecida más de veintiocho horas. La búsqueda en el
bosque, en el campo y en la zona más cercana a la casa de los
Wooler ha terminado. Ahora, los esfuerzos se concentran en
la zona que recorre la autopista nueve, a la que William
Wooler podría haber llegado entre el momento en que salió
de casa, aproximadamente a las cuatro y veinte, y cuando
recibió la llamada de su mujer a las cinco y veinte.
Gully se une a la búsqueda que se extiende a lo largo
de la autopista. Hay una mezcla entre establecimientos co-
merciales, aparcamientos vacíos, vertederos y viviendas que
van desapareciendo hacia el terreno vacío, en gran parte ar-
bolado, a cada lado de la autopista. El río está cerca, al oeste.
Podría haberla dejado en un campo, en el bosque o en el río.
Han redoblado los esfuerzos.
Mientras Gully busca, se sorprende albergando la esperanza de que William Wooler sea inocente, porque si no

lo es, es posible que el cadáver de Avery esté por aquí cerca. Espera con todas sus fuerzas que Avery siga viva, que simplemente se haya escapado, que aparezca, que la encuentren a tiempo. Pero conoce las terribles estadísticas, que alrededor de un setenta y cinco por ciento de los niños que son secuestrados y asesinados mueren durante las tres primeras horas desde que se los llevan, un ochenta y ocho por ciento en las primeras veinticuatro. Sabe que las probabilidades son pocas.

Alice Seton le había contado a su marido que la detective había estado en su casa. Le había llamado al trabajo nada más marcharse la detective y mientras Jenna estaba ocupada en su habitación. A él no le había gustado nada. Ya eran dos.

Ahora, Pete está en casa, Jenna y su hermano están en sus dormitorios y ellos hablan en voz baja en la sala de estar. Ella le vuelve a contar lo que Jenna ha dicho sobre que Avery tiene un «novio» mayor.

Su marido hace un gesto de negación.

—Eso es espantoso.

Ella está de acuerdo. Siente la misma repugnancia.

—No me gusta que sean amigas —dice Pete.

Y entonces, los dos se sienten incómodos, porque Avery está desaparecida, puede que muerta, y probablemente una amistad entre las dos niñas no sea algo de lo que se tengan que preocupar ahora.

—Lo que quiero decir es que no creo que sea una buena influencia si le cuenta cosas así a Jenna —rectifica.

Alice asiente. Sabe cómo son los hombres, cómo acosan a las mujeres y las niñas. Pete es un hombre bueno, claro. Muchos hombres lo son. Pero hay por ahí bastantes que son malos. Y ella tiene verdadero miedo a que uno de ellos pueda haberse aprovechado de Avery. Y resulta espantoso, realmente espantoso, solo de pensarlo.

—Puede que alguien haya estado abusando de ella —dice Alice—. Es evidente que eso es lo que ha pensado la detective. —Él vuelve a mirarla, con la expresión llena de repulsión—. ¿Y si quienquiera que sea se la ha llevado? ¿Y si la tiene ahora mismo, encerrada en algún sitio? —pregunta Alice—. Me aterra. Me da miedo por Jenna. ¿Y si es alguien de por aquí? —Pete le pasa el brazo por encima de los hombros. Alice vacila y, después, dice—: Está ese chico del final de la calle.

—¿Qué chico? —pregunta su marido.

15

Ryan no está trabajando tampoco esta noche. Después de pasar casi todo el día colaborando en la búsqueda de Avery, dedica el resto de su tiempo a encerrarse en su habitación. La mayoría de sus amigos se han marchado hace poco a la universidad. No tiene nada que hacer. Desearía haber podido irse también a la universidad este año.

Piensa en lo que ha pasado entre sus padres antes, en la cocina. Su padre casi parecía estar burlándose de algún modo de su madre cuando le estaba hablando del doctor Wooler. Era rara la forma en que su padre la miraba, como si estuviese intentando hacerle daño. ¿Por qué lo habrá hecho? No deja de darle vueltas, pero lo único que se le ocurre es que su padre crea que hay algo entre el doctor Wooler y su madre. Algo más aparte de que trabajan en el mismo hospital. Esa idea le inquieta.

Pero puede servir para explicar el modo en que ha estado actuando su madre desde que Avery Wooler ha desaparecido.

Al Blanchard ve las noticias de las once en la sala de estar con su mujer. Normalmente no ve las noticias de la noche, pero hoy no piensa perdérselas. Lanza miradas furtivas a Nora, que está apoyada sobre el brazo del sofá, sin hacerle caso deliberadamente. Parece que no quiere que él esté ahí. Hay una nueva frialdad entre ellos, una clara animosidad, un cambio más allá de la habitual indiferencia. A ella no le ha gustado lo que ha dicho antes sobre el padre de la niña desaparecida. Bueno, es normal, ¿no?

Él sabe lo que William Wooler significa para ella. Se da cuenta de que ha estado esperando esto durante todo su matrimonio. Una mujer guapa como ella; no podía creerse lo afortunado que era cuando se casaron. Debería haberle prestado más atención, no debería haberla descuidado. Debería haberse encargado de alguna forma del desasosiego que veía en ella antes de que se buscara un amante, antes de que cruzara esa línea. Está bastante seguro de que Wooler ha sido el único y que empezaron el verano pasado. Ella había sido una buena esposa hasta entonces. Una buena esposa y una buena madre. Él ha sido siempre fiel, nunca ha ido más allá de mirar a alguna mujer. En su matrimonio era ella la que ha parecido sufrir la crisis de la mediana edad, quizá por miedo a perder su juventud, su atractivo. Si hubiese sido él, se habría comprado un coche nuevo más deportivo. ¿Cuál es el equivalente en las mujeres? Seguro que no todas tienen una aventura cuando empiezan a temer que su juventud y su belleza las abandonan. Piensa con amargura que, simplemente, él ha tenido suerte.

Debería haberla llevado a Europa el verano pasado. La había visto triste, desanimada. Bueno, todos estaban pasando una muy mala racha en esa época. Y luego, había empezado su voluntariado en el hospital y pareció que comenzaba a salir de aquello y, poco a poco, a estar de nuevo más alegre y animada. A veces, la había sorprendido mirándose en el espejo, irguiendo los hombros, levantando el mentón, ladeándolo de tal forma y tal otra. Siempre había ido al gimnasio con regularidad, pero entonces se compró maquillaje nuevo, ropa nueva para ir al hospital. Empezó a sonreír más, a tararear mientras lavaba los platos. Al principio, él se felicitó por no haber gastado el dinero, al final, en un viaje a Europa. La verdad es que no le gusta viajar. Qué tonto ha sido. Y ahora, ella está enamorada de otro. Alguien de quien la policía cree que ha asesinado a su propia hija. Y él lo está disfrutando. Disfruta viéndola sufrir. Es como un castigo, ¿no? Por lo que ha estado haciendo.

Cuando van a la iglesia los domingos y él se sienta a su lado en el banco, ya no escucha el sermón. En lugar de ello, se dedica a pensar en lo que estará pasando por su mente. ¿Está pensando en su amante? ¿En lo que hacen en la habitación de ese motel? ¿Le está pidiendo al Señor que la perdone? ¿Se siente culpable por el pecado que está cometiendo?

A veces, sentado junto a ella en la iglesia, se pregunta si los dos se están imaginando el acto carnal que sucede en esa habitación del motel. Después, empieza a mirar por la iglesia y a preguntarse cuántas de esas mujeres estarán engañando a sus maridos y cuántos hombres estarán engañando a sus mujeres y, aun así, acuden a la iglesia cada domingo.

Sabe que el pecado está por todas partes. Solo que no se le había ocurrido que estuviera dentro de su propia casa.

Lo cierto es que Al ha temido enfrentarse a ella durante todas estas semanas porque, en lo que respecta a su mujer, es un cobarde. Le daba miedo que ella le mirara con una expresión fría y calculadora y decidiera que prefería dejarle y divorciarse de él. Tendrían que vivir separados y compartir a los niños. Ella seguiría viendo a William Wooler y no tendría que preocuparse por él. Probablemente sería más feliz.

Pero ahora, Al cree que es posible que Wooler termine yendo a la cárcel por asesinato. ¿No sería eso perfecto? Al se siente fatal por la niña, pero si esto tenía que pasarle a alguien, se alegra de que haya sido a William Wooler. Y Nora aprenderá una importante lección. «La paga del pecado es la muerte». Si el hombre del que su mujer ha decidido enamorarse es un asesino, Al duda que vuelva a engañarle otra vez.

El presentador de las noticias pasa ahora a hablar de la desaparición de Avery Wooler y Al dirige su atención a la televisión. Hay imágenes de William Wooler saliendo de la comisaría de policía esa tarde, con aspecto de estupefacción y demacrado, mientras es acosado por los medios. Después, una reportera que está en directo en la puerta de la comisaría con el pelo agitado por el viento dice que ha aparecido un testigo que asegura haber visto el coche del doctor William Wooler entrando en su garaje aproximadamente a las cuatro de la tarde anterior.

Al se sorprende. Esto es nuevo. No habían mencionado anteriormente nada sobre que Wooler estuviese en casa ayer por la tarde. Parecían creer que Avery había desaparecido de camino a casa desde el colegio. Si alguien vio a Wooler en la casa esa tarde, eso lo cambia todo. Debió habérselo ocultado a la policía y ahora lo han descubierto. Esa debe ser la razón por la que consideran la casa como el lugar de los hechos.

Mira a su mujer. Ella tiene la mirada fija en la televisión, rígida, con la cara pálida bajo la tenue luz. Casi siente pena por ella. Piensa que debe ser duro darte cuenta de que te has estado acostando con un asesino. Que estás enamorada de un monstruo.

Nora mira la televisión sin pestañear. Siente mucho frío de repente, como si el calor hubiese desaparecido de la habitación. No puede ser verdad lo que están diciendo, que William estuvo en casa esa tarde. ¿Por qué no lo ha contado desde el principio, si es que es verdad? ¿Qué está pasando aquí? William no ha podido hacerle nada a su hija. No el William que ella conoce.

Aprieta las manos con fuerza en su regazo, sintiendo el pánico en silencio. No quiere que Al, que está sentado en el sillón de al lado, vea lo mucho que esto la perturba. Ahora está casi convencida de que Al ya sabe lo de William y ella o que, al menos, lo sospecha. La policía va a encontrar su teléfono. Puede que en cualquier momento los agentes se presenten en su casa para hablar con ella. Al se va a enterar de todo. Ni en sus peores sueños se ha imaginado que su aventura se descubriría de esta manera.

Si vienen, ¿qué les va a decir? No va a poder negar la aventura. Aunque puede contarles la verdad. Ni por un momento cree que William le haya hecho nada a su hija. Lo defenderá hasta el final. Pero su propia vida, al menos la que ella conoce, se habrá acabado. ¿Qué va a pasar con ella? ¿Y con sus hijos? Habrá destrozado a su familia de la forma más vergonzosa y escandalosa y la van a odiar por ello.

Por fin, apaga la televisión y suben a acostarse. No es la primera vez que desea que Al y ella durmieran en habitaciones separadas. Por segunda noche consecutiva, le cuesta quedarse dormida, con los ojos abiertos de par en par mirando al techo, pensando en William. Pero esta vez se pregunta por qué fue a su casa ayer por la tarde y por qué ha mentido al respecto.

16

Es tarde y probablemente Gully debería estar en casa, durmiendo, que es lo que tanto necesita. Pero, después de participar en la búsqueda, se ha pasado por la comisaría para poder calentarse con un chocolate caliente y el agente Weeks se acerca a ella.

—Acabo de recibir una llamada en el teléfono de colaboración ciudadana —dice. Parece emocionado—. La que llamaba dice que vio ayer a Avery subiendo a un coche al fondo de la calle, delante de su casa, en el cruce de Connaught con Greenley, sobre las cuatro y media de la tarde.

La fatiga de Gully desaparece y el pulso se le empieza a acelerar.

—¿Está segura de que era Avery?

—Ha dicho que la reconoció. Que no pudo reconocer al conductor, pero que sabe de quién era el coche. Pertenece a un hombre que vive en la calle de los Wooler. —Y añade con pesar—: No ha querido identificarse y ha colgado.

—Mierda —dice Gully. Odia estas llamadas anónimas. Podría tratarse de una broma. Pero podría ser también una pista y tienen que comprobarlo. ¿Por qué ha esperado tanto tiempo esa mujer para llamar? Ha pasado más de un día desde que Avery desapareció. Si la mujer dice la verdad, debe ser de esa misma comunidad para haber reconocido a quién pertenece el coche. Probablemente viva en esa misma calle tan larga.

Gully se mira el reloj. Es después de la medianoche, pero será mejor que llame a Bledsoe a su casa.

—¿Cómo se llama el hombre? —le pregunta a Weeks.

—Ryan Blanchard.

Nora está tumbada en la cama, despierta, de lado, mirando el reloj digital de su mesita de noche mientras Al ronca con fuerza a su lado. Es la 1.11 de la mañana. Cuando oye el timbre de la puerta casi se le sale el corazón por la boca. Cuando vuelve a sonar, se levanta rápidamente de la cama y se pone la bata. Al sigue completamente dormido cuando sale de la habitación. Es muy tarde. ¿Quién más podría ser aparte de la policía?

Baja las escaleras con temor. Abre la puerta de la casa y ve a dos personas vestidas de paisano al otro lado, un hombre y una mujer, mientras el frío de la noche otoñal se cuela hacia dentro. El hombre levanta su placa y se presenta como el detective Bledsoe. Ella lo reconoce de la televisión. No oye el nombre de su compañera, está demasiado asustada como para prestar atención. Se aprieta la bata al cuello. Se siente muy vulnerable con el camisón.

—¿Señora Blanchard? —pregunta el detective.

—Sí.

—Siento las horas. ¿Podemos pasar?

Les deja entrar. ¿Qué otra cosa puede hacer? Va sintiendo cada vez más frío y se aprieta más la bata alrededor del cuerpo. Empieza a temblar. Por fin, se atreve a mirarlos, abrumada por la vergüenza. El adulterio es un pecado. Y ahora todo el mundo lo sabrá.

—Queremos hablar con su hijo, Ryan —dice Bledsoe—. ¿Está aquí?

—¿Qué? —pregunta. No tiene sentido lo que dicen. ¿Por qué quieren hablar con Ryan?

—Tenemos que hablar con su hijo. ¿Está en casa? —repite el detective Bledsoe.

—Está en la cama.

—¿Puede decirle que se levante, por favor?

Les da la espalda, sube las escaleras y abre la puerta de la habitación de su hijo mientras le pasan todo tipo de cosas por la cabeza. «Otra vez no», piensa. No puede soportar que su hijo vuelva a meterse en líos de drogas. Enciende la luz. Él no reacciona. Se acerca a la cama y le sacude el hombro.

—Ryan, ha venido la policía —le dice con urgencia—. Quieren hablar contigo.

Él la mira adormilado.

—¿Qué? ¿Por qué?

—No lo sé.

En el rellano, Al aparece en la puerta de su dormitorio.

—¿Qué pasa? —pregunta frotándose los ojos por el sueño.

—Ha venido la policía —responde Nora—. Quieren hablar con Ryan. —Ve la inmediata expresión de preocupación en el rostro de su marido.

Al coge una bata y bajan los tres. Nora mantiene la mirada fija en su hijo, que lleva una camiseta y unos pantalones de pijama, con el pelo levantado en todo tipo de ángulos. Pero en lo que más se fija es en su mirada de preocupación cuando ve a los detectives en la entrada de abajo.

—Vamos a la sala de estar —propone Nora poniendo el piloto automático mientras siente algo desagradable en el fondo del estómago. Nada de esto parece real. No puede enfrentarse a esto. Otra vez no.

Todos se sientan y se miran.

—Ryan, ¿te importa decirnos dónde estuviste el martes por la tarde? —pregunta el detective Bledsoe.

La efervescente preocupación de Nora se convierte en verdadero temor. «¿Qué está pasando aquí?». Mira a Al, que parece alarmado. Después, vuelve a mirar a Ryan, que, de repente, parece muy joven y abrumado.

—Yo..., eh..., tengo que pensarlo —contesta.

—Tómate tu tiempo —dice Bledsoe, como siguiéndole la corriente. Nora siente de inmediato repulsión por el detective.

—Ayer cancelaron mi turno en el trabajo —explica Ryan de forma atropellada—. Normalmente, trabajo de una a nueve, pero últimamente está habiendo recortes.

—¿Y dónde estuviste?

—Estuve aquí, en casa, un rato. —Mira a Nora—. Estaba aquí cuando saliste, ¿te acuerdas?

Ella asiente.

—Es verdad. Estaba en casa.

—¿Y a qué hora se marchó usted, señora Blanchard?

—Fui a hacer unos recados sobre las dos o las dos y media —contesta, sintiendo cómo le sube el calor por la cara con la mentira. Había ido al motel a verse con William. Pero se da cuenta de que no han venido por ella y por William. Esto es mucho peor.

—¿Y qué hiciste, Ryan? —pregunta el detective.

—Yo…, eh…, estuve aquí un rato y, después, salí con mi coche.

—¿Solo?

Ryan asiente.

—Sí. —Se ha ruborizado. No mira al detective a los ojos.

—¿A qué hora sería eso? —pregunta Bledsoe.

—No sé exactamente. Alrededor de las cuatro y media.

Nora ve que Bledsoe lanza a la otra detective una mirada seria.

—¿Adónde fuiste?

—Salí de la ciudad, solo por pasar el rato.

—¿Adónde exactamente?

—No sé, hacia el este. Por las carreteras rurales. No tenía nada que hacer.

—¿Qué coche llevabas? —pregunta el detective.

—Tengo coche propio. Es un Chevy Spark de 2015.

—¿Te vio alguien? ¿Hablaste con alguien? —pregunta Bledsoe.

Ryan traga saliva.

—Creo que no. No hablé con nadie. No sé si alguien me vio.

—¿Por qué no vas a vestirte? —le dice Bledsoe—. Nos gustaría llevarte a la comisaría para seguir haciéndote unas preguntas, si te parece bien.

Nora los mira consternada, incapaz de entender qué está pasando. Lo único que siente es miedo.

17

Ryan está petrificado. Tiene la boca seca y nota que está temblando. Se ha vestido deprisa con unos vaqueros y una camiseta limpia y la cazadora y se lo han llevado a la comisaría. Era plena noche y las casas de la calle estaban a oscuras; al menos, nadie los miraba. Ha ido por propia voluntad. No le han esposado ni nada de eso. Su madre está aquí, en algún lugar de la comisaría, pero no la han dejado pasar a la sala de interrogatorios con él, por mucho que ella se ha empeñado, porque ya no es un menor de edad. Ni siquiera han permitido que fuera con él en el coche de los detectives. Ha tenido que seguirles en su propio vehículo. Ha exigido saber por qué querían interrogarle, pero no han dicho nada. Ahora está por ahí afuera, y él está aquí dentro, temblando y con miedo.

Los dos detectives se han sentado frente a él. Le han leído sus derechos. Todo parece de lo más surrealista, como un mal sueño. Ponen en marcha la grabación de vídeo. La pierna derecha le empieza a botar arriba y abajo de forma involuntaria. Teme hacerse pis encima.

—¿Estoy arrestado? —consigue preguntar.

—No —responde el detective Bledsoe—. Pero hemos pensado que debíamos leerte tus derechos antes de interrogarte, dadas las circunstancias.

—¿Qué circunstancias? —Está tratando de controlar el pánico de su voz.

—Tenemos un testigo que vio como Avery Wooler subía a tu coche, a eso de las cuatro y media de la tarde del martes.

Ryan siente que está a punto de desmayarse.

—Quiero un abogado —dice.

Tienen que apagar la grabadora.

Sola en la sala de espera, Nora intenta mantener la compostura. Esto no puede estar pasando. Desearía que Al estuviera aquí, pero tenía que quedarse alguien en casa con Faith. Se dice a sí misma que todo eso es una equivocación, que es mejor colaborar y hacer lo que los detectives pidan y acabar de una vez. Y los detectives han sido bastante agradables y han insistido en que solo querían hablar con Ryan, hacerle algunas preguntas más. Ella creía que acabarían en menos de una hora y que podrían volver a casa.

Sin embargo, cuando han llegado a la comisaría, todo parece haber dado un giro más siniestro. No la han dejado estar con él. Eso la ha asustado. No sabe qué está pasando en esa sala. Su hijo es ya un adulto ante la ley, pero, para ella, sigue siendo un niño. Su niño. Aun después de todo lo que ocurrió el año pasado. Pero entonces, sí que era menor de edad y había sido distinto.

Llevan ya ahí dentro más de media hora. Oye unos pasos rápidos por el pasillo en dirección a ella y levanta los ojos. Al principio, no lo reconoce, porque nunca lo ha visto vestido de otra forma que no sea con su traje formal. Pero es Oliver Fuller, abogado penalista. Lo han llamado en plena noche, lleva puestos unos vaqueros, unas zapatillas y una camisa vaquera y su habitual maletín en la mano. La ve en su silla y se acerca a ella.

—¿Qué está pasando, Nora? —pregunta.

—Ha habido algún error —contesta Nora—. Creo que lo están interrogando por la niña desaparecida.

El abogado la mira serio. Se da la vuelta, avanza por el pasillo y llama a la puerta de la sala de interrogatorios número dos. La puerta se abre y él desaparece dentro. Nora siente que su mundo se viene abajo. Le cuesta respirar. Saca su teléfono móvil y llama a Al para decirle que ha llegado Oliver Fuller.

Son más de las dos de la mañana y a Gully le vendría bien un café. Al menos, el abogado ha llegado ya. Hacen las presentaciones.

—Necesito un momento con mi cliente —dice Fuller, y Gully y Bledsoe salen de la sala.

Van al comedor a por un café sin pasar junto a la madre de Ryan Blanchard, que está sentada llena de angustia en la sala de espera. Gully no puede evitar sentir pena por ella. Parece una mujer bastante agradable, una madre cariñosa. Gully espera por el bien de ella que su hijo no sea un secuestrador ni un posible asesino. Pero hay otra mujer ahí afuera cuya hija ha desaparecido y cuya vida ha sufrido un drástico revés. Gully tiene que pensar también en ella.

—¿Qué opinas de él? —le pregunta Bledsoe.

Ella se encoge de hombros.

—Aún no lo sé.

—Se ha dado mucha prisa en llamar a un abogado.

—No se le puede culpar por eso —responde Gully, aunque también se ha dado cuenta. Le fastidia el hecho de que no sepan quién es la testigo. Si Ryan Blanchard no les da nada, tendrán que dejarlo marchar.

Oyen que la puerta se abre al otro lado del pasillo, el abogado les hace una señal y vuelven a la sala de interrogatorios.

Graban en vídeo el interrogatorio. Tras las presentaciones para la grabación, empieza Bledsoe:

—Ryan, como te hemos dicho antes, tenemos un testigo que vio a Avery Wooler subir a tu coche en la esquina de Connaught con Greenley, aproximadamente a las cuatro y media de la tarde del martes.

Gully ve que el chico tiene la mirada fija en el frente, con la cara de un pálido exagerado. La nuez se le mueve al tragar saliva.

—¿Quién es ese testigo? —pregunta el abogado.

—No tenemos por qué revelar ese dato en este momento.

—Permitan que les haga una pregunta —dice el abogado—. ¿Podrán contar con ese testigo cuando lo deseen?

«Joder», piensa Gully. Los ha pillado. Bledsoe no responde.

—Entiendo —dice Fuller—. Así que no tienen nada

contra mi cliente salvo que ha admitido por propia voluntad que pasó con el coche por la calle en la que vive la misma tarde en que Avery Wooler desapareció. —Y pregunta—: ¿Lo van a detener?

—No.

Fuller se levanta y mira a su cliente.

—Podemos irnos, Ryan —dice antes de salir—. No vamos a continuar con este disparate, detectives.

Erin Wooler recorre inquieta la casa, incapaz de dormir, pálida y consternada, como si fuese una especie de fantasma atormentado que no puede encontrar la paz. El viento de octubre gime por toda la casa. Son más de las dos de la madrugada, pero cada vez que cierra los ojos, ve a Avery y las imágenes que aparecen en su mente resultan imposibles de soportar. Entra de nuevo a ver a Michael; está plácidamente dormido, por fin. Ha visto cómo su padre preparaba una maleta y se marchaba de casa. William ha vuelto al hotel Excelsior. Michael debe haberlo oído todo; sabe tanto como ella sobre lo que ha hecho su padre.

Se le encoge el corazón al pensar que Michael todavía cree que todo esto es, en cierto modo, culpa suya. Ha tratado de tranquilizarlo diciéndole que él no es responsable de las decisiones de los demás, ni de sus actos. Su mente viaja hasta algo que leyó sobre los accidentes de aviación, que no se deben solamente a un error, sino a una serie de percances que conducen al desastre. Eso es lo que ocurre aquí: una serie de percances que han conducido al desastre. Ojalá Avery no se hubiese portado mal en el coro. Ojalá Michael no hubiese enviado a Avery a casa un día ni le hubiese contado dónde encontraría la llave, y así ella lo habría esperado. Ojalá su marido no hubiese llegado pronto a casa ese día. Ojalá no hubiese tenido una aventura; ojalá hubiese estado en el trabajo, como se suponía, en lugar de con su amante; ojalá esa otra mujer no hubiese terminado con él y así él no habría regresado a casa. Ojalá su marido no sea culpable y de verdad dejara aquí a Avery, sola en casa. Ojalá Avery no le hubiese abierto la puerta a nadie ni hubiese salido de nuevo de casa para que se la llevara algún monstruo. Ojalá, ojalá, ojalá.

Al está en la sala de estar, mirando a su mujer y su hijo, que acaban de volver de la comisaría y están sentados juntos en el sofá. Nunca ha visto a Ryan tan abatido, ni siquiera cuando la pasada primavera tuvo el problema de las drogas. No había podido irse a la universidad este otoño porque había tenido que prestar servicio comunitario. Ahora, ese chico parece enfermo y asustado. ¿Deberían estar asustados también ellos?

Nora le mira a los ojos; es evidente que tiene miedo, pero finge no tenerlo. Está fingiendo que ahora todo va bien.

—Entonces, ¿ya está? —pregunta Al—. ¿Fuller cree que no tienen ningún testigo, que se lo han inventado? ¿Por qué iban a hacer eso?

Ryan levanta los ojos hacia él.

—Cree que alguien ha hecho una llamada anónima y ha dicho que la vio subirse a mi coche. Pero no es verdad. Yo no la vi ese día.

—¿Por qué iba nadie a hacer eso? ¿Hacer una llamada falsa? —Mira a los dos con incredulidad. Pero quizá no debería mostrarse tan incrédulo; sabe cómo puede ser la gente. Hay personas que mienten a todas horas. No hay más que ver a su mujer. La gente puede ser vengativa y manipuladora. Puede que incluso más en una ciudad pequeña, donde todos parecen saber lo que hacen los demás. Pero ¿quién se la puede tener jurada a su hijo?—. ¿Quién haría algo así? —repite con tono de duda.

—¡No lo sé! —grita Ryan.

Se muestra a la defensiva, y parece tan joven... En realidad, no es más que un niño. Al recuerda con inquietud que Ryan había negado otras cosas con anterioridad y, después, la verdad salió a la luz. Sus padres habían estado también asustados entonces, y decepcionados con él. Pero el de posesión de drogas es un problema bastante común entre los adolescentes. Su hijo no es un secuestrador. Su hijo no es un violador de niñas. Le gustan las chicas de su edad, eso lo tiene claro. Estuvo saliendo con Debbie casi un año hasta que ella se fue a la universidad a finales de agosto. Alguien está mintiendo y no es su hijo. Esta vez no.

—Es evidente que ha sido el padre. —Al no puede evitar decirlo. Su mujer le clava la mirada, pero guarda silencio. Se pregunta si ella seguirá todavía queriendo proteger tanto a su amante.

Todos lo oyen a la vez, un sonido en las escaleras, y se giran para ver a Faith bajando con su camisón.

—¿Qué pasa? —pregunta.

A Al se le rompe el alma por tener que contárselo. Lo pasó muy mal cuando su hermano se metió en líos. Tuvo algunos problemas con los niños del colegio y afectó a su rendimiento en los estudios. Han estado preocupados por ella. Justo estaba volviendo a recuperar el ritmo. Y ahora, esto.

18

William ha vuelto al hotel Excelsior, esta vez sin su mujer ni su hijo, y está sentado en la única silla de la habitación en medio de la noche, pensando en su situación. Ha visto las miradas furtivas mientras estaba registrándose de nuevo, esta vez a solas. Sabe lo que están diciendo en las noticias. Era evidente que su mujer lo había echado de casa; ha sentido que se ponía colorado por la vergüenza.

William Wooler es ahora un paria. Antes era respetado en esta ciudad. Qué rápido cambia todo. Su mujer lo odia. Su cara cuando él le ha contado lo que ya había confesado ante la policía…, la incredulidad, el asco, la rabia, el odio. Lo ha echado de casa, probablemente para siempre. Su hijo debe odiarlo también. Debe haber oído su horrorosa discusión, así que, ahora sabe la mierda de padre mentiroso e infiel que tiene. Michael le ha visto hacer la maleta con una silenciosa expresión de espanto en la cara. William ha pedido la baja voluntaria indefinida en el trabajo. La policía cree que es un asesino. Los medios de comunicación creen que es un asesino. ¿Hay en algún lugar alguien que crea que es inocente? ¿Querrán el hospital o los pacientes de su consulta que regrese alguna vez?

Dirige sus pensamientos a Nora. ¿Cree ella lo que están diciendo? ¿Cree que ha asesinado a su hija? Daría lo que fuera por volver atrás en el tiempo y que nada de esto hubiese pasado.

Piensa en llamarla. No puede llamarla al teléfono de su casa porque podría responder cualquier otro. Probablemente ya haya tirado su teléfono desechable, pero puede que no. Podría probar a llamarla mañana, cuando su marido esté en el trabajo, como hacía antes. Podría usar una cabina, si es que puede encontrar alguna; no quiere arriesgarse a llamarla desde el hotel y la policía se ha llevado su móvil. Quiere que ella sepa que la ha mantenido al margen de sus problemas, que es un hombre honrado. Quiere que sepa que la quiere. Quiere decirle que es inocente, y quiere que ella le crea.

A la mañana siguiente, jueves, Gully está tomándose su segundo café tras apenas tres horas de sueño. Los equipos de búsqueda, que han estado saliendo bajo la lluvia, no han encontrado nada. Esta tarde se cumplirán cuarenta y ocho horas desde la desaparición. Se le encoge el corazón al pensarlo. Siente como si tuviera un cronómetro dentro de la cabeza.

Los agentes han visitado todos los almacenes de la zona a los que William Wooler podría haber ido. Han distribuido su fotografía, pero nadie recuerda a ningún hombre de su aspecto alquilando ningún almacén y que pagara en efectivo. Si Wooler lo ha hecho, dondequiera que haya ocultado el cadáver, no ha vuelto a ir desde entonces para cambiarlo de lugar. Lo saben porque lo han estado vigilando. Si se deshizo del cadáver en el corto espacio de tiempo que habría tenido, había hecho un muy buen trabajo. ¿Qué pueden haber pasado por alto?

Su siguiente paso será el de cambiar la búsqueda a la zona rural del este de la ciudad, donde Ryan Blanchard asegura que estuvo. No tienen suficiente para poder hacerse con los registros de su móvil y confirmar dónde estuvo. Necesitan algo más que un testigo anónimo, aunque esté en juego la vida de una niña.

—¿Gully? —la interrumpe un agente.

Ella gira la cabeza.

—Sí, ¿qué pasa?

—Hay alguien que quiere verte. Una tal señora Seton.

La madre de Jenna. Gully se levanta y sale con él hasta donde ella los espera, sentada con gesto remilgado en una de las sillas de plástico. La expresión de Alice Seton parece de alivio cuando la ve.

—Señora Seton, ¿qué puedo hacer por usted? —pregunta Gully con la esperanza de que Jenna pueda haber recordado algo. No ha traído a la niña con ella.

—Por favor, llámeme Alice. ¿Podemos hablar?

—Por supuesto —contesta Gully y la lleva por el pasillo hasta una sala de interrogatorios vacía, donde se sientan. Alice echa un rápido vistazo por la habitación, como si de algún modo se esperara más, pero no hay mucho que ver en ella—. ¿Qué pasa? —pregunta Gully.

Alice se remueve en su asiento.

—No estoy segura siquiera de si debería haber venido —empieza a decir.

—Si tiene algo que crea que puede ser relevante con respecto a la desaparición de Avery, debe contárnoslo. Nos corresponde a nosotros decidir si es importante o no.

Alice asiente.

—Lo sé. Por eso he venido. Es que... me siento un poco incómoda con esto, ¿sabe? No tengo ninguna prueba ni nada.

Gully asiente.

—No pasa nada, cuéntemelo.

—Me sorprendió cuando Jenna dijo que Avery le había contado que tenía un novio. Es decir, mi hija es de la misma edad. Me hizo sentir muy incómoda. A una no le gusta pensar en ese tipo de cosas con esa edad.

—Sí —responde Gully, deseando que vaya al grano.

—Bueno, pues hay un chico. Tiene unos quince o dieciséis años, creo. —Vacila.

—¿Qué chico?

—Adam Winter. Vive al otro lado de la calle, en la acera de enfrente, unas casas más abajo de la de los Wooler. Y... es un poco raro.

—¿Raro en qué sentido?

—Es diferente. Como si fuera autista, quizá. No lo sé. No habla con nadie ni mira a los ojos. Va a un colegio especial. Yo lo suelo ver por ahí, pero siempre va solo. No parece que tenga amigos. —Hace una pausa—. En realidad, Avery tampoco tiene amigos. Es decir, sé que Jenna y ella tienen una especie de amistad, pero a Jenna no le gusta del todo, solo es simpática con ella. Avery es un poco... A veces, cuesta cogerle cariño.

Gully tiene que disimular la repulsión que siente ante la actitud mojigata de la otra mujer.

—¿Le ha contado Jenna algo sobre ese chico, ese Adam? —pregunta Gully.

—La verdad es que no. Le he preguntado si podía ser él y me ha dicho que no lo sabe. —Y continúa—: Pero ese chico es muy guapo. Puede que Avery se haya encaprichado de él. Los vi una vez juntos. Estaban hablando en la calle. Me pareció un poco raro porque él no habla nunca con nadie.

—¿Alguna idea de lo que podrían estar hablando?

—Él le estaba enseñando un dron que tenía. Estaba muy entusiasmado con ese dron.

—Un dron —repite Gully.

—Sí, como esos robots que vuelan.

—Sé lo que es un dron.

—En fin, que me preguntaba si él podría ser el «novio» al que se refería Avery. He pensado que debería contárselo. —Y añade—: Y sí que es un chico raro. Le he dicho a Jenna que no se acerque a él.

—Gracias, señora Seton —dice Gully poniéndose de pie. Está deseando deshacerse de ella y volver al trabajo.

Pero Alice no se levanta todavía.

—Anoche vi algo —dice.

—¿Sí?

—Estuve levantada hasta bastante tarde y vi que usted y el otro detective se llevaban a Ryan Blanchard en un coche. ¿Es sospechoso? ¿Cree que podría ser él quien se ha llevado a Avery?

Gully niega con la cabeza.

—No puedo hablar de eso.

Por fin, Alice se pone de pie y coge su bolso.

—Bueno, nunca se sabe, ¿no?

Cuando Gully ha terminado con Alice Seton, Bledsoe la ve y le hace una señal para que entre a su despacho. Está segura de que no está nada contento.

—¿Qué pasa? —pregunta a la vez que se sienta al otro lado de su escritorio.

—Tenemos los resultados preliminares del coche de Wooler. Nada. —Suelta con un golpe el informe sobre la mesa con gesto de desagrado—. Literalmente nada. Debe haberlo limpiado todo con una aspiradora.

—¿Cuándo pudo haberlo hecho? —pregunta Gully—. No tuvo mucho tiempo.

Bledsoe la mira.

—Si lo hizo él, ese cabrón es más listo de lo que parece. Ha dejado el cadáver en algún sitio que no podemos encontrar. Quizá se detuvo en un lavado de coches y limpió el maletero con una aspiradora. Que alguien pregunte en todos los lavaderos de coches de la zona. Quizá haya imágenes de vídeo o puede que alguien lo recuerde. —Ella asiente—. ¿Quién tiene un maletero tan limpio? Lo han aspirado recientemente, eso es seguro.

19

G wen Winter es madre soltera. Tiene un único hijo, Adam, y lo quiere más que a su propia vida. Pero Adam tiene autismo y la vida no resulta fácil para ninguno de los dos. A ella le preocupa el futuro de su hijo. Es una batalla constante tener que desenvolverse por el mundo con un niño con autismo y está siempre agotada. Su marido los dejó cuando Adam tenía solo cuatro años; no estaba dispuesto a enfrentarse al desafío. No podía soportar los ataques, la vergüenza, las críticas, la falta de una vida normal, de hacer cosas normales. La vida con Adam no era lo que se habían esperado cuando decidieron formar una familia. No podían hacer las mismas cosas que hacían otras familias sin pensarlo antes, no con sus problemas sensoriales y de comportamiento. Así que Mark se marchó y ella ha tenido que encargarse de todo. Lo peor han sido los problemas con los colegios. Es mejor ahora que Adam está en una escuela especial, donde parecen entenderlo mejor. Está menos inquieto, más calmado. Y hay niños que tienen el mismo espectro y que comparten sus intereses. Niños inteligentes que experimentan el mundo de otra forma.

Oye que llaman a la puerta y levanta los ojos del ordenador. Trabaja desde casa como contable; la mesa del comedor hace las veces de su despacho. No suele venir mucha gente a su puerta durante el día. Podría ser de nuevo la policía, que está recorriendo la calle de arriba abajo por lo de la niña desaparecida. Abre la puerta y ve a una mujer que no reconoce.

—¿Sí? —dice.

La mujer le muestra una placa, pero apenas le da tiempo a mirarla. Gwen piensa de inmediato que ha pasado algo con Adam. Ha recibido muchas quejas a lo largo de los años.

—Soy la detective Gully —se presenta la mujer—. De la policía de Stanhope. ¿Puedo pasar?

—Sí, claro —responde Gwen con el corazón disparado.

—Estamos investigando la desaparición de Avery Wooler el martes por la tarde.

Gwen asiente. Entonces, no tiene nada que ver con algo que haya hecho Adam. Es simple rutina. Probablemente estén comprobando si han pasado algo por alto. Los agentes uniformados ya vinieron la noche que Avery Wooler desapareció, pero ella no tenía nada que contarles. No había visto nada, ni tampoco Adam. Gwen lleva a la detective a la sala de estar y se sientan.

—Tengo entendido que tiene usted un hijo, Adam —comienza la detective.

«Vale, ya empezamos», piensa Gwen, poniéndose de inmediato a la defensiva. Tantos años con esto la tienen agotada. «Es por su hijo, Adam...». ¿Cuántas veces lo ha oído?

—Sí —responde con tirantez—. ¿Qué pasa con él?

—¿Conocía a Avery?

—Creo que eso es muy poco probable. —No recuerda que él la haya mencionado; nunca la ha visto con él. Es mucho mayor que la niña desaparecida—. Adam es muy reservado.

La detective suspira.

—Tenemos entendido que Avery le contó a una amiga que tenía un novio, alguien mayor que ella. Y una persona ha dicho que vio a Avery con Adam recientemente —dice la detective con suavidad.

—¿De verdad? Lo dudo. Él no es su novio. ¿Quién ha dicho eso? —No se molesta en disimular el resentimiento en su voz.

—No tengo autoridad para responderle.

La mujer niega con la cabeza.

—Nadie de por aquí entiende a Adam. Esta es una ciudad muy mezquina. He estado pensando en mudarme, pero he metido a Adam en una buena escuela especial que está cerca de aquí, así que...

La detective asiente con gesto de simpatía.

—Adam es un niño dulce por naturaleza. Jamás le haría daño a nadie. —Y es verdad, ella lo sabe. A pesar de las pataletas, la pérdida de control, los ataques, es verdad que no haría daño a nadie. Él no es así.

—Aun así, debo preguntarle... ¿dónde estaba Adam el martes por la tarde? ¿Lo sabe? A partir de las cuatro, más o menos.

—Estuvo en casa conmigo —responde—. Lo recogí del colegio. Normalmente, llegamos a casa poco antes de las cuatro.

—Tengo entendido que tiene un dron —dice la detective Gully—. ¿Lo usa mucho?

—Sí —contesta—. Es su obsesión de ahora.

—¿Lleva dispositivo de vídeo?

—Sí.

—Me gustaría ver la grabación —dice la detective—. Quizá podamos ver algo que hemos pasado por alto.

Gwen asiente.

—Adam estuvo en la parte de atrás volando su dron ese día hasta que empezó a llover. Pero si hubiese visto algo, lo habría dicho. Y le he preguntado. No vio nada.

—Aun así, me gustaría echar un vistazo.

—No le gusta que nadie toque sus cosas —le explica Gwen—. Sobre todo, su dron y su portátil. Tiene autismo. Se altera.

—Lo entiendo —responde la detective Gully—. Pero ¿puede traer a Adam con su dron y su portátil a la comisaría cuando vuelva hoy a casa después del colegio?

—De acuerdo. Sí, por supuesto.

—Gracias. No quiero entretenerla más.

Gwen se queda mirando a la detective mientras va hacia su coche y, después, cierra la puerta.

Gully vuelve a subir por Connaught Street y aparca en la puerta de la casa de los Wooler. Mira al otro lado de la calle, hacia la casa de los Seton, mientras piensa en Gwen Winter y en lo distinta que ha sido la experiencia de la maternidad para Alice y para Gwen.

Gully sale del coche y se acerca a la residencia de los

Wooler. Bledsoe está en la comisaría dirigiendo la investigación. Los dos están dispuestos a considerar como una broma la llamada anónima que decía que Ryan Blanchard había subido a Avery a su coche. No han podido corroborarlo y el abogado de él los dejó desarmados con bastante astucia. El chico parecía asustado, pero ¿quién no lo habría estado? Gully está siguiendo la pista del «novio». Quiere hablar de nuevo con Michael. Es posible que él sepa algo de ese chico mayor, si es que existe. Podría ser producto de la imaginación de Avery, o una mentira. Gully sospecha que Michael no habrá ido hoy al colegio, ahora que ha salido en las noticias que a su padre lo han interrogado por la desaparición de su hermana y ha cambiado su declaración. Pobre chico.

Cuando Gully llega a la puerta de los Wooler, Erin la abre. Tiene la cara manchada por las lágrimas y muy mal aspecto. Se queda un momento inmóvil, observando a Gully, como si estuviese mirando desde el borde de un abismo.

—¿Qué ha pasado? —pregunta Erin—. ¿Tiene alguna noticia?

Gully piensa que, por supuesto, a ella le aterroriza que cada vez que alguien llama a su puerta sea para traer malas noticias. Gully se pregunta si alguna vez habrá alguna buena.

—No —responde con suavidad—. Aún no. ¿Puedo pasar?

Erin se da la vuelta con desesperación y entra, dejando que Gully pase y cierre la puerta al entrar.

—He echado a William de casa —dice Erin—. Me ha contado todo lo que les ha dicho a ustedes. Todo.

A Gully le parece que tiene un aspecto espantoso,

como el de un personaje trágico de una obra de Shakespeare, asolado por demasiados problemas.

—Es como si no lo conociera en absoluto —dice Erin.

Gully se siente muy mal por esta mujer, que está pasando por lo peor que le puede pasar a cualquier padre, la desaparición de su hija, y que descubre que su marido le ha estado mintiendo.

—¿Qué le ha contado?

—Me ha dicho que estuvo en casa —responde Erin sin energías—. Que vio a Avery. Que la dejó aquí sola. Que se ha estado viendo con otra mujer y que estaba con ella en un motel. Que por eso no estaba en el trabajo.

Gully asiente con gesto compasivo. No han podido localizar a esa mujer. Lo único que saben es que tiene un teléfono desechable y que no respondió cuando la llamaron desde el de William. Les gustaría hablar con ella, aunque solo sea para ver si les puede ayudar a entender mejor a William Wooler y lo que pudo haber pasado ese día, pero él no quiere decírselo.

—¿No tiene usted ni idea de quién puede ser? —pregunta Gully tras una respetuosa pausa.

Erin niega con la cabeza.

—Ni idea —responde, y parece encogerse, hacerse más pequeña delante de ella.

Gully se levanta de su sillón y se acerca para sentarse en el sofá junto a Erin, apoyando suavemente un brazo sobre sus hombros.

—Debe ser fuerte, Erin.

Erin la mira y asiente.

—Lo sé. Tengo que pensar en Michael.

—Lo cierto es que quería hablar con él. ¿Está en casa?

Asiente.

—Hoy no podía ir al colegio.

Gully desearía de verdad no tener que hacer esto.

—Una amiga de Avery nos ha contado que le dijo que tenía un novio —dice con suavidad—. Alguien mucho mayor que ella.

Erin la mira, sorprendida.

—¿Un novio? Lo dudo. ¡Tiene nueve años! ¿Quién le ha dicho eso? —pregunta—. Probablemente Jenna. La verdad es que Avery no tiene ningún otro amigo.

—Nos preocupa que alguien mayor haya podido aprovecharse de Avery —dice Gully con cautela—. Jenna ha dicho que Avery le contó que hacían «cosas de mayores». Quizá hayan abusado de ella. Era una niña solitaria, vulnerable.

Erin la mira con gesto de repugnancia.

—Dios mío —grita—. ¿Puede haber todavía algo peor? —Eleva la voz con desesperación—. ¿Qué más cosas han estado pasando delante de mis narices?

—Lo siento —dice Gully.

—Dios santo. No puedo seguir soportando esto.

—Entonces ¿no tiene ni idea de quién podría ser, si es que este dato es cierto?

Erin hace un gesto de negación y se tapa la cara con las manos.

—¿Puedo hablar con Michael? —pregunta Gully.

Erin asiente con expresión de agotamiento.

—Está arriba. Voy a por él. —Parece recomponerse y, después, se levanta despacio del sofá y sube las escaleras como si hubiese envejecido décadas desde que su hija desapareció. Vuelve con Michael detrás de ella, un niño alto y desgarbado que parece estar a punto de enfrentarse a un batallón de fusilamiento. Parece aún más pálido que antes, con su pelo trigueño y unos círculos oscuros bajo los ojos.

Gully se pone de pie.

—Michael, esperaba poder hablar contigo sobre tu hermana. ¿Te parece bien? Tu madre puede quedarse con nosotros.

Michael dice que sí y se sienta en el sofá junto a su madre, y Gully vuelve a sentarse en el sillón, en frente de ellos. Se inclina para acercarse a Michael.

—¿Te dijo alguna vez Avery algo sobre que tenía un novio?

20

No —responde Michael automáticamente, antes siquiera de pensarlo.

—Tómate tu tiempo —le dice la detective Gully con voz calmada.

Él se alegra de que sea ella y no el otro detective. El otro le asusta. Se siente vacío después de todo lo que ha pasado. Le cuesta pensar con claridad. Mira a su madre, que lo observa con temor, como si esperara oír algo espantoso. No puede hacerle eso a ella. Debe proteger a su madre. Puede que ella sea lo único que le queda. Además, no sabe nada.

—Solo tiene nueve años —espeta.

—Lo sé —contesta Gully. Y espera.

—Nunca me ha dicho nada de un novio —dice Michael.

—Sé que esto es duro, pero es importante —insiste Gully con suavidad—. Hemos sabido que Avery contó que estaba viéndose con un niño mayor, que hacían «cosas de mayores» juntos.

Él siente que su rostro se sonroja por la vergüenza.

—¿Alguna vez la viste con algún chico mayor? —pregunta Gully.

Se esfuerza en pensar. No puede creerse que Avery estuviera haciendo algo así. No es más que una niña. Pero le hace sentir incómodo porque sabe cómo hablan los chicos sobre las chicas.

Niega con la cabeza. Después, vacila al recordar una cosa, de repente.

—Solo una vez —dice. Y se detiene.

—¿Con quién la viste, Michael? —insiste la detective.

Él no quiere contarlo porque no le gusta hacia dónde está yendo esto. Pero Gully está esperando y su hermana pequeña ha desaparecido. Traga saliva, nervioso.

—Fue en la casita del árbol. —Gully asiente, animándolo a seguir—. Yo estaba un día en el bosque, hace unas semanas, y fui a la casa del árbol y Avery estaba allí. Al principio, pensé que estaba sola. Pero no.

—Y... —le insta Gully.

—No estaban haciendo nada —insiste él.

—¿Quién estaba con ella, Michael?

—Derek. El hermano de Jenna.

A media mañana, William encuentra por fin una cabina en el centro comunitario. Se mantiene alerta, obsesionado con que lo puedan estar vigilando. Se ha escabullido por la parte de atrás del hotel para evitar a los periodistas. Por una vez, parece que la policía le está dejando en paz. Hoy todavía no le ha pedido nadie que vaya a la comisaría para interrogarlo. Piensa en Erin y Michael y le preocupa cómo lo estarán llevando. Les llamará pronto, si es que quieren hablar con él.

No quiere que los detectives lo relacionen con Nora. Debe protegerla y ella tiene que creer que él es inocente, aunque nadie más lo crea.

Llama al teléfono secreto de Nora, agradecido de acordarse del número, y mantiene la respiración. Espera que tenga el teléfono a mano; sabe que lo tiene apagado y escondido cuando no está sola, pero que lo lleva encima cuando no hay nadie más en casa. O puede que lo haya tirado a la basura.

Quizá no responda. Y él no sabrá si es porque hay alguien con ella o porque piensa que es un asesino y no quiere volver a hablar con él nunca más. Pero responde.

De repente, él vacila. Hay una larga pausa, lo suficientemente larga como para que se pregunte quién estará al otro lado de la línea. ¿Habrá encontrado el teléfono su marido? ¿Su hijo? Quienquiera que sea, no dice nada. Puede que sea Nora y que se esté preguntando quién está al otro lado de la línea. ¿Llamaría la policía a ese número para ver quién responde? Todo esto pasa por su mente con un destello.

—¿Nora? —dice por fin, arriesgándose.

—Sí.

Toma aire, pero queda interrumpido por un sollozo.

—Nora —repite con dificultad.

—¿Qué está pasando? —pregunta ella, y él nota su tono de cautela.

Sabe que no pueden hablar mucho rato; se siente muy expuesto usando este teléfono público.

—Han encontrado mi otro teléfono. Quiero que sepas… He tenido que decirles que tenía una aventura, pero no he dicho tu nombre. Nunca les voy a decir que me estaba viendo contigo. Te lo prometo.

—Gracias —responde. Parece profundamente aliviada.

Él sabe lo preocupada que debe haber estado; lo más seguro es que esperara que encontraran su teléfono secreto.

—Jamás podría hacer nada que te perjudicara, Nora.

Hay un silencio. Se apresura a continuar.

—Yo no le he hecho nada a Avery. No creas lo que dicen las noticias, la policía —añade con tono de urgencia—. Yo no le he hecho nada, lo juro. Alguien se la ha llevado.

—Lo sé —susurra ella.

Él siente alivio, solo un poco.

—Los detectives… siempre creen que son los padres. Nos han tenido en el punto de mira —dice con resentimiento.

—No solo a ti —responde ella, con voz forzada, tensa—. Están vigilando a mi hijo.

—¿Qué? —Cree que no la ha oído bien—. ¿Qué has dicho?

—Ha habido una llamada anónima que dice que vieron a Avery subir al coche de Ryan esa tarde. Pero no es verdad. ¿Quién haría algo así?

Él siente que el corazón se le encoge. ¿Le está acusando a él de hacer que alguien diera una pista falsa para desviar la atención? Él jamás haría eso. Pero si lo hiciera, la última persona a la que señalaría es al hijo de Nora. Nunca le haría daño.

—¿Quién puede inventarse una mentira tan malvada como esa? —insiste ella.

—No lo sé —contesta. Intenta pensar. No sabe nada

del hijo de Nora, salvo que tiene dieciocho años y no se ha ido a la universidad este año como se suponía que haría. Algo relacionado con que tiene que prestar unos servicios comunitarios por una denuncia por drogas. Ella se lo había mencionado un día.

—Debería colgar —dice ella.

—No. Todavía no —le suplica él.

Siguen al teléfono, respirando juntos, sin decir nada. Sin saber qué pensar el uno del otro.

—Sé que es imposible, pero ojalá pudiera verte —dice él por fin.

—Es imposible —asiente ella con voz sombría.

De repente, él se ve inundado por la desesperación. Lo ha perdido todo. Y es probable que la policía lo acuse de asesinato.

—Creo que Al sospecha de nosotros —dice ella.

—¿Cómo ha podido saberlo?

—No lo sé. Quizá me siguió algún día. O puede que alguien del hospital sospeche algo y se lo haya contado. Está muy raro.

—No. Hemos sido muy cautelosos —protesta William.

—Está convencido de que has matado a Avery. —Se le entrecorta la voz.

—¡No! Nora, no he sido yo. —Ella no dice nada—. No te deshagas de este teléfono —le dice—. Te volveré a llamar… siempre que pueda. Estoy alojándome en el Excelsior. Erin me ha echado. —Y de inmediato, se arrepiente de decirlo porque ella le hace la pregunta que él se había estado temiendo.

—William, ¿le mentiste a la policía?

Nora aguanta la respiración. Tenía que preguntárselo. Todo el mundo se pregunta por qué William Wooler no le dijo a la policía que estuvo en casa ese día. Pero ahora lo han descubierto. «Lo vieron. Hay un testigo».

Se pregunta si él va a colgar. Pero, por fin, responde:

—Es complicado —empieza, con voz temblorosa—. Después de que cortaras conmigo en el motel, yo me sentía fatal. Pensaba que no habría nadie en casa y quería estar un rato solo, para asimilarlo. Pero Avery estaba allí. —Hace una pausa. Ella oye cómo traga saliva—. Había tenido problemas en el colegio, tuvimos una discusión y yo salí de allí, furioso. Me fui a dar una vuelta con el coche. Y luego, supe lo que iban a pensar si decía que había estado en casa. No podía justificar mis movimientos porque había estado contigo en el motel. Así que entré en pánico y no les dije nada a la primera oportunidad. Y luego, ya era demasiado tarde... —Y añade—: Dios, qué tonto fui. Simplemente no pensé.

A ella le parece casi creíble.

—Tengo que dejarte —dice, y cuelga.

Se queda sentada en el borde de la cama durante un largo rato. Está sola en la casa. Al está en el trabajo, Faith en el colegio y Ryan en su servicio comunitario. Empieza a llorar. William parecía estar muy mal, a punto de perder la cabeza. Pero la había protegido. ¿Qué piensa ahora de él? ¿Le cree?

Esa es la cuestión. No está segura.

21

R yan Blanchard se mueve como un autómata durante su turno de la mañana en el centro de acogida para personas sin hogar, con la cabeza agachada. No quiere llamar la atención. Todavía siente vergüenza de estar aquí, en un lugar que no le corresponde. Es de clase media, futuro universitario; el centro de acogida y las personas oprimidas y perdidas que están en él le hacen sentir incómodo. Se siente fuera de lugar, recién duchado, con su ropa limpia y de buena calidad. Un día, no hace mucho, en un momento de madurez, se había dado cuenta de lo privilegiado que era, nacido en el seno de una familia solvente que cuidaba bien de él. Pero fue como un leve destello que desapareció rápidamente. La mayor parte del tiempo le molesta estar aquí. Sobre todo, le cuesta soportar los olores a orina, vómito y hedor corporal, tan densos e incrustados a sus mugrientas ropas que le hacen sentir nauseas. Y la imagen también resulta bastante espantosa. Ver a gente reducida a la nada, a andrajos. Está deseando que le den la libertad y que acabe su servicio comunitario. Doscientas horas. Las ha estado contando.

Podría haber sido mucho peor. Sabe que está aquí por sus propios actos. Pero reconocerlo, incluso ante sí mismo, resulta doloroso, así que siempre se apresura a pensar en otra cosa: en sus amigos en la universidad, yendo a fiestas, conociendo a chicas. Pero hoy no piensa en nada de eso. Hoy está pensando en la comisaría de policía anoche. Recuerda lo hostil que estuvo el detective Bledsoe, lo cagado de miedo que estuvo Ryan. Una acusación por drogas no es nada en comparación con la de por secuestro o asesinato.

Cuando terminaron, se quedó un par de minutos a solas con su abogado. Oliver Fuller lo había mirado fijamente a los ojos.

—Esta mierda es muy grave, Ryan —había dicho.

—Yo no lo he hecho —insistió él.

Fuller se limitó a asentir.

—Tú no te metas en líos. Con suerte, el testigo no aparecerá.

Entonces, él lo miró asustado.

—¿A qué te refieres? —No entendía—. Pensaba que no había ningún testigo.

—Es evidente que hay un testigo anónimo al que no pueden llamar. Pero si aparece y lo incluyen en el expediente...

—¡Pero si yo no la vi! No subió a mi coche, lo juro —dijo Ryan entrando en pánico—. ¡Están mintiendo!

—Vamos a ver a tu madre —había contestado Fuller.

Y luego, cuando llegaron a casa, se sometieron al interrogatorio de su padre y después de Faith, cuando bajó.

Habían tenido que contarle lo que pasaba; no es ninguna tonta. Él vio el miedo en los ojos de sus padres, lo reconoció. Era la misma mirada que habían tenido cuando les llegó la sorpresa de su arresto por posesión de oxi. No se lo podían creer. Su hijo, con drogas.

Solo que esta vez, su miedo y su espanto eran mayores porque había una niña desaparecida, posiblemente muerta. La expresión de ellos era casi salvaje. Sabe que ya no confían en él. Lo del oxi supuso un impacto para ellos. Les pareció que no era propio de él. Pero no lo conocen, no lo saben todo. No saben cómo es, cuántos de sus amigos consumen oxi, y otras mierdas también. No saben lo que se siente, la presión que se acumula en tu cabeza, lo bien que sienta soltarlo todo. Pero a sus otros amigos no los pillaron. Se le ocurren, al menos, otras dos personas que deberían estar aquí con él, limpiando pis y vómito en el centro de acogida para personas sin hogar. Pero mantuvo la boca cerrada.

Vuelve a recordarlo todo mientras friega los suelos, lava los platos y cambia las sábanas. ¿Cómo ha llegado aquí? Ya no sabe quién es. Su vida es tan diferente a la que tenía hace unos meses que ya nada tiene sentido para él. Fuller había conseguido que no entrara en prisión. Sus padres habían pagado una multa y a él le habían dejado en libertad condicional y lo condenaron a prestar servicios comunitarios, pero con antecedentes penales. Podría haber sido peor; podría haber ido a prisión hasta un año, por ser un primer delito.

No ha sido fácil. Siente como si cada día fuera una batalla contra la tentación. A veces, la presión, la tensión, es demasiada.

¿Va a terminar como la gente que hay aquí? Hace todo lo que puede por no entrar en pánico y salir corriendo por la puerta, desesperado por disfrutar de libertad y aire fresco.

Gully observa el ceño fruncido en el rostro cansado de Bledsoe. Acaban de enterarse de que William Wooler había hecho limpiar su coche a fondo y de forma minuciosa en el lavadero de coches el domingo anterior, apenas dos días antes de que Avery desapareciera. Eso explicaría por qué está su coche tan impoluto.

—Joder —murmura Bledsoe—. Entonces, si él se la llevó a algún sitio, debió envolverla en plástico o algo parecido.

Gully se muerde el labio, pensativa. Habían encontrado un rollo de plástico, resistente al vapor de agua, en el garaje de los Wooler durante el primer registro. Era imposible saber si William había usado parte de él para envolver el cadáver antes de meterlo en el maletero. Pero podría haberlo hecho. Esa podría ser la razón por la que no habían encontrado rastro de Avery en el coche. O quizá no lo había hecho él.

Gully siente que sus ánimos decaen. Ha dormido muy poco.

—Lo del novio —empieza a decir—. Quizá tenga una pista. —Le dice lo que le ha contado Michael del hermano de Jenna, Derek—. Sabemos que a Avery le gustaba ir a la casita del árbol. Ya la han registrado, pero no vieron ningún rastro que probara que Avery sufriera ningún daño en ella. —Hace una pausa y añade—: Han encontrado condones usados debajo de la casa del árbol. Al parecer es un sitio al que suelen ir muchos chicos.

Bledsoe asiente, cansado.

—Será mejor que hables con ese Derek.

—Antes me gustaría echar un vistazo de nuevo a la casita del árbol —propone Gully.

Erin está junto a la ventana de la sala de estar, mirando entre un hueco de las cortinas. Es mediodía y hay mucha luz. Todavía hay algún reportero ahí afuera, aunque menos que antes. Que le hagan una foto a la madre aterrorizada, los muy morbosos. Ya no le importa. Sabe que algunos de ellos se han marchado y se han apostado junto al hotel donde se aloja William. Los había visto en las noticias.

Suena su teléfono, pero no reconoce el número. Responde.

Es William. Habla rápido:

—Hay alguien que asegura haber visto que Avery subía al coche de Ryan Blanchard el martes por la tarde —dice. Su voz suena estresada, casi irreconocible.

—¿Qué?

—Es un testigo anónimo. No sé si será verdad o no.

—¿Cómo lo sabes?

No responde a su pregunta.

—Esta mañana he comprado un teléfono nuevo. Ya tienes el número, por si me necesitas. Tengo que colgar —dice después, y cuelga rápidamente.

Ella se sienta, sorprendida ante esta nueva información. ¿Subiría Avery al coche de Ryan? ¿Por qué iba a hacerlo? La verdad es que no lo conoce. A menos… a menos que sí lo conozca. Puede que él sea el novio mayor al que Gully está buscando. Es demasiado. Erin va corriendo a la cocina y suelta arcadas en el fregadero. Está de pie sobre el acero inoxidable, tratando de vomitar, pero no tiene nada en el estómago.

Quiere que vuelva su hija, eso es todo. Aunque William sea inocente, ha terminado con él. Solo quiere que vuelva Avery, sana y salva.

Vuelve a la ventana de delante y mira hacia la casa de los Seton de enfrente. Siente un pellizco en el estómago. ¿Y si es verdad? ¿Y si alguien estaba acosando a Avery, abusando de ella, y no se había dado ni cuenta? Eso la pone enferma. ¿Qué tipo de madre es como para no darse cuenta, como para no ser capaz de ver que algo iba mal? Sabe que Avery no se lo cuenta todo; no están tan unidas en ese aspecto. Avery siempre se ha resistido mucho con ella. Le cuesta conectar en un nivel de intimidad, salvo en las muy raras ocasiones en que ha bajado la guardia. Erin recuerda que Avery estuvo llorándole hace unos meses y que le contó que se sentía sola y que no tenía amigos. Eso le rompió el corazón. Su respuesta inmediata fue tratar de solucionarlo de alguna forma. ¿Organizar encuentros para jugar? ¿Tratar de conseguir que Avery entrara en algún deporte, algún club? Pero todas esas cosas ya las habían probado muchas veces y todas ellas habían fracasado. Al final, no hizo nada. Solo le ofreció apoyo y amables sugerencias sobre cómo hacer amigos y mantenerlos. Aquella fue la última vez que Avery se sinceró con ella. La había decepcionado. Y puede que, debido a que estaba sola y vulnerable, alguien había podido aprovecharse de ella.

La pena y la culpa se están convirtiendo en una carga demasiado pesada. No había protegido a su hija.

Puede que William esté diciendo la verdad sobre que le dio una bofetada y la dejó sola en la casa. Es propio de él. Pierde los nervios y, después, se aleja, avergonzado. Puede que otra persona se haya llevado a Avery. Vuelve a pensar en el hijo de los Blanchard. William dice que alguien vio a Avery subir a su coche la tarde de su desaparición. Si eso es verdad, William es inocente y Ryan es el culpable. Sabe que el hijo de los Blanchard había tenido problemas con la ley. Quiere ir a casa de los Blanchard, quedarse a solas con Ryan en una habitación y sacudirle con fuerza hasta que escupa la verdad.

Y el hermano de Jenna, Derek… ¿Podría haber estado Derek abusando de Avery? Siempre ha considerado a Derek un chico bastante bueno. Pero él podría haber visto a Avery más que nadie, cada vez que Avery iba a su casa.

Odia tener que estar escondida en casa, esperando. Debe hacer algo por encontrar a su hija.

22

El suelo mojado chapotea bajo las botas de Gully mientras camina por el bosque en dirección a la casita del árbol. Se ha traído con ella a un agente de policía que está fuera de servicio y que participó en el rastreo de la zona; él sabe adónde ir. Mientras va adentrándose entre los árboles detrás de él, las frías gotas de agua que se desprenden de los árboles y le caen por el cuello por debajo de la chaqueta le hacen sentir escalofríos.

Enseguida llegan a un pequeño claro y el agente que va delante se detiene. Un enorme roble se levanta ante ellos. Casi no le quedan hojas, todas caídas en el suelo, así que la casa del árbol se ve con claridad. Está apoyada en una muesca del árbol y está hecha de madera rescatada y desigual. Tiene cuatro paredes, un tejado de metal oxidado y una puerta con bisagras. El lado que está frente a ellos tiene recortada una rudimentaria ventana. Hay una escalerilla de cuerda que cuelga por el ancho tronco. Gully piensa que los que estén dentro podrían tirar de ella hacia arriba si no quisieran que los vieran.

—Como sabe, ya hemos registrado a conciencia —dice el agente—. No hay rastro evidente de la niña, de su ropa ni de nada.

Gully camina alrededor del árbol, observándolo desde todos los lados.

—Voy a subir a echar un vistazo —dice después.

Gully está en forma y es atlética, y sube la escalerilla con relativa facilidad. Cuando llega a la plataforma que está delante de la puerta, se detiene y mira hacia abajo. Nunca le han afectado las alturas. Desde aquí hay buenas vistas. Podría verse a cualquiera que se acercara, probablemente también oírlo. Abre la puerta. Hay un pequeño trozo de madera clavado a la casa del árbol que se puede girar para abrir la puerta. Dentro, ve un futón sucio, algunas latas de refresco. Gully se queda un rato tratando de imaginar qué ha pasado ahí dentro. Avery estuvo aquí, con Derek Seton. Los dos, solos. Michael los descubrió. Dice que no estaban haciendo nada. Pero ¿cómo lo sabe? Dijo que dejaron caer la escalerilla para que subiera, así que debía estar subida. Tuvieron tiempo de dejar de hacer lo que estuvieran haciendo. ¿Qué estaba haciendo un Derek de quince años con una niña de nueve?

Pero aunque alguien como Derek, o Adam Winter o, de hecho, cualquier otro, estuviese abusando de Avery en la casita del árbol, es poco probable que la mataran aquí. No hay rastro de ninguna pelea. No hay rastro de su cuerpo ni de su ropa en este bosque, ninguna señal de que la hayan arrastrado o transportado por aquí. ¿Qué habrá hecho el asesino con ella?

«¿Dónde narices está Avery Wooler?».

Gully vuelve a bajar. Alguien podría haber abusado de Avery en la casita del árbol. Con la escalerilla subida, habrían tenido suficiente intimidad. Será mejor que hable con Derek Seton.

Cuando se alejan de la casita del árbol, Gully recibe una llamada. Es Bledsoe.

—¿Qué pasa?

—Está dispuesta a declarar. La testigo que vio a Avery subir al coche de Ryan Blanchard.

—Dios santo, eso lo cambia todo —responde Gully.

—Sí. —Puede notar la emoción en la voz de Bledsoe.

Bledsoe le cuenta que la mujer no había dicho su nombre durante la llamada, pero que iba a ir a la comisaría para contarles lo que sabía y que estaría ahí en media hora. Ahora es Gully la que se emociona. Este podría ser el primer avance real en el caso.

—Con suerte, podemos ir a por Ryan Blanchard esta tarde —dice Bledsoe—. Volver a intentarlo con él. —Y añade con evidente satisfacción—: Borrar de la cara del abogado esa sonrisa de superioridad.

Gully llega a la comisaría, pero la testigo no. Pasa la media hora. Después, una hora.

—Nos está tomando el pelo —dice Bledsoe con frustración.

—O ha mentido o, por algún motivo, tiene miedo de aparecer, de identificarse —contesta Gully. Se pregunta cuál podría ser ese motivo. Si lo hay, debe ser bueno. Está tan frustrada como Bledsoe.

Hablan con el agente que atendió la llamada en el teléfono de colaboración ciudadana. Es el mismo que atendió la primera llamada, el agente Weeks, y les asegura que se trataba de la misma mujer. No ha querido dar su nombre por teléfono, pero ha dicho que era la misma que había llamado anteriormente. Quería saber por qué no habían arrestado todavía a Ryan Blanchard. Él le había explicado que no podían hacerlo basándose en su información a menos que se identificara, que una llamada anónima no era suficiente. Había accedido a regañadientes a presentarse.

—Pero es evidente que ha cambiado de opinión —concluye el agente, claramente decepcionado. Y añade—: Me ha dicho que cuando Avery subió al coche llevaba una camiseta y unos vaqueros; no ha dicho nada de una cazadora vaquera. Le he insistido para que diera más detalles, pensando que añadiría la cazadora. No lo ha hecho, pero sí ha dicho que llevaba el pelo recogido en una trenza por detrás.

Gully mira a Bledsoe.

—Erin no mencionó nada de eso. La voy a llamar.

—Hace rápidamente la llamada y Erin contesta—: Erin, soy Gully. ¿Recuerda cómo llevaba Avery el pelo el martes?

—Espera mientras cruza los dedos en su mente.

—Creo… creo que le hice una trenza —responde Erin.

—¿Una o dos? —pregunta Gully.

—Dios mío, ¿la han encontrado?

—No, pero contésteme, por favor.

—Una trenza que le caía por la espalda.

—Gracias, Erin. La mantendré informada —dice Gully antes de colgar. Mira a Bledsoe—. Su madre ha dicho que la peinó esa mañana. Una trenza que le caía por la espalda. ¿Es suficiente para pedir una orden de registro del coche de Ryan Blanchard?

—No es habitual conseguir una orden basándose en un soplo de un testigo anónimo. Pero podría suceder si el testigo aporta detalles que le den credibilidad. Y creo que este es el caso. La niña lleva desaparecida unas cuarenta y ocho horas. Voy a buscar al juez.

Gully se gira y casi choca con un agente que se acerca a ella.

—Ha venido alguien a verte —dice el agente—. Gwen Winter y su hijo. Ha dicho que le pediste que viniera.

—Sí, bien. —Sigue al agente hasta la recepción y saluda a Gwen y a su hijo, Adam. Es un chico alto y guapo, pero no la mira a los ojos cuando ella le habla. Lleva su dron con gesto protector y su madre lleva su portátil en un estuche.

—Vengan conmigo por aquí —dice Gully, que los lleva a una sala más tranquila. Llama a otro agente de uniforme que tiene más experiencia en tecnología que ella—. Adam, ¿sabes por qué queremos ver la grabación de tu dron?

—Soy autista, no tonto —responde el niño a bocajarro. A continuación, se dispone a dejar su dron con cuidado, saca el portátil y lo coloca en la mesa delante de él—. No tenía por qué traer el dron. Ya lo he descargado todo en mi portátil. Pero estaré encantado de enseñárselo…

—Quizá después de que veamos la grabación —contesta Gully.

—Vale. —Enciende el ordenador, pulsa unas teclas y dice—: Mañana va a hacer siete semanas que tengo este dron. Lo he echado a volar casi todos los días, así que, tengo muchas grabaciones, pero probablemente a usted le interese más lo que podría verse desde mi dron cuando Avery Wooler desapareció, ¿verdad?

—Sí —responde Gully—. Empecemos por el martes.

Él teclea un poco más y, después, están todos viendo las imágenes en la pantalla de su portátil. Es como mirar hacia abajo desde un avión. La imagen es muy nítida y clara. «Esto es impresionante», piensa Gully. Mira la hora que aparece en la pantalla. El dron despegó el martes a las 4.05. El pulso se le empieza a acelerar. Abajo se ve la casa de Adam en Connaught Street.

—¿Dónde estabas cuando lo echaste a volar? —pregunta Gully.

—En mi patio de atrás. Puede alejarse a más de medio kilómetro en cualquier dirección desde donde yo esté. Puedo ver lo que ve el dron y no vi que le pasara nada a Avery. Lo habría contado.

Pero quizá sí vean algo. Gully se concentra en la pantalla que tiene delante.

23

Erin Wooler ni siquiera se lava la cara ni se cambia de ropa. Ni se ha duchado desde que Avery desapareció. No le importa el aspecto que tiene. Parece desesperada, lo sabe. Coge sus llaves, llama a la puerta del dormitorio de su hijo y la abre.

—Voy a salir un rato —le dice desde la puerta. Cuando lo hace, él la mira asustado.

—¿Por qué? ¿Adónde vas?

Ella entra en la habitación y se sienta en la cama.

—Solo voy a ver a tu padre, al hotel. Tenemos cosas de las que hablar.

—No quiero quedarme aquí solo —dice Michael con tono lastimero.

Ella se queda pensando. Todavía hay reporteros en su puerta, como si fuesen insectos revoloteando, y Michael va a estar solo dentro de la casa.

—No le abras la puerta a nadie. A nadie, ¿de acuerdo? Aunque sean los detectives. Voy a cerrar con llave al salir. Si viene la policía, diles desde detrás de la puerta que me llamen al móvil; lo llevo conmigo. —Lo abraza con fuerza y le besa en la cabeza. De repente, le parece tan pequeño que se pregunta si debería quedarse. Pero piensa en su hija desaparecida, se levanta y dice—: Volveré pronto, lo prometo.

Vuelve a bajar las escaleras, agarrada a la barandilla, con la cabeza dándole vueltas. No ha comido mucho en el último par de días ni tampoco ha dormido. Pero el miedo y la rabia le hierven en la sangre y eso es suficiente.

Se pone la chaqueta, toma aire y abre la puerta de la calle. De inmediato se ve cegada por los flashes de las cámaras y acosada por el clamor de las voces. Se forma un loco tumulto en su puerta y, en cierto modo, se corresponde a la perfección con lo que siente en su interior. No la perturba. Se queda inmóvil y les lanza una mirada fría sin decir nada. Su sufrimiento le otorga una especie de dignidad. Están tan sorprendidos de verla ahí, de repente, sola y vulnerable en la puerta de su casa, que se quedan en silencio y quietos, como esperando a que hable. Pero ella emprende el camino hacia la calle y ellos se apartan para dejarla pasar. Erin piensa que es un momento extraño, pero es que todo es extraño. Es como si le estuviese pasando a otra persona. Se siente alejada, estando ahí sin estar.

Llega al coche y se apartan para dejarla subir. Pero ella pasa junto al vehículo y gira a la derecha al final de la entrada. Camina deprisa, con decisión, con el corazón latiéndole con fuerza. Entonces, empiezan a seguirla mientras se oye el clic de las cámaras y le gritan: «¿Adónde va?». «¿Ha tenido alguna noticia?». «¿Cómo se encuentra, señora Wooler?». «¿Dónde está su marido?». Ella no les hace caso.

Michael escucha a su madre salir de casa; oye la puerta de la calle al abrirse, los gritos de la turba de reporteros; después, la puerta se cierra cuando sale y los periodistas vuelven a quedar silenciados. Quiere que dejen en paz a su madre. Quizá debería haber ido con ella. Va corriendo a la parte delantera de la casa y entra en el dormitorio de sus padres; la ventana da a la calle. Ve a su madre pasar junto al coche y salir por el camino de entrada. No va al hotel a ver a su padre, como ha dicho. «¿Adónde va?». Siente un pellizco en el estómago; seguro que va a la casa de Derek, por lo que le ha contado. Ahora siente náuseas. Pero no, su madre gira a la derecha y sigue caminando, por delante de la casa de los Seton. Ve el tumulto de reporteros y cámaras que la siguen a cierta distancia. Eso le recuerda a la historia del flautista de Hamelín; su madre es el flautista y los reporteros las ratas que la siguen por la calle. Se pregunta por qué ha pensado en eso, hasta que recuerda que el flautista de Hamelín secuestraba a niños. Esa debe ser la conexión. Avery ha sido secuestrada. Y empieza a llorar. Unos sollozos rotos y feos que no querría que nadie viera ni escuchara. Pero sigue mirando entre sollozos y se sorprende al ver a su madre girar hacia la entrada de la casa de los Blanchard.

Los ojos de Gully están pegados a la pantalla del portátil. El dron se mantiene durante un rato por encima de la casa de los Winter cuando emprende el vuelo. Después, empieza a moverse y a recorrer la calle, en dirección norte, hacia el campo que hay en lo alto de la calle, donde gira hacia el este, hacia Greenley. El dron rodea el campo vacío que está al norte de la casa de los Wooler y, al final, pasa por encima del bosque y a lo largo del río.

El dron está lejos de Connaught Street a las 4.30, cuando se supone que Avery subió al coche de Ryan Blanchard. De hecho, también a las 4.20, cuando el coche de Wooler salió del garaje. «Mierda». Gully tiene que tragarse su decepción. No se esperaba que fuera tan fácil. Adam ya había dicho que no había visto nada.

Aun así, Gully le dice al otro agente que se quede sentado con Adam mientras revisan las grabaciones de los días anteriores, yendo hacia atrás desde el martes, para ver si pueden encontrar algo que pueda tener que ver con Avery. Quizá la vean con Ryan o con otra persona.

—Y vamos a hacer una copia de todo, ¿de acuerdo?

Nora oye ruido en la calle y mira por la ventana de la sala de estar para investigar. Ve a una mujer que reconoce como Erin Wooler, aunque con un aspecto muy distinto, que gira por su camino de entrada seguida por una manada de reporteros. Siente una oleada de pánico. Erin ha debido enterarse. Ha debido saber, como sea, que Nora es la amante de William. Él había jurado que no lo iba a decir, esta misma mañana, por teléfono. Ella le ha creído. ¿O lo ha averiguado Erin de otra forma? Y ahora está viniendo hasta su puerta seguida por todos esos periodistas. Esto no puede estar pasando. Quiere esconderse. Va a esconderse. No piensa abrir la puerta. Va a fingir que no está. Aunque su coche está ahí, a la vista de todos, en la entrada.

Erin está ahora aporreando la puerta de la casa. Nora se tapa los oídos con las manos, se desliza por la pared para agacharse en el suelo y cierra los ojos apretándolos. Las fotos de esto van a aparecer por todos sitios. Erin llamando con rabia a su puerta. Pero no va a abrir y Erin va a tener que irse y llevarse a los reporteros con ella.

Los golpes sobre la puerta se vuelven más intensos, la puerta traquetea en su marco y ahora es el timbre lo que suena sin cesar. Oye que Ryan baja por las escaleras y ella abre los ojos.

—¿Qué está pasando? —pregunta Ryan alarmado, mirándola sin saber.

Ella se queda mirándolo con expresión de angustia; había olvidado que él estaba en casa. Gracias a Dios que Faith no ha vuelto del colegio todavía. ¿Qué debe estar pensando él al verla agachada en el suelo con los ojos apretados y las manos en los oídos? No le da tiempo a responder. Oye que la puerta se abre de par en par. «Mierda». No estaba cerrada con llave. ¿Cómo se atreve Erin a entrar aquí sin permiso? Nora se pone de pie con torpeza, sale de la sala de estar y ve a Erin Wooler de pie en la entrada. Erin cierra la puerta con un golpe.

Nora la mira fijamente. Erin está casi irreconocible. Su atractivo rostro se ha quedado demacrado en tan poco tiempo. Va sin maquillar, con el pelo sin lavar; lleva un pantalón de chándal y una sudadera con capucha. Parece estar a punto de perder los estribos. Nora observa todo esto y siente miedo. Y filtrándose por debajo del miedo está la vergüenza por haber añadido más dolor a esa mujer que tanto está sufriendo. En ese momento, Nora siente que merece ir al infierno. Quizá es ahí donde Nora se encuentra ahora mismo, y también Erin.

Nora tiembla delante de ella, pero Erin apenas la mira. Dirige su atención a Ryan, que ahora está en la entrada con las dos.

—¿Qué haces aquí? —pregunta Ryan.

Nora se da cuenta de que él parece tener miedo también de ella.

—¿Dónde está? —pregunta Erin con tono amenazante—. ¿Dónde está mi hija?

Nora siente una oleada de náuseas.

—¿Qué? —tartamudea Ryan.

—La vieron subir a tu coche —grita Erin fulminándolo con la mirada. Avanza hasta colocarse muy cerca de él y le grita con más fuerza—: ¿Qué le has hecho? —Y arremete con agresividad con ambas manos contra su pecho.

Ryan se tambalea, pero recupera el equilibrio.

—Yo no le he hecho nada —protesta—. Es mentira. No subió a mi coche. Alguien se lo ha inventado.

Nora mira con incredulidad cómo Erin aporrea fuertemente a Ryan con los dos puños. Ryan retrocede para apartarse de ella y pierde el equilibrio, aterrizando en el suelo al fondo de las escaleras.

—¡Apártate de él! —grita Nora, saliendo ya de su estupor y abalanzándose junto a su hijo. Levanta los ojos hacia Erin mientras ella está de pie sobre él, con la respiración agitada y una mirada asesina. Detrás de ella, Nora puede ver a los periodistas pegados a las ventanas y los oye aullar sedientos de sangre. Siente que la bilis le sube hasta la garganta. Esto no puede estar pasando. No pueden ver esto.

Se gira y se inclina sobre Ryan. No está herido y mueve la mano para que ella se aparte. Se sienta y mira a Erin con cautela. Pero ahora es inofensiva, y llora desconsoladamente, una imagen de puro dolor. Nora empieza a llorar también. Y es entonces cuando llega la policía.

24

Gully sabe que está ocurriendo algo cuando se detienen delante de la casa de los Blanchard y ve a los reporteros apretados junto a los parterres de flores muertas, con las manos alrededor de los ojos y mirando por los ventanales de la sala de estar.

—¿Qué narices pasa? —pregunta Bledsoe y sale del coche en cuanto ella aparca. Gully lo sigue de cerca. Corren hacia la casa a la vez que gritan a la muchedumbre que se aparte, que retroceda, que se retire a la acera. Gully ve que Bledsoe llama a la puerta antes de abrirla rápidamente. Al fin y al cabo, tienen una orden de registro. Al mirar hacia atrás, Gully ve que llega el equipo del registro con la furgoneta blanca y aparca en la calle.

Cuando entran, no está preparada para lo que ve. Erin Wooler está llorando y jadeando y Nora Blanchard está protegiendo a su hijo. Mira a las dos mujeres. Todo un mundo de dolor entre ellas.

—¿Qué está pasando aquí? —pregunta Bledsoe.

—¡Ha atacado a mi hijo! —exclama Nora entre gritos.

Gully cierra los ojos un momento y los vuelve a abrir.

—¿Qué está haciendo aquí, Erin? —le pregunta Gully con suavidad. Pero no parece que Erin sea capaz de hablar—. La llevo a su casa —le dice a Bledsoe—. Imagino que no querrán presentar una denuncia —dice a Nora y a Ryan, esperando no equivocarse. Los dos se miran, como si no estuvieran seguros de qué hacer. Gully aprovecha su momento de vacilación—. Pues ya está. Vamos, Erin. La llevo a su casa. —Quiere apaciguar el ambiente.

—¿Quién los ha llamado? —pregunta Nora—. ¿Por qué han venido?

—Tenemos una orden de registro —responde Bledsoe a la vez que saca el documento.

Gully ve cómo el rostro de Nora Blanchard palidece. Ryan parece aún peor. Se lleva a Erin.

Erin acompaña a Gully en medio de una neblina.

No puede creer lo que acaba de hacer. Ha perdido el control por completo. Ha sido como si se hubiese vuelto loca, como si se hubiese salido de su cuerpo. Podrían acusarla por asalto. Podrían denunciarla si quisieran, pero los Blanchard tienen ahora mismo problemas más graves. Se alegra de que vayan a registrar el coche y la casa de Ryan Blanchard, igual que registraron la de ellos. Deben encontrar a Avery. Es lo único que importa. No le importa nadie ni nada más.

Llegan al coche de la detective. No pueden volver caminando por la calle con esa manada rabiosa siguiéndolas, gritándoles preguntas, haciendo fotografías. No después de lo que acaba de pasar. Ni la detective ni ella hablan durante el corto trayecto calle abajo. Gully la lleva sin incidentes al interior de la casa y la sienta en el sofá.

La mira preocupada.

—¿Puedo traerle algo, Erin? ¿Una taza de té, quizá?

Erin niega con la cabeza. Le pone furiosa que Gully no haya sido más comunicativa con ella, que no le haya contado lo del testigo que vio a Avery subir al coche de Ryan. No le dice nada. A Erin le importa un bledo el protocolo de la policía. Es la madre de Avery y tiene derecho a saber lo que ellos sepan.

Michael baja las escaleras, con expresión de preocupación. Parece como si hubiera estado llorando.

—¿Qué ha pasado? ¿Qué hacías en casa de los Blanchard? —Su voz tiene un tono de angustia.

Ella traga saliva. No quiere contarle lo que ha hecho. Michael no necesita ahora mismo a una madre descontrolada. Pero sí tiene que saber lo que está pasando.

—Es posible que tu hermana se subiera al coche de Ryan Blanchard. Hay un testigo... un testigo anónimo. —Mira a Gully—. ¿No es así? ¿No es por eso por lo que me ha llamado hace un rato preguntándome cómo llevaba Avery el pelo ese día? ¿No es por eso por lo que están allí ahora mismo con una orden de registro?

—¿Dónde se ha enterado de eso? —pregunta Gully.

—Me lo ha contado William —responde Erin con voz de cansancio—. ¿Cómo lo sabe él? Ustedes no se lo han dicho, ¿verdad?

Gully niega con la cabeza.

—No.

—¿Quién más lo sabe? —pregunta Erin. Gully no responde. Erin cae de repente en la cuenta—: Los Blanchard sí lo sabían. —Suspira con fuerza, como si le hubiesen dado un puñetazo en el estómago—. Dios santo. Es Nora Blanchard, ¿verdad? Ella es la otra mujer.

Al Blanchard está en el trabajo el jueves por la tarde cuando recibe una llamada frenética de su mujer.

—Ha venido la policía —dice sin aliento—. Tienes que venir. Yo no puedo encargarme de esto sola. —Suena como si apenas pudiera mantener la compostura.

—Pero ¿por qué? ¿Qué hacen ahí? —El corazón se le acelera mientras piensa en su hijo. Sentado ayer en el sofá de la sala de estar, en medio de la noche, después de volver de la comisaría de policía, negando haber tenido nada que ver con Avery Wooler. Pero había una pequeña parte de Al que sentía miedo. Es como si estuviese viviendo de nuevo la pesadilla de las drogas. El temor, la confusión. Teme que en realidad no conozca a su hijo. No se fía de él. No le cree. Sabe que su mujer es una mentirosa, que le ha engañado. Y sabe que en los últimos tiempos hay veces en que sus propios pensamientos se vuelven espantosamente oscuros. Pensamientos que no comparte con nadie. Quizá Ryan los haya engañado a todos.

—Tienen una orden de registro —dice Nora.

Él se hunde en su silla, como si el viento le hubiese empujado. Parece que le cuesta respirar. Entonces, deben haber encontrado al testigo. Deben saber quién es. ¿Quién iba a decir esto sobre su hijo si no fuese cierto? ¿Por qué se lo iban a inventar? ¿Y si es cierto y Ryan se llevó en su coche a esa niña desaparecida y le hizo algo y, después, no quería que ella se lo contara a nadie y entró en pánico? Y luego…, y luego lo había negado, claro. Lo había ocultado. Había fingido que no había pasado, igual que hizo con la droga. Lo había negado hasta que ya no pudo seguir haciéndolo…

—¿Vas a venir? —pregunta su mujer por teléfono.

—Sí, ahora mismo. —Le sorprende lo calmada que suena su voz.

Durante el trayecto a casa, su mente es una montaña rusa. Intenta pensar en alguien que quiera perjudicar a su hijo con una mentira así. ¿Sus colegas de las drogas? Pero eso no tiene sentido porque Ryan no delató a nadie, no dijo de quién había sacado la droga. Quizá alguien que no quiera perjudicar a Ryan, sino a él. O a su mujer. ¿Qué mejor forma de hacer daño a alguien que sugerir que su hijo es un pervertido y un asesino? Pero Al no tiene enemigos, ni tampoco su mujer. Esa idea es absurda. Son personas normales y corrientes; no tienen enemigos. Le gustaría saber quién es. Le gustaría saber quién asegura que vio a su hijo llevarse a Avery Wooler.

Cuando llega, las alarmas se le disparan. Hay un grupo de periodistas en la puerta de su casa que rodean su coche en el camino de entrada cuando ven quién es. Avanza corriendo, con las manos tapándose la cara entre los flashes de las cámaras. Cuando entra, su mujer y su hijo están en la sala de estar y se le acercan los dos detectives que habían estado en su casa la noche anterior. Bledsoe y Gully.

—Nos gustaría pedirles a todos que vengan a la comisaría para responder a unas preguntas, si les parece bien.

Su mujer le mira con temor en los ojos. Pero es la expresión en la cara de Ryan lo que más le impacta. Parece completamente aterrorizado.

William Wooler está encerrado en su habitación del hotel a última hora de la tarde. Está sentado en la cama con su nuevo teléfono móvil, leyendo las noticias. Como la policía se ha llevado su teléfono y su portátil, ha tenido que entrar en una tienda esta mañana después de llamar a Nora para comprarse uno nuevo. Ahora, incrédulo, ve las imágenes de su mujer, con aspecto de loca, entrando hecha una furia en la casa de los Blanchard. Ha habido alguna especie de altercado en el interior. Esto es culpa suya. No debería haberle contado lo del testigo anónimo que decía que Avery había subido al coche de Ryan. Esto es lo que ha conseguido. Su mujer ha perdido la cabeza.

Pero ya no importa si se lo ha dicho. Porque tiene la televisión encendida y hay una reportera delante de la casa de los Blanchard que está explicando que la policía ha llegado con una orden de registro.

—La policía ha revelado que un testigo anónimo al que consideran fiable asegura haber visto a la niña desaparecida subir al coche de Ryan Blanchard a eso de las cuatro y media de la tarde de su desaparición —dice.

Y piensa que, entonces, debe ser verdad, que sí que debió ver alguien a Avery montar en el coche de Ryan. William apoya la espalda en las almohadas, de repente, sin aliento. ¿Cómo es posible que el hijo de Nora se haya llevado a su hija?

25

Gully y Bledsoe han separado a los miembros de la familia Blanchard. Cada uno está en una sala distinta, esperando a que les interroguen. Han ocupado las tres salas de interrogatorios; no es una comisaría grande. La madre ha dispuesto que el padre de una amiga recoja a su hija. Ryan está acompañado por su abogado, Oliver Fuller, y los han encerrado juntos y solos por ahora. Mientras tanto, Gully y Bledsoe van a hablar con los padres. El coche de Ryan se lo han llevado al laboratorio de criminalística.

Empiezan con la madre, Nora Blanchard. Está destrozada, como es de esperar, y Bledsoe intenta tranquilizarla.

—Sé que es duro —empieza diciendo.

Ella lo mira como si no tuviese ni idea de lo duro que es. Gully está del lado de ella esta vez. Bledsoe ni siquiera tiene hijos. No puede ni imaginarse lo que tiene que estar sufriendo.

—Queremos preguntarle otra vez por el paradero de su hijo ese día.

—Ya se lo dije —responde—. Estuvo en casa. Habían cancelado su turno. Los dos estuvimos en casa hasta que yo me fui a hacer unos recados a eso de las dos.

—¿Adónde fue? —pregunta Bledsoe.

Gully nota que la pregunta parece inquietarla. No es de sorprender si Nora es la amante de William Wooler, lo cual parece ahora probable. ¿Quién más podría haber contado a William lo de la testigo si no ha sido Nora? Y es una mujer atractiva; William y ella formarían una pareja atractiva.

—Fui a hacer unas compras, a hacer unos recados, ya sabe —responde Nora.

—¿A qué hora volvió? —pregunta Bledsoe.

—Debió ser alrededor de las cinco menos cuarto, antes de que Faith regresara a casa del entrenamiento de fútbol a las cinco. Sobre esa hora. Todo esto ya se lo he contado.

—¿Y Ryan no estaba en casa?

Nora niega con la cabeza.

—¿Su coche no estaba?

—No. Ya les contó él que salió con su coche a eso de las cuatro y media. —Su voz suena impaciente.

—¿A qué hora volvió él a casa?

—Fue después de las seis, quizá más cerca de las seis y media.

Llaman a la puerta de la sala de interrogatorios y los interrumpen.

—¿Sí? —grita Bledsoe mirando hacia la puerta.

Un agente de uniforme le hace una señal para que salga y Gully siente una repentina curiosidad. Un momento después, Bledsoe regresa y se vuelve a sentar.

—¿A que no sabe qué acaban de encontrar en su casa? —pregunta.

Nora Blanchard se pone en tensión.

—Un teléfono de prepago escondido detrás del conducto del aire de su dormitorio. —Y añade—: ¿Qué me puede decir de eso?

Gully observa cómo el rostro de la otra mujer se derrumba y no puede evitar compadecerse de ella.

Nora se hunde, sentada en la dura silla de madera de la sala de interrogatorios. Con todo lo que ha pasado, el ataque de Erin a Ryan, los periodistas tomando fotografías de todo a través de las ventanas, la orden de registro y todos ellos siendo llevados rápidamente a la comisaría de policía como si fueran criminales, se había olvidado por completo de su teléfono secreto. No puede creer que haya sido tan tonta. Debería haberse deshecho de él, pero quería mantener esa conexión con William. Ahora lo saben. Y Al lo va a saber con seguridad y va a ver confirmadas sus sospechas. Va a ser humillada públicamente, porque esto no lo van a mantener en secreto. ¿Por qué iban a hacerlo? Un giro tan interesante en el caso, con el padre de la niña desaparecida y la madre del principal sospechoso como amantes. ¡A los medios de comunicación les va a encantar!

Mira de nuevo a los detectives, que están esperando a que diga algo.

—Es mío —consigue decir al fin.

—Lo sabemos. —Y añade—: William Wooler tenía también otro teléfono secreto. Y el único número al que llamaba es el del teléfono que hemos encontrado escondido en su casa. —Hace una pausa—. Estaban teniendo una aventura.

—Así es —confiesa ella bajando la mirada a la mesa, derrotada, avergonzada—. Corté con él.

—Qué mundo tan pequeño, ¿verdad? —dice él. Ella permanece en silencio, abatida—. ¿Qué le parecía a su hijo Ryan que usted se estuviera acostando con William Wooler?

Levanta la cabeza.

—No lo sabía —contesta.

—Los hijos suelen saber más de lo que sus padres creen —dice Bledsoe.

Nora siente que el corazón le da un vuelco mientras se plantea esa cuestión. ¿Podría haberse enterado Ryan de que ella estaba teniendo una aventura con William? Es imposible que crean que se llevó a Avery para castigar a William. Para castigarla a ella. No, eso no es posible, no se lo puede creer. Ryan no sería capaz de eso.

Dios santo. La bilis le sube a la garganta y la vuelve a tragar. La cabeza le da vueltas y se agarra al borde de la mesa. Gully empuja un vaso de agua hacia ella. Nora bebe para quitarse el sabor de la bilis. La mano con la que sujeta el vaso le tiembla. Esperan.

—Él no lo sabía —dice por fin. Piensa que esta es la traición definitiva, peor incluso que acostarse con otro hombre. No le cabe duda de que va a arder en el infierno por esto—. Pero creo que mi marido sí.

Después del entrenamiento, a Faith Blanchard la ha recogido la señora Slagle, la madre de Samantha. Faith no quiere ir a casa de Samantha después del entrenamiento. Quiere irse a su casa. Está angustiada y quiere estar con su madre. Samantha parlotea a su lado en el asiento trasero del coche, feliz por el cambio de planes.

Faith no la escucha. Está recordando la desagradable tensión que había anoche en la sala de estar cuando se despertó y tuvieron que contarle lo que estaba pasando. Si no se hubiese despertado, probablemente no le habrían contado nada, creen que sigue siendo una bebé. Le contaron que la policía había interrogado a su hermano por lo de Avery porque alguien había llamado con una pista falsa. En ese momento ella se preguntó si sería verdad. Ha tenido el estómago revuelto desde entonces. Y ahora le han dicho que la policía está en su casa y que por eso la ha recogido la madre de Samantha, para quitarla de en medio.

Sigue enfadada con su hermano por lo de la primavera pasada, por lo que les hizo pasar. Fue como si se estuviese levantando una tormenta, y todos estuvieran preocupados, ella incluida, porque Ryan pudiera ir a la cárcel. Su madre lloró mucho en secreto y su padre estuvo muy callado. Ryan se mostraba taciturno e inaccesible. Y Faith se sintió molesta y humillada porque algunos de sus compañeros de clase lo sabían, aunque Ryan fuese un menor de edad y se supusiera que su nombre debía mantenerse en secreto, porque el padre de Katie era policía y ella le había oído hablar y Katie era una bocazas. Otros chicos se reían de ella, de su familia. Pero, de algún modo, habían conseguido superarlo y Ryan no había tenido que ir a la cárcel. Solo tenía que quedarse este año sin ir a la universidad y trabajar en un centro para personas sin hogar. Sabe que él no está encantado con la idea, pero se lo merecía. Ahora, desearía que se hubiese ido a la universidad.

Porque ahora ha pasado esto. Está muy preocupada. Le duele el estómago. Está repitiéndose todo otra vez. Solo que ahora es mil veces peor.

Descubre a la madre de Samantha mirándola en el asiento trasero por el espejo retrovisor. Faith la fulmina con la mirada, y la madre de Samantha aparta la vista, avergonzada.

26

Al Blanchard espera ansioso en la sala de interrogatorios vacía, mientras se pregunta qué narices está pasando. Odia no saber nada. ¿Cuánto tiempo pueden retenerlo aquí? ¿Lo pueden retener aquí? Y entonces, recuerda que Oliver Fuller les dijo con anterioridad que si detienen a alguien o lo mantienen retenido o lo arrestan, deben leerle sus derechos. Nadie le ha leído sus derechos; piensa que está aquí por propia voluntad, que tiene libertad para marcharse.

Pero justo cuando se levanta, se abre la puerta y entran en la sala los detectives Bledsoe y Gully. Rápidamente, se vuelve a sentar.

—Perdone por la espera —dice Bledsoe a la vez que saca una silla en frente de él. Gully también se sienta.

—¿Estoy obligado a estar aquí? —pregunta Al.

—No —responde Bledsoe—. Es libre de marcharse. Pero sería de ayuda para nosotros y quizá para su hijo si pudiera respondernos a unas preguntas.

—Por supuesto —contesta Al, decidido a colaborar. No tiene sentido iniciar un enfrentamiento.

—¿Dónde estuvo usted el martes por la tarde? —pregunta Bledsoe.

—¿Qué? —No es la pregunta que se esperaba; creía que querrían hablar de su hijo. El detective no repite la pregunta—. Estuve en el trabajo —responde automáticamente.

—¿Y hay alguien de su lugar de trabajo que pueda confirmarlo?

No, no lo hay. Porque ahora se acuerda de que, por supuesto, no estuvo en el trabajo el martes por la tarde.

—En realidad... —dice—. Perdón, acabo de recordarlo. El martes no estuve en la oficina. Tuve una reunión con un cliente desde la una hasta poco después de las dos.

—¿Y qué hizo después?

—¿Por qué me pregunta esto? —pregunta Al.

—Por favor, limítese a responder.

Al traga saliva.

Se toma su tiempo para contestar. No quiere mentir a la policía.

—No volví a la oficina —confiesa a regañadientes—. Yo... hice una parada en un motel.

—¿En qué motel?

Al puede notar cómo la sangre se le sube a la cara. Se siente cada vez más incómodo.

—El motel Breezes, en la autopista nueve.

—¿Y qué hacía allí? —pregunta Bledsoe lanzando una mirada a su compañera.

Al se remueve en su asiento. No quiere decirlo. Siente que la rabia y la vergüenza van en aumento. ¿Cómo ha terminado en esta situación, teniendo que responder a esto? Recuerda quién lo ha llevado hasta aquí. Su mujer. Por fin, responde intentando fingir que no le importa tanto.

—Por si quiere saberlo, mi mujer está teniendo una aventura. Sospechaba de ella desde hacía tiempo, así que, la seguí un día. Va a ese motel todos los martes por la tarde. Para verse con William Wooler. —Siente cómo el calor le sube por el cuello—. Así que, todos los martes aparco en la parte trasera, detrás del contenedor, y los veo salir. —Y entonces, de repente, siente que todo lo que tiene dentro termina cediendo y empieza a llorar. Dios, qué bochorno, qué humillación. La vergüenza. Esperan hasta que se recupera.

—¿A qué hora salieron?

Se limpia bruscamente los ojos con las manos.

—Eran alrededor de las cuatro menos cuarto. —Y añade—: Antes de lo habitual.

—¿Y qué hizo entonces? —pregunta Bledsoe.

—Nada. Me quedé sentado en mi coche detrás del contenedor hasta que llegó la hora de irme a casa. Me fui de allí sobre las cinco y media —confiesa, invadido por la pena y la vergüenza—. Eso es lo que hago todos los martes. Dije en el trabajo que tengo una cita todos los martes a las tres de la tarde y ya no vuelvo. —Y añade con la voz entrecortada—: Y después, voy a casa y finjo que he estado en el trabajo.

Gully y Bledsoe se toman un momento a solas antes de interrogar a Ryan Blanchard. Han sugerido a Nora y a Al que vuelvan a casa, pero han preferido quedarse para esperar a su hijo. Puede ser una larga espera. O puede que no.

—Nunca se sabe en qué anda metida la gente, ¿verdad? —dice Gully mientras piensa en Al Blanchard, sentado en su coche detrás del contenedor cada martes por la tarde, mientras su mujer y William Wooler se acuestan en un motel.

—Eso le da un móvil —responde Bledsoe con tono pesimista.

Gully asiente.

—Así es.

—Solo tenemos su palabra como confirmación de que estuvo allí hasta las cinco y media. Ya sabemos que en ese motel no funcionan las cámaras de vigilancia —dice Bledsoe—. Puede que ese día en particular, terminara hartándose y siguiera a Wooler a su casa para zanjar el asunto con él. Pero luego, William volvió a marcharse y puede que Al viera a Avery salir de la casa y se la llevó. Quizá pensó que podría llevarse a la hija y que todos pensarían que había sido William. —Y añade—: Venganza..., el móvil más antiguo del mundo.

—Suponiendo que no fuese Wooler quien la matara y suponiendo que Ryan Blanchard no la metiera en su coche —añade ella—. Y todavía queda lo de la pista del novio. Tengo que hablar con Derek Seton.

—Sí —asiente Bledsoe con un fuerte suspiro—. Vamos a necesitar los registros del móvil de Al Blanchard para determinar su paradero y eliminarlo como sospechoso, pero no creo que tengamos suficiente para pedir una orden.

—Es una pena que Nora no pareciera tener mucha información sobre William Wooler ni de su relación con su hija —musita Gully.

—Aparte de decirnos que él nunca podría hacer algo así y de admitir que se sentía mal porque ella acababa de terminar su relación. Quizá eso fue la gota que colmó el vaso. Vamos a hablar con Ryan. Probablemente no tardemos mucho, con su abogado aquí. Si no dice nada, tendremos que soltarlo. Por ahora.

27

La tensión en el coche mientras los tres vuelven a casa hace que a Nora le den ganas de abrir la puerta del asiento del pasajero, saltar y volver a casa a pie y sola. Sabe que los detectives han hablado con Al después de hacerlo con ella. Al debe saber ya con seguridad, si no lo sabía antes, que William y ella eran amantes. El aire entre los dos se puede cortar. No van a hablarlo con Ryan en el coche, pero saldrá a relucir esta noche, cuando estén solos, y se encuentra un poco asustada. ¿Estará muy enfadado? Últimamente ha descubierto un lado de él que no había visto antes. Las pequeñas pullas llenas de rabia cada vez que surgía el nombre de William Wooler. Algo que está en ebullición bajo la superficie calmada y distante. ¿Cómo va a responder ella? ¿Qué le va a decir? ¿Que ya ha terminado, que lo lamenta, que le recompensará? ¿O le va a decir que no ha terminado, que no lo lamenta y que está enamorada de William? No lo sabe. Lo único que sí sabe con seguridad es que sus dos hijos son para ella lo más importante del mundo y que la necesitan.

Más aterrador aún que un marido enfadado y el final de su matrimonio es que los detectives parecen creer que Avery subió al coche de Ryan ese día. Nora ya no sabe qué pensar. Quiere preguntarle luego a Al si piensa que Ryan sabe lo de William y ella. Puede que Al se lo haya contado.

—¿Qué les has dicho a los detectives? —pregunta Al a Ryan mirándolo en el asiento trasero por el espejo retrovisor mientras conduce.

—Nada —responde Ryan.

—¿Qué quieres decir con nada? —pregunta de nuevo Al—. Algo les habrás contado. —Hay cierta aspereza en su voz.

—No. Oliver me ha dicho que no dijera nada, así que no he pronunciado ni una palabra.

—¿Qué te han preguntado? ¿Qué ha dicho Oliver? —insiste Al mientras Nora escucha angustiada.

—Nada, en realidad. Nada nuevo.

Nora desea poder creerle. Pero así es como se comportó antes, encerrándose, dejándolos fuera, sin querer contarles nada, hasta que ya fue demasiado tarde.

Cuando cae la noche, Erin se encierra en el cuarto de baño y se da un baño caliente. Apoya la espalda en la bañera y cierra los ojos. Si es verdad que quien se ha llevado a Avery ha sido Ryan Blanchard, o cualquier otra persona que no sea su marido, eso facilitará las cosas para Michael y para ella. Será más fácil poder culpar a otro. Pero no parece que estén cerca de encontrar a su hija. Hace un cálculo aproximado en su mente. Avery lleva ya desaparecida unas cincuenta y una horas. Se han llevado a Ryan para interrogarlo, pero sabe que lo han soltado. Lo ha visto en las noticias. No saben quién es el testigo, así que le han dejado marchar. Erin piensa llena de furia que deberían golpearlo hasta que se derrumbara y les contara dónde está Avery. Pero, por supuesto, él cuenta con un abogado y ella ya sabe cómo funcionan estas cosas. No van a sacarle nada. Lo protegen sus derechos. Aunque su pobre hija esté por ahí, en algún lugar, y puede que Ryan sepa dónde. ¿Qué humanidad hay en eso? ¿Dónde ha quedado la ecuanimidad, la justicia? ¿Qué pasa con los derechos de ella y con los de su hija? Está muy bien ser abogado defensor y hacer tu trabajo, hasta que lo ves desde el otro lado, desde la perspectiva de una madre a cuya hija ha secuestrado un monstruo.

Gully llama a la puerta de los Seton. Ha ido a buscar a Derek Seton. Puede que del registro del coche de Ryan Blanchard se obtenga algún resultado. Pero puede que no. Tienen que encontrar a Avery. Y cada hora que sigue desaparecida hace que la gente de por aquí se vuelva más desquiciada. Cada vez hay más llamadas de gente denunciando a personas sospechosas. Recuerda la impactante escena de esa misma tarde: Erin de pie encima de Ryan después de tirarlo al suelo, su madre a su lado para protegerlo, esas hienas de la prensa pegadas contra las ventanas. Todos necesitan conocer la verdad.

Alice Seton sale a abrir y parece sorprenderse al ver a Gully.

—¿Puedo pasar? —pregunta Gully.

—Claro —responde, haciéndola pasar al vestíbulo. Baja la voz y habla con tono de complicidad—: ¿Ha sido Ryan Blanchard?

Parece que todo el mundo está pegado a las noticias.

—Ya sabe que no puedo hablar del caso con usted —contesta Gully.

Alice asiente y se encoge de hombros.

—Es que... Jenna está muy traumatizada por la desaparición de Avery. Todos sus compañeros de clase están asustados, lo cual es comprensible. Lo único que queremos todos es que arresten cuanto antes a quien se haya llevado a Avery. —Hace una pausa y pregunta—: ¿Qué puedo hacer por usted?

—Quiero hablar con su hijo, Derek —responde Gully.

Alice parece quedarse atónita.

—Bueno, de acuerdo, pero no creo que sepa más que su hermana. Y no tiene ninguna amistad con Ryan.

Gully la sigue al interior de la sala de estar. Parece que la familia está cenando en la cocina.

—Siento mucho interrumpir la cena —dice.

—No pasa nada. Acabamos de terminar —responde Alice.

—O usted o su marido deben estar presentes porque es un menor. Pero quizá el otro podría llevarse a su hija arriba.

Alice se queda mirándola un momento antes de decir nada.

—Sí, por supuesto. Le diré a Pete que se la lleve. Deme un minuto. —Regresa a la cocina y Gully oye que hablan en voz baja y, después, un muchacho que levanta la voz protestando. A continuación, salen todos. El señor Seton la saluda con un movimiento de cabeza mientras él y Jenna suben las escaleras. Jenna mira por encima de su hombro a la detective, con los ojos abiertos de par en par.

Derek es un chico de aspecto insulso: estatura media, pelo castaño y despeinado, unos cuantos granos por la frente. Gully le sonríe mientras él se sienta junto a su madre en el sofá. Gully acerca una silla y empieza:

—Siento tener que molestarte —dice—. Pero ya sabes lo importante que es que encontremos a Avery.

El chico responde asintiendo, con expresión nerviosa. Alice la mira, claramente preguntándose qué es lo que Gully pretende.

—¿Conoces a Avery? —pregunta Gully.

Derek mira a su madre como diciendo «¿Por qué me pregunta esto?». Después, vuelve a mirar a Gully y contesta:

—Sí, claro. Es amiga de Jenna, o algo parecido.

Gully nota de nuevo que siempre parecen dejar claro que a Jenna no le gusta Avery, en realidad. Eso hace que Gully sienta una repentina punzada de compasión por Avery.

—¿Alguna vez saliste con ella? ¿Con ella y tu hermana?

Él niega con la cabeza y vuelve a mirar a su madre, rígida junto a él.

—No. Tienen como nueve años.

—¿Crees que ella podría estar encaprichada de ti? —se atreve a preguntar Gully.

El chico se pone rojo como un tomate.

—No.

—¿Qué es todo esto, detective? —interrumpe Alice Seton.

—Solo estoy tratando de llegar al fondo de esa historia que Avery le contó a su hija, lo de que tenía un novio mayor. Quizá sea producto de su imaginación —sugiere Gully—. Quizá solo estuviera encaprichada de algún muchacho mayor, y Derek es un muchacho mayor con el que ella podría haber tenido contacto.

—Pues eso es absurdo —dice Alice—. Derek no tiene nada que ver con Avery.

—Pero eso no es del todo verdad, ¿no? —pregunta Gully mirando directamente a Derek.

Derek la mira y traga saliva. Ya no mira a su madre. Hay un largo e incómodo silencio.

—¿A qué se refiere? —pregunta Alice con voz tensa.

La simpatía que Gully pudiera sentir por Alice en esta situación se atempera un poco por el hecho de que la otra mujer se mostró muy dispuesta a señalar a Adam Winter tan solo por ser diferente. Ella sabe que no es necesariamente a los diferentes a los que hay que temer, sino a los que saben actuar con normalidad sin que nadie sospeche nada. Gully no le responde.

—Derek, ¿alguna vez has estado en la casita del árbol del bosque con Avery?

El chico vuelve a tragar saliva.

—No me acuerdo.

—Claro que te acuerdas —dice Gully con suavidad—. El hermano de Avery, Michael, te vio allí con ella hace unas semanas. —Y añade—: Estabas solo con Avery en la casita del árbol, con la escalerilla subida. ¿Qué estabas haciendo con Avery en la casita del árbol, Derek?

Parece petrificado.

—Nada.

Alice parece estar a punto de desmayarse.

—¿Qué estabas haciendo allí con ella? —vuelve a preguntar Gully.

Derek empieza a temblar.

—Ella estaba allí y ya está. Yo fui a la casa del árbol un día que no tenía nada que hacer. Creía que no había nadie. Subí, pero cuando abrí la puerta ella estaba dentro. No esperaba ver a nadie. Simplemente hablamos un rato. Fue raro. Yo iba a marcharme y, entonces, llegó Michael. Ella lo vio por la ventana y lo llamó.

—Y entonces, bajasteis la escalerilla para que subiera.

—Supongo que sí. No me acuerdo —responde Derek.

—Es que me pregunto por qué estaba subida la escalerilla —insiste Gully.

28

Alice observa a su hijo con el corazón encogido. Todo esto se ha vuelto muy raro de repente. Creía que Gully había venido para hacerle a su hijo algunas preguntas rutinarias, pero no era para nada el caso. Gully parece estar acusándolo de haber abusado de una niña de nueve años. Alice intenta ocultar su consternación mientras lo observa. Su hijo está temblando; parece asustado y, de repente, ella siente que se le revuelve el estómago. Quiere que su marido esté aquí con ella; no sabe cómo manejar esta situación. Quiere ir a por él, pero no se atreve a marcharse. Está tan atónita que ni siquiera grita su nombre para que venga con ellos.

—¿Qué hacía subida la escalerilla, Derek? —insiste Gully.

—No estaba subida —responde.

—Michael dice que sí. Dice que Avery la bajó para que él subiera.

—Entonces, debió subirla ella —contesta Derek—. No fui yo. —La piel se le ha encendido con un rojo oscuro.

—Sé por qué van los adolescentes a esa casita del árbol, Derek —dice la detective mientras Alice la mira, incrédula. Derek guarda absoluto silencio.

Alice traga saliva, con la boca seca. Creía que la casita del árbol era para niños más pequeños. No quiere saber nada más de esto.

—¿Derek? —insiste Gully.

De repente, a Alice le aterra que Derek diga algo que no deba. Algo que ella no va a soportar oír. Debe poner fin a esto.

—¡Peter! —grita con fuerza con la cabeza girada hacia las escaleras—. ¿Puedes bajar, por favor?

Gully vuelve a apoyar la espalda en la silla, como si estuviese molesta por la interrupción.

Hay un silencio venenoso mientras esperan a que Pete aparezca. Su marido baja rápido las escaleras, llega a la sala de estar y se da cuenta de la tensión. Le lanza una mirada inquisidora. Sabe que está pasando algo.

—Parece que la detective Gully está acusando a Derek de algo —dice Alice en voz baja. Ve la repentina expresión de alarma en el rostro de su marido.

—Siéntese, por favor —le dice Gully—. No estoy acusando a nadie de nada.

Él se sienta en el sofá, al otro lado de su hijo, y la mira brevemente por encima de la cabeza de Derek. Ella observa su cara mientras la detective le explica la situación. La misma incredulidad, el mismo miedo. A continuación, todos dirigen su atención a Derek.

—No sé qué hacen otros chicos —dice Derek—. Yo nunca la he tocado. Solo fui a la casita del árbol un día y ella estaba allí, jugando sola. Me dio pena, así que hablé un rato con ella y, cuando me iba a ir, apareció Michael. Debió subir ella la escalerilla. Yo no. ¡Nunca la he tocado! ¿Por qué cree a Michael y no a mí?

—Michael no tiene motivos para mentir —se limita a contestar Gully.

—Mi hijo no es un mentiroso —espeta Alice.

Después, Gully pregunta a Derek con tono despreocupado:

—Me gustaría saber… ¿dónde estabas el martes por la tarde?

Alice siente como si la hubieran arrancado de su propia vida y la hubiesen metido en la de otra persona. La detective le está preguntando a su hijo si tiene una coartada. Esto no puede estar pasando. Su marido parece demasiado impactado como para hablar.

—Salí del colegio a las tres y media y me vine a casa.

—¿Había alguien en casa contigo?

La preocupación de Alice se dispara. Sabe que no había nadie en casa ese día. Pete estaba trabajando, ella había salido a hacer unos recados y Jenna estaba en el ensayo del coro. La recogió en el colegio después del ensayo y la llevó a comprar unos zapatos.

—No —contesta Derek.

—Yo llegué a casa con Jenna poco después de las cinco —dice Alice—. Derek estaba en casa, como dice.

—De acuerdo, gracias —contesta Gully a la vez que se pone de pie—. Creo que eso es todo, por ahora.

Cuando Gully se marcha, Alice cierra la puerta y vuelve a la sala de estar, donde su hijo y su marido están sumidos en un silencio tremendamente incómodo.

Derek la mira.

—Yo no la he tocado, lo juro —grita—. ¡No sé por qué creen eso! —Y estalla en lágrimas.

Alice le cree, claro que sí. Desea con desesperación creerle. Se sienta a su lado y lo abraza.

—Claro que no —dice con tono tranquilizador mientras mira a su marido, que sigue inmóvil, con la cara gris.

—¿Y si creen que yo he tenido algo que ver con…? —grita Derek.

—No pueden creer eso —dice Alice. Se niega a creerlo.

El equipo de rastreo de la policía ha terminado en casa de los Blanchard. Recuperan de nuevo la posesión de su casa. Nora se pregunta si habrán encontrado algo, aparte de su teléfono secreto. Cenan mucho más tarde de lo habitual, y en silencio, pero con el aire cargado de emoción. Nora piensa, observando a su hija, que incluso Faith parece inusualmente callada. Pero no es de extrañar, con todo lo que está pasando.

—¿Qué tal lo has pasado con Samantha? —le pregunta Nora.

—Bien —responde Faith sin querer mirarla a los ojos. Nora abandona cualquier posibilidad de conversación. Su hija sabe que todos han pasado la tarde en la comisaría, casi hasta la noche, que por eso ha tenido que irse ella a casa de su amiga. Sabe que han estado registrando su casa, que se han llevado el coche de Ryan. Le han contado que la policía tenía que hacerlo por culpa de esa llamada anónima. Pero que no había de qué preocuparse porque el testigo se lo había inventado y la policía lo va a averiguar pronto. Sin embargo, Nora está segura de que Faith no se lo ha creído, porque todos están claramente petrificados y tratando de ocultarlo.

Todo el mundo está deseando levantarse de la mesa. Al es el primero que aparta su plato, se retira y va a la cocina. Nora lo oye entrar en la sala de estar y encender la televisión. Ryan se pone de pie sin decir nada y sube fatigosamente las escaleras hacia su dormitorio. Nora oye cómo cierra la puerta.

—Tengo deberes —dice Faith, y coge su mochila del suelo junto a la puerta y sube a su habitación.

Nora se queda sentada sola en la mesa de la cocina, como si estuviera paralizada. Tiene que hablar con Al. Se obliga a levantarse y a lavar los platos, tomándose su tiempo. Cuando ya no puede aplazarlo más, entra en la sala de estar. Al la está esperando. La ve entrar y sube el volumen de la televisión. Está viendo un partido de baloncesto y el ruido tapará su conversación. A menos que se vuelva muy acalorada. Pero Nora piensa que, en ese caso, quizá sea mejor que todo salga ya a la luz. De todos modos, es posible que su infidelidad aparezca pronto en los periódicos. No se fía de la policía.

Se sienta junto a él en el sofá. ¿Quién va a lanzar la primera ráfaga? Decide esperar. Tiene los nervios tan en tensión que cree que se le pueden romper.

—Te has estado acostando con William Wooler —empieza él con la mirada fija en la televisión. Habla en voz baja, pero con tono de amargura y repulsión.

—¿Te lo ha contado la policía? —pregunta ella con voz apagada.

—Ya lo sabía. —Hace una pausa—. Y ahora lo sabrá todo el mundo.

—Pensé que lo podrías saber —dice ella. Le sorprende hablar tan calmada, porque por dentro está revuelta—. ¿Has hecho que me sigan?

—No. Yo mismo te seguí.

Nora siente un pellizco en el estómago. Solo de pensar que Al la siguiera al motel, que la vigilara, que la viera con William. Nunca se dio cuenta. Y creían que nadie los veía. Qué tontos habían sido.

—¿Cuándo? —pregunta ella por fin, mirándolo. Quiere saber desde hace cuánto lo sabe.

—Cada martes durante los dos últimos meses.

Se queda estupefacta. Siente que se le queda la boca abierta.

—Te sorprende, ¿verdad? —dice él, girándose para mirarla—. Que yo pueda fingir tan bien como tú. —Se inclina hacia ella de tal modo que su cara queda a pocos centímetros de la de ella, como si se acercara para besarla, y espeta—: Aparcaba allí, detrás del contenedor de atrás, cada martes por la tarde, y esperaba a que salieras de ese motel asqueroso con tu amante y volvieras a subir a tu coche. ¿Y sabes qué hacía yo mientras me quedaba allí sentado, mientras tú estabas con él, incumpliendo los votos de tu matrimonio, destruyendo nuestra vida juntos? Pues te lo voy a decir —escupe—. Me imaginaba qué estarías haciendo en esa habitación, en esa cama…, todas las cosas que no haces conmigo. Te imaginaba desnuda con él, pasándolo bien, disfrutando de tu pecado.

Ella vuelve a mirarlo, fascinada. Ahora no está tan distante. Está del todo presente. Parece muy distinto, tan enfadado, tan amenazante. Se pregunta cómo es que se casó con él, cómo pudo enamorarse de él.

—Lo siento —susurra ella—. Estuvo mal —confiesa, con la voz entrecortada. Sí que era un pecado. Su mente se llena de pensamientos de hogueras y condena. No quiere creer en el infierno. Y no cree, en realidad. No durante la mayor parte del tiempo. Pero, a veces, teme que el infierno sí exista y que ella termine ahí. Quizá Al estará también con ella. «Puede que ese sea el infierno, los demás», piensa mientras se queda mirándolo durante un largo rato—. ¿Y ahora, qué? —pregunta por fin.

—Debería echarte de casa —contesta él con agresividad.

Ella se aleja de él.

—¿Cuánto tiempo ibas a seguir fingiendo que no lo sabías? —pregunta después. Le gustaría saber que si la desaparición de Avery no hubiese sacado todo esto a la luz, él habría seguido fingiendo durante el resto de su vida. Pero ya no puede fingir; hay más personas que lo saben. La policía lo sabe. La prensa lo averiguará de algún modo y, entonces, todo el mundo se enterará. No hay dónde esconderse. Siente que se le revuelve el estómago.

—No lo sé —responde él, y se tapa la cara con las manos y empieza a llorar.

Ella lo mira apenada, pero no se atreve a consolarlo. Ya no. Le repugna imaginárselo escondido detrás del contenedor cada semana mientras ella hacía el amor con William y, después, llegar a casa y fingir que no sabía nada. Pero ¿quién es ella para juzgarlo, teniendo en cuenta lo que había hecho?

—Tenemos que pensar en los niños —dice ella por fin, cuando él recupera la compostura. Al asiente. Se lo tiene que preguntar—: ¿Lo sabe Ryan? ¿Se lo has contado?

Entonces, él la mira y en su rostro retorcido se ve claramente el asco que siente por ella.

—¿Por qué narices iba a hacer eso? —Entrecierra los ojos—. ¿Y por qué me lo preguntas?

Y ahora es a ella a la que le toca desmoronarse. Da rienda suelta a todas sus emociones. Se siente abrumada.

—Este es mi castigo, el de William y mío, por lo que hemos hecho. Su hija ha desaparecido y nos han descubierto. —Nota cómo su voz se eleva a la vez que su histeria—. La policía cree que Avery subió al coche de Ryan y que se la llevó. —Vuelve a mirar a su marido. Es al único al que puede decirle esto. Baja la voz hasta un susurro—: ¿Y si es verdad?

—¿Cómo puedes sugerir eso siquiera? —le responde él con un susurro áspero.

—Si él lo sabía y quería hacerle daño a William...

—¡No! No lo sabía. Y no sería capaz de hacer eso —insiste Al.

No, ella no puede creer que su hijo quisiera jamás cometer ese tipo de venganza. No es propio de él. Pero vuelve a preguntarse si Al podría haberlo hecho. ¿Y si Al se ha llevado a Avery, como venganza, y este es su castigo, que la policía piense que su hijo es culpable del crimen de su padre? Dios santo, ¿está perdiendo la cabeza? Van habitualmente a la iglesia. Al es creyente, pero ella no está segura. A veces, cree y, otras, no. Pero sabe que si Dios existe, no siempre es benevolente y que los caminos del Señor son inescrutables.

29

Gully va en el coche de vuelta a la comisaría en medio de la oscuridad, agotada por los acontecimientos de los dos últimos días. Nada le gustaría más que volver a casa y dormir un poco, que es lo que tanto necesita. Pero Avery sigue desaparecida. El cronómetro que tiene Gully dentro de su cabeza no le deja descansar. Reflexiona sobre sus encuentros con William Wooler, los Blanchard y, ahora, Derek. Aquí todos mienten, piensa.

Está inquieta por la conversación que ha mantenido con Derek Seton. No sabe qué opinar de él. Estaba nervioso. Podría haberle hecho algo a Avery en esa casita del árbol. Él podría ser ese novio mayor. Pero no cree que se haya llevado a Avery Wooler. ¿Cómo iba a hacerlo? Aunque la hubiese visto en la calle después de que su padre se marchara y la convenciera para que entrara a la casa vacía de él y la hubiese atacado, ¿qué habría hecho después con el cadáver?

Casi se salta un semáforo en rojo. «¿Qué habría hecho después con el cadáver?». Si es verdad que abusaba de ella y que no había nadie en su casa, ¿podría haberla invitado a entrar? Estaba justo en la casa de enfrente. ¿Podría haberla estrangulado si ella le hubiese amenazado con contarlo? Avery podría estar en la casa. Él podría haber entrado en pánico y la habría metido en algún conducto de ventilación hasta que, más tarde, tuviera ocasión de llevarla a otro sitio, al bosque quizá, o al río, después de que cancelaran la búsqueda. Es una casa grande. Probablemente tiene escondrijos. Su madre no llegó a casa con Jenna hasta poco después de las cinco.

Gully detiene el coche y saca su teléfono móvil.

Ryan está en la cama mirando al techo. Sabe que sus padres están hablando en la sala de estar sobre lo que ha pasado en la comisaría. Su padre ha subido el volumen de la televisión, como siempre hace cuando no quiere que los oigan. Como hacía cuando Ryan tuvo su problema de las drogas y sus padres tenían que hablar. Ryan no puede oír nada aparte del zumbido metálico y lejano de la televisión. Están preocupados por él. No se fían de él. ¿Por qué iban a hacerlo? La policía cree que se ha llevado a Avery. Incluso su propio abogado cree que podría haberlo hecho. Está cagado de miedo.

Ryan piensa en la posibilidad de escaparse, desaparecer. Cambiar de nombre, no volver a ver a ninguno de ellos. Pero probablemente lo encontrarían y escapar sería igual que confesar. Lo único que puede hacer es esperar, confiar en que Oliver cumpla con su deber de protegerlo. Se gira y llora en silencio sobre la almohada.

Gully llega de nuevo a la comisaría y va directamente en busca de Bledsoe. Él la mira negando con la cabeza.

—Nunca nos van a dar una orden de registro de la casa de los Seton —dice—. No tenemos suficientes pruebas. Vale, estuvo en una casita de un árbol, una vez, hace varias semanas, con la niña desaparecida. Pero no podemos registrar la casa con esa base.

Gully asiente con gesto de cansancio.

—Lo sé. —Hace una pausa—. A lo mejor me estoy volviendo loca. Necesito dormir un poco. —Se frota los ojos.

—Vete a casa, Gully —contesta él, asintiendo.

Pero la mente de ella sigue dando vueltas.

—Podría preguntarles si me dejan hacer un registro sin una orden.

—Es imposible que digan que sí.

—Podrían hacerlo si creen a su hijo.

—No. No van a dejarte —dice Bledsoe—. Dios, ¿de verdad crees que él lo ha podido hacer?

—No lo sé. Vi algo en él —responde Gully—. No estoy segura de que no estuviera haciendo con ella algo que no debía en esa casa del árbol. —Toma aire y lo suelta—. Supongamos que el padre de Avery dice la verdad, que le dio una bofetada y, después, salió de la casa a las cuatro y veinte, más o menos. ¿Y si ella vuelve a marcharse, sale por la puerta y llega a la calle? Supongamos que la testigo que dice que vio a Avery subir al coche de Ryan Blanchard miente…, quizá vio a Avery en la calle, sin su cazadora y con el pelo recogido en una trenza, pero no la vio subir al coche de Ryan y se lo haya inventado por alguna retorcida razón…, puede que incluso la viera con Derek y quiera protegerle. La casa de los Seton está justo enfrente. Derek estaba ya en casa. Podría haberla visto, ver que estaba sola. Si estaba abusando de ella, podría haberla convencido para que entrara en su casa vacía. La madre de Derek había salido, su padre estaba trabajando. ¿Y si sabía que su madre iba a recoger a su hermana a las cuatro y media y la iba a llevar a comprar zapatos y que probablemente no volverían a casa hasta después de las cinco? No habrían tenido mucho tiempo. Pero quizá ella lo amenazó esta vez con contarlo y él entró en pánico y tuvo que impedirle que hablara. Pero no puede deshacerse del cadáver. No tiene tiempo y no hay modo de hacerlo. Solo tiene quince años; no sabe conducir. Así que tiene que esconder el cadáver en algún lugar de la casa hasta que pueda deshacerse de él más tarde. Ella podría estar ahí todavía.

—Han pasado dos días —responde Bledsoe—. Si es eso lo que pasó, ¿hay alguna posibilidad de que los padres lo sepan? ¿Que él se lo contara y ellos se deshicieran del cadáver?

Gully se queda pensando mientras mueve la cabeza despacio a un lado y a otro.

—No lo creo. Los dos padres parecían sorprendidos de verdad cuando he estado allí. Pero nunca se sabe. —Y añade, tras pensarlo—: Si él ha confesado a sus padres la verdad, ellos sí que pudieron meter el cadáver en el maletero de su coche mientras estaba en el garaje con la puerta cerrada, y haberla sacado delante de nuestras narices mientras nosotros teníamos la casa de los Wooler llena de policías justo en la acera de enfrente.

Se quedan mirándose durante un largo rato.

—No vamos a poder registrar esa casa a menos que consigamos algo más —dice por fin Bledsoe a la vez que se deja caer sobre una silla—. Vamos a investigar aún más a este chico. ¿Alguna niña más pequeña del colegio se ha quejado de él? Averígualo. Mientras tanto, los de criminalística nos enviarán el informe preliminar del coche de Ryan Blanchard mañana, a lo largo del día. No han encontrado nada en la casa, aparte del teléfono secreto de su madre.

—Estas ciudades pequeñas son de lo que no hay —no puede evitar decir Gully. Bledsoe la mira con una sonrisa burlona. Gully recuerda que, al principio, le preocupaba que Bledsoe se concentrara únicamente en William Wooler y se empeñara en no investigar a nadie más. Tiene que reconocer que no ha sido así; Bledsoe ha demostrado ser más razonable y tener una mentalidad más abierta de lo que ella se esperaba. Ahora, lo que tienen son demasiados sospechosos y ninguna prueba real—. Podría ir a hacer una visita a Alice por la mañana, después de que sus hijos se hayan ido al colegio y el marido se marche a trabajar —propone Gully—. Ver si me deja echar un vistazo por la casa y si puedo averiguar algo más de ella.

Bledsoe asiente y mira el reloj de la pared. Es evidente que es consciente del paso del tiempo, el que le va faltando a Avery. A todos.

—Esa testigo anónima —dice Bledsoe—. Tiene que ser alguien de la misma calle. Reconoció el coche de Ryan y tenía que estar cerca para verlo a las cuatro y media del martes. —Hace una pausa—. Espera un momento. —Sale de su despacho y hace una señal a Weeks, que está encargándose del teléfono de colaboración ciudadana, para que se acerque—: Esa llamada anónima —le dice—. Has hablado dos veces con ella. ¿Crees que reconocerías su voz si fueras casa por casa en Connaught Street y hablaras con todas las mujeres?

Weeks se queda pensando.

—No lo sé. No noté nada característico en ella, pero podría ser. No tengo problema en ir a probar.

—Merece la pena intentarlo —dice Bledsoe—. Tenemos que identificar a esa testigo. O está mintiendo y se está cachondeando de nosotros o dice la verdad. Y tenemos que saber cuál de las dos cosas es.

William Wooler se siente como un animal herido, atrapado en una jaula. No puede salir de su habitación del hotel sin que lo acosen los reporteros. Han encontrado la puerta trasera que ha utilizado esta mañana para ir a una cabina para llamar a Nora y, cuando ha tratado de salir por ella para ir a comer algo, lo estaban esperando. Ha vuelto a entrar al hotel y ha llamado al servicio de habitaciones.

Llama al detective Bledsoe para que le informe de novedades.

—Estamos haciendo avances —responde Bledsoe. No le explica cuáles.

William ha visto en las noticias lo del testigo anónimo, que se han llevado a Ryan Blanchard para interrogarlo y que han registrado la casa. Sabe que su mujer ha tirado al suelo a Ryan de un empujón en su propia casa. Le cuesta imaginarse a Erin, que suele ser tan calmada y sensata, haciendo algo así, pero hay fotografías que lo demuestran. Y son momentos de desesperación. Puede que la repentina y violenta pérdida de control de Erin la ayude a entender la de él. Se pregunta si su mujer creerá ahora en su inocencia.

—¿Sigo siendo sospechoso? —pregunta William.

—Sí —responde Bledsoe, sin rodeos. Hace una pausa—. Hemos encontrado el teléfono secreto de Nora Blanchard. Sabemos que es con ella con quien se estaba viendo. Hemos hablado con ella.

William cierra los ojos un momento y los vuelve a abrir.

—Al menos, no se han enterado por mí —no puede evitar decir. Nora debe estar pasando un infierno—. ¿Eso también va a salir en los periódicos? —pregunta.

—Intentaremos mantenerlo en secreto —contesta Bledsoe—. Pero no puedo prometerle nada.

30

A la mañana siguiente, viernes, Gully está sentada en su coche, delante de la casa de los Wooler, a las ocho y media pasadas. Pero es a la casa de los Seton, en la acera de enfrente, hacia donde dirige su atención. Pete Seton ya ha salido en su coche para ir a trabajar y ahora ve a Derek y a su hermana pequeña, Jenna, salir de casa hacia el colegio. Derek la ve en el coche. No pasa nada. Ella le saluda levemente con la mano. Él agarra a su hermana del brazo y se va calle abajo perdiéndose de vista al girar la curva. Gully sale del coche y llama a la puerta de los Seton.

Alice Seton tiene aspecto de no haber dormido mucho desde la última vez que Gully la vio. No la culpa. Debe ser espantoso dudar de lo que tu hijo haya podido hacer. Gully no tiene hijos. Aún no, al menos. Y en momentos como este se pregunta si sería mejor evitar tenerlos. Puede que no merezca la pena. Nunca se sabe lo que podría pasar, cómo pueden terminar siendo.

—Alice —la saluda Gully—. ¿Puedo pasar?

La otra mujer se queda mirándola con desprecio antes de responder.

—No, creo que no.

Gully asiente.

—De acuerdo. —Hasta aquí llegó lo de que le deje hacer el registro. Mira directamente a los ojos de Alice Seton—. Hemos solicitado una orden de registro. —No es verdad, pero quiere ver la reacción de Alice. Y ahí está. Verdadero miedo.

—Creo que debería marcharse —dice Alice con firmeza, pero su palidez la delata.

—Me voy —responde Gully. Mientras va hacia su coche, se pregunta qué va a hacer Alice a continuación. ¿Llamar a un abogado? Quizá ya lo hicieron anoche. Pero Gully piensa que quizá, ahora que por fin está sola en la casa, los pensamientos de Alice vayan en la misma dirección que los suyos y que ponga la casa del revés buscando a Avery Wooler. Gully piensa que no puede entrar en la casa, pero sí que puede conseguir que alguien se quede vigilando para ver qué pasa después.

Alice cierra la puerta después de que la detective se vaya y echa el pestillo. El miedo la abruma. La larga noche despierta con todos esos pensamientos inquietantes dando vueltas en su mente le ha pasado factura. Pete se había quedado dormido por fin, no sabe cómo, pero ella no ha dejado de darle vueltas a lo que había dicho la detective y a la reacción de Derek.

Prácticamente, se había desmoronado. ¿Es así como

reaccionaría un niño inocente? ¿O es lo que habría hecho un niño culpable? No lo sabe.

Pete se negaba a creerlo. Más tarde, en la cama, él le dijo que tenían que ponerse de su lado. Derek era un buen chico, no un acosador de niñas. Nunca les había mentido. Ella estaba de acuerdo, pero luego, Pete se había quedado dormido y, durante las largas, oscuras y desesperantes horas antes de que amaneciera, ella había sucumbido a la duda y había dejado que su mente se disparara.

Es terrible pensar que tu propio hijo haya podido abusar de una niña pequeña. Había sido muy rápida en señalar a Adam Winter y ahora…

Vuelve a la cocina y tira su café frío al fregadero. Pete y ella estuvieron hablando un largo rato con Derek después de que la detective se marchara y él les repitió tercamente lo mismo que le había dicho a la detective. Pero la duda la corroía. ¿Por qué estaba él en esa casita del árbol? Podría haber sucedido tal y como Derek decía, pero ¿por qué estaba la escalerilla subida, si es que de verdad lo estaba? Parecía que era en eso en lo que insistía la detective. La escalerilla solo podían haberla subido si no querían que nadie les sorprendiera. Uno de ellos la subió. ¿Por qué? ¿Por qué Derek no se marchó sin más cuando vio a Avery allí? A él ni siquiera le gusta Avery.

Pero sabe cómo son los niños. El juego de enseñar y compartir. «Enséñame la tuya y yo te enseño la mía». Puede que pasara eso. Puede que fuera algo inofensivo. Puede que Avery exagerara. Incluso puede que fuera ella la que empezó. Pero Derek ya es bastante mayor como para saber qué hacer. Esa es la cuestión: la diferencia de edad. Eso hace que sea imperdonable.

Y luego, está todo lo demás. Gully preguntándole dónde había estado esa tarde. Ella es consciente de lo que eso puede parecer, que Derek estaba solo en casa en el momento en que Avery desapareció, justo en la casa de enfrente. Sabe qué pueden estar pensando: que si Derek estaba abusando de Avery, podría haber sido él quien le había hecho algo. Pero es absurdo. Aunque él…, joder, no es ningún asesino.

¿Y qué pasa con el testigo que vio a Avery subir al coche de Ryan Blanchard? ¿Por qué no da la cara esa persona? Quizá porque Avery no subió nunca al coche de Ryan.

Y ahora acaba de estar aquí Gully, en su puerta, diciendo que han pedido una orden de registro, y Alice no sabe qué hacer. ¿Por qué iban a pedir una orden de registro a menos que piensen que pueden encontrar algo? ¿Qué esperan encontrar?

Y entonces, se le enciende la bombilla. Creen que Avery pudo estar ese día en esta casa y que quizá nunca saliera de ella.

Se deja caer en una silla de la cocina al sentir que las piernas le flaquean, con la respiración entrecortada. Durante un largo rato, no puede pensar en nada. Pero, después, se le despeja la mente. Debe buscar antes de que lo haga la policía. Va a registrar toda la casa y no va a encontrar nada. Entonces, verá que Derek no ha tenido nada que ver con esto. Él no pudo haber matado a Avery y haberse llevado el cadáver a ningún otro sitio, porque los equipos de búsqueda lo han rastreado todo, salvo el interior de las casas. Y luego, podrá venir la policía a hacer lo que tenga que hacer y no habrá de qué preocuparse. Y negarán una y otra vez que

Derek la haya tocado nunca. Y hay muchas posibilidades de que Avery no regrese nunca para decir lo contrario.

Alice sabe que es una locura, pero va a hacerlo de todos modos. Empezará por el sótano. Se levanta y coge una linterna de uno de los cajones de la cocina.

A media mañana, Erin Wooler está de pie junto a la ventana de su sala de estar, impasible, mirando a la calle vacía, como intentando hacer volver a su hija solo con invocarla. Ahora mismo no hay nadie ahí afuera; todos los reporteros se han hartado y se han ido. No está pasando nada.

Erin no ha salido de casa desde que Gully la trajo después de que atacara a Ryan en la casa de los Blanchard ayer por la tarde. Se pregunta adónde habrán ido todos los reporteros. No han secuestrado a la hija de ninguna otra familia. Lo sabe porque ve las noticias religiosamente, con la esperanza de que haya un giro en el caso, temiendo que lo haya. La detective Gully ha tenido el detalle de visitarla con regularidad para ver cómo está, pero esta mañana todavía no ha aparecido. La ha visto llamar a la puerta de Alice Seton y charlar con ella un momento, pero no se ha acercado para hablar con Erin. Probablemente porque no tiene nada nuevo que contarle. Ha visto que otro coche se apostaba en la calle; se pregunta qué hace ahí.

Erin sabe que siguen buscando a Avery. Es lo que le dicen los reporteros muchas veces al día. Todavía tienen grupos de rastreo que van golpeteando los arbustos, mirando en barrancos y contenedores; la están buscando por todas partes. Pero si hubiesen sacado algo de Ryan Blanchard no habría vuelto a su casa. Y sabe que ha vuelto a su casa. Ha visto en la televisión las imágenes de él saliendo anoche de la comisaría. Quizá los reporteros estén ahora apostados delante de la casa de los Blanchard, calle abajo. Va a la puerta de la casa y se asoma para mirar la calle. Sí. Hay un grupo reporteros delante de la casa de ellos. Vuelve a meterse dentro.

Se siente muy sola, muy impotente. Desearía contar con alguien con quien hablar. No sabe qué le ha pasado a su hija. Quizá William no ha tenido nada que ver con la desaparición de su hija. Pero nunca perdonará a su marido sus otros graves pecados: haber abofeteado a Avery; dejarla después sola en casa para que le pasara algo, si es que es eso lo que hizo; haber mentido al respecto. Su aventura. Cree que es con Nora Blanchard con quien ha tenido una aventura; por supuesto que tenía que ser ella. Es muy guapa. Y William es muy superficial.

Coge el teléfono y llama al nuevo móvil de su marido. Descuelga de inmediato. Cuando responde, ella le habla sin molestarse en ocultar su hostilidad:

—Es con Nora Blanchard con quien te has estado acostando, ¿verdad?

Él no lo niega. Ella espera a que diga algo, y cuando ve que no lo hace, cuelga el teléfono.

31

No nos consta ninguna queja de ese tipo contra Derek Seton —dice la directora del colegio, Ellen Besner.

Gully asiente.

—Si algo así hubiese llegado a los oídos de cualquier trabajador, me lo habrían dicho —añade la directora—. Así que creo que no es necesario que pregunte directamente a cada uno de ellos.

Gully está de acuerdo. No quiere provocar ningún perjuicio innecesario, y sabe que los profesores tienen obligación de informar de cualquier sospecha de abuso. Lo dejará como está. Sabe que los profesores cotillean, como cualquier otra persona. Ha intentado ser discreta, pero sabe bien que la gente habla, incluso las directoras de colegio. Si Derek es inocente, no quiere causarle ningún daño.

—Gracias por atenderme —dice Gully poniéndose de pie. En ese momento, suena su teléfono móvil. Sale del despacho de la directora y responde. Es el agente de paisano que había dejado en la puerta de la casa de Alice Seton.

—¿Sí? —responde Gully.

—Alice ha salido de la casa hace un rato por el garaje con el coche. Ha ido al supermercado. Yo estoy ahora en el aparcamiento viendo cómo mete la compra en el maletero.

—De acuerdo. Gracias —contesta Gully antes de colgar. Es evidente que Alice Seton no está deshaciéndose de ningún cadáver.

Marion Cooke ve a los agentes de policía que bajan por la calle de enfrente. Ya vinieron antes a su puerta, el día que Avery Wooler desapareció, y les contó que ese día no vio nada. Admira su persistencia, que hagan las mismas preguntas a las mismas personas esperando oír algo distinto, o algo más.

Hoy tiene el día libre en el hospital. Está haciendo sus tareas domésticas y, de vez en cuando, se asoma por las ventanas de delante para ver dónde están ahora. Enseguida estarán aquí; vive ocho casas más abajo de la de los Wooler y cuatro más arriba de la de los Blanchard, en la acera de enfrente. Limpia y mira mientras se van acercando a su casa. ¿Debería limitarse a no salir a abrir esta vez? Ya han hablado con ella, así que puede que la dejen en paz. Pero decide que sí saldrá a abrir, porque podrían volver. Entra en el baño para refrescarse y tener un aspecto presentable.

Cuando llaman a la puerta, está lista.

—Hola —saluda a los dos agentes con uniforme oscuro que están en su escalón delantero.

—Buenas tardes, señora —dice el mayor, mostrándole una placa e identificándose a sí mismo y a su compañero—.

Estamos investigando la desaparición de Avery Wooler. ¿Le importa que le hagamos unas preguntas?

—Ya han venido otros agentes —contesta, pero los mira con una ligera sonrisa para mostrar que no le importa, que entiende que es necesario.

—Lo sé, y lo siento, pero tenemos que ser exhaustivos.

—Ella asiente—. Quizá haya recordado usted algo. ¿Vio algo el martes, el día que Avery Wooler desapareció? ¿Algo que haya recordado desde la última vez que habló con la policía?

Niega con la cabeza y frunce el ceño con gesto de disculpa.

—No, lo siento. Me gustaría ayudarlos, de verdad, pero no vi nada. Es espantoso lo de esa niña. Yo soy enfermera, trabajo con su padre en el hospital. Espero que la encuentren. Espero que esté bien.

Ahora, el agente más joven la mira con más atención, con expresión de alerta. A ella le pone nerviosa.

El agente habla por primera vez:

—¿Conoce usted a los Blanchard? —pregunta, sin venir al caso.

A ella le pilla por sorpresa.

—¿A los Blanchard? —repite—. He hablado alguna vez con ellos; no los conozco a fondo. Nora Blanchard trabaja de voluntaria en el hospital, así que la conozco un poco.

—¿Sabe qué tipo de coche tiene Ryan Blanchard?

Niega con la cabeza.

—No, creo que no. No presto mucha atención.

—Yo creo que sí —contesta el agente más joven. Su tono es amable, inofensivo—. Creo que usted ha estado llamando al teléfono de colaboración ciudadana, ¿no es así? Sin identificarse. Reconozco su voz.

Ella se queda inmóvil. «Mierda». No quería que pasara esto. No quería que la identificaran, por eso llamó desde una cabina. Por suerte, aún quedan algunas en Stanhope, aunque muy pocas. Marion piensa en negarlo, pero sabe que el agente más joven está seguro. Lo niega de todos modos.

—No —contesta. Siente cómo se ruboriza—. Yo nunca he llamado a ese teléfono.

—Nos gustaría que viniera con nosotros a la comisaría de policía —dice el otro agente.

No. No quiere que nadie vea cómo se la llevan a la comisaría en un coche patrulla. No puede arriesgarse a eso.

—Iré, pero no con ustedes. No en un coche de policía. Iré en unos minutos, en mi coche. —Los dos agentes se miran; no parece que tengan otras opciones, a menos que la arresten. Ya saben quién es y dónde vive.

—De acuerdo. —Y añade—: Si no aparece, volveremos.

Gully estaba tomándose otro café en el comedor cuando Bledsoe ha ido a buscarla.

—La han encontrado —dijo casi cacareando—. Tenemos a la testigo. Sabemos quién es. Weeks ha reconocido su voz. Va a venir. —Todo el cansancio de Gully se evaporó; se sentía como si se hubiese tomado diez cafés.

Ahora, Gully está observando a la mujer desde el otro lado de la mesa de la sala de interrogatorios. Probablemente tenga treinta y muchos o cuarenta y pocos años, va vestida con vaqueros y un jersey de cachemira. Parece estar en forma, como si se cuidara. Lleva las uñas arregladas por una profesional, pero cortas, con un tono rosa apagado. Tiene el pelo castaño con reflejos y bien cortado. Gully no sabe bien qué pensar de esta mujer. Parece respetable. Es enfermera, vive en una casa bonita y bien cuidada y, en general, tiene buen aspecto. Pero ¿qué tipo de persona llama a un teléfono de colaboración ciudadana con una información importante sobre una niña desaparecida, pero se niega a ir a comisaría e identificarse? ¿Y después, trata de negarlo? Mientras Gully la observa, Marion Cooke se remueve incómoda en su asiento.

Empieza Bledsoe:

—Señorita Cooke, uno de mis agentes cree que es usted la persona que llamó y habló con él por nuestra línea de colaboración ciudadana, no una vez, sino dos, y aseguró haber visto a Avery Wooler subir al coche de Ryan Blanchard. Ha reconocido su voz.

—Se equivoca —contesta ella—. Yo nunca he llamado a este teléfono. No he visto nada.

Pero a Gully le parece que está nerviosa, moviendo los ojos sin parar entre los dos detectives.

—Usted vive en Connaught Street —insiste Bledsoe—. Supuestamente, puede conocer a Avery de vista y reconocer el coche de Ryan Blanchard. Lo que no entiendo es por qué se ha negado a dar su nombre y por qué se niega ahora a admitirlo. Pero puedo aventurarme a suponerlo. —La mira a los ojos y dice—: Era mentira.

—No —contesta ella.

Bledsoe se inclina hacia delante y baja la voz.

—Una mentira así puede causarle muchos problemas.

—Y añade—: Se le podría acusar de dar información falsa de

un incidente, lo cual es una acusación grave. —Ella traga saliva, aparta la mirada de él y la baja a la mesa—. ¿Vio usted a Avery subir al coche de Ryan Blanchard el martes por la tarde?

Ahora levanta los ojos y los mira, como si tomara una decisión. Gully espera y se da cuenta de que está conteniendo el aire.

—Sí —dice por fin.

Bledsoe suelta un largo suspiro y baja la mirada a unas notas que tiene en el expediente sobre la mesa, delante de él.

—De acuerdo. Dijo usted que estaba segura de que era su coche, pero que no le vio a él directamente.

Asiente.

—¿Dónde estaba usted cuando vio esto?

—Estaba en mi porche delantero.

—Esperó más de un día para hacer la primera llamada. Y luego se negó a identificarse. Y después, lo ha negado. ¿Por qué?

Vuelve a tragar saliva.

—Debería haber llamado enseguida. Soy consciente de ello ahora. Me arrepiento de no haberlo hecho. Pero supongo que esperaba que la niña apareciera y que estuviese bien. Eso es lo que me decía a mí misma. Luego, cuando vi que no aparecía, llamé desde una cabina. —Gully y Bledsoe esperan—. No quería ver mi nombre mezclado en nada de esto. No quería salir en las noticias.

—¿Y eso por qué? —pregunta Bledsoe.

—Por mi exmarido —responde Marion con tono de tristeza—. Hui de una relación de muchos malos tratos hace unos años. Tuve que pedir una orden de alejamiento contra él. No quiero que sepa dónde vivo ahora. Pensé que si acudía a la policía como testigo, mi nombre y mi foto saldrían en las noticias y él me encontraría. —Vuelve a mirarlos—. No quería arriesgarme a que me haga daño. Espero que puedan entenderlo.

A Gully le parece convincente. Su explicación tiene sentido. Y piensa llena de cansancio que es mala suerte que la única persona que vio por última vez con vida a Avery tuviera demasiado miedo por su propia vida como para ir a la policía.

—Podemos intentar protegerla, mantener su nombre al margen —dice Bledsoe.

—¿Puede hacerlo? —Vuelve a mirarle con desesperación—. ¿De verdad puede hacerlo?

El alivio que de forma tan evidente está sintiendo ante esto hace que Gully se compadezca de verdad de ella, aunque esté enfadada porque no se ha presentado de forma voluntaria y antes. Las cosas podrían haber sido muy distintas.

Marion Cooke sale inquieta de la comisaría después de firmar su declaración por escrito. Había aparcado el coche en la calle y ahora va caminando hacia él. Son las cuatro, pero no quiere volver a casa todavía. Decide dar un paseo por el centro durante un rato, para aclararse las ideas. Mientras pasea, mirando los escaparates, sus pensamientos la llevan a lo que podría ocurrir ahora.

32

Nora Blanchard abre la puerta de su casa poco antes de las cinco y siente que todo se tambalea. Son los detectives, Bledsoe y Gully, que han vuelto. Y parecen serios.

—¿Está su hijo en casa? —pregunta Bledsoe.

Quiere mentirles, decirles que ha salido, lo que sea para evitar lo que sabe que va a pasar ahora. Pero Ryan ya está bajando las escaleras; debe haber oído que llamaban a la puerta. O quizá ha estado viéndolos desde su ventana, esperándolos.

Nora no puede hablar. Siente un miedo espantoso. Ryan se acerca y se coloca al lado de ella.

Bledsoe mira a Ryan.

—El testigo ha venido a la comisaría, el que vio a Avery subir a tu coche el martes por la tarde a las cuatro y media.

—Y añade—: Vamos a detenerte. Quedas arrestado. —Bledsoe le vuelve a leer sus derechos.

Ryan se gira mientras le ponen las esposas.

—¡Está mintiendo! —espeta.

Nora recupera la voz.

—¡No es verdad! ¿Quién es ese testigo? —grita. Pero no le hacen caso. Mientras se llevan a su hijo, Nora grita detrás de él—. Voy contigo, Ryan. Iré detrás de ti. Voy a llamar a Oliver. Voy a llamar a tu padre. Estaremos allí contigo.

Gully conduce mientras lanza alguna que otra mirada por el espejo retrovisor al chico pálido que va sentado, esposado y en silencio en el asiento trasero. Bledsoe va al lado de ella, probablemente repasando en su mente cómo va a realizar el interrogatorio. Saben que no pueden hablar con él hasta que su abogado, Oliver Fuller, esté presente. Por ese motivo, es probable que no consigan sacarle nada. Pero Bledsoe va a intentar asustarlo y, después, darle esperanzas, ofrecerle algo que le haga hablar. Hay muchas cosas que dependen de lo que ocurra en la siguiente hora o en dos. Gully respira hondo. Sabe que no pueden cagarla.

El abogado no tarda nada en llegar a la comisaría. Enseguida están todos sentados en la sala de interrogatorios: Bledsoe y Gully a un lado de la mesa, Ryan y Oliver Fuller al otro, como antes. El interrogatorio se está grabando en vídeo. Le han quitado las esposas.

—Esto es serio, Ryan —empieza Bledsoe—. Una niña ha desaparecido. —Ryan tiene la mirada fija en el frente, sin mirar a los ojos de los detectives. Pero está temblando como un flan—. Tenemos un testigo fiable que va a declarar que vio a Avery subir a tu coche a eso de las cuatro y media del

martes por la tarde. Y nadie la ha vuelto a ver desde entonces.
—Hace una pausa—. Sabemos que tú no volviste a casa hasta las seis o las seis y media. ¿Qué estuviste haciendo durante ese rato?

Gully observa a Ryan Blanchard, tratando de leerle la mente. ¿Le hizo este chico tembloroso algo a Avery?

—¿Cómo se llama ese testigo? —pregunta el abogado.

—Lo sabrá en su debido momento —responde Bledsoe—. Pero sabemos quién es. El testigo es muy fiable y ha venido esta tarde a la comisaría para hacer una declaración por escrito.

Gully ve un destello de preocupación en el rostro del abogado.

—Todos sabemos que los testigos son especialmente poco fiables —dice el abogado—. ¿Tienen alguna otra prueba?

—Todavía no. Pero estoy seguro de que la encontraremos.

Bledsoe parece seguro, pero Gully sabe que, hasta ahora, no han encontrado nada en la casa ni en el coche de Ryan Blanchard. Ni ropa con manchas de sangre, ni nada que perteneciera a Avery. Han revisado todas las imágenes del dron y no han visto que Avery estuviese con Ryan, ni con nadie más. Tienen el informe preliminar de criminalística del coche de Ryan y no aparece nada. Si la niña estuvo en su coche, probablemente fue por poco tiempo y él podría haberlo limpiado después. No hay rastro de que fuera atacada o asesinada en ese coche. Pero podría haberla llevado a algún lugar en el campo, atacarla, asesinarla y ocultar su cuerpo. Tienen los registros de su teléfono móvil, así que saben más o menos por dónde estuvo con el coche esa tarde. Están rastreando esa zona rural mientras hablan. Pero si no la encuentran, si él no habla, va a resultar tremendamente difícil reunir las pruebas que necesitan.

—Esto es lo que hay, Ryan —dice Bledsoe inclinándose hacia delante y clavando los ojos sobre el asustado muchacho—. Si existe alguna posibilidad de que Avery siga con vida, lo mejor para ti será que nos cuentes dónde está. Las cosas resultarán mucho más fáciles para ti si lo haces.

—No subió nunca a mi coche, lo juro —responde Ryan. Mira a su abogado—. ¿Por qué no me creen? ¿Por qué creen a esa otra persona? ¡Quienquiera que sea está mintiendo!

Bledsoe continúa como si el chico no hubiese dicho nada.

—Y si Avery no sigue con vida, hacer un trato continúa siendo lo más conveniente para ti. Haz lo correcto y cuéntanos dónde está. Deja que sus padres puedan pasar página.

—El chico parece haberse quedado mudo. Bledsoe vuelve a apoyar la espalda en su silla y dice—: Dinos qué pasó, Ryan. ¿Fue un accidente? No tenías intención de matarla, ¿verdad?

—¡Basta! —grita el chico. Levanta las manos para taparse los oídos.

El abogado observa a Ryan un momento antes de hablar.

—Me gustaría hablar un momento con mi cliente.

Unos minutos después, el abogado les hace una señal para que pasen de nuevo. Gully entra otra vez a la sala de interrogatorios y mira al muchacho en la silla. Es evidente que ha estado llorando y ella se permite sentir cierta esperanza. Quizá esté listo para hablar. Quizá pueda terminar con esto. Se sientan. El abogado parece serio, decidido.

—¿Y bien? —pregunta Bledsoe.

—Mi cliente niega cualquier implicación con la desaparición de la niña. Ella no subió a su coche ese día. Es inocente.

—¿Es eso cierto, Ryan? —dice Bledsoe con tono cansado.

Gully puede ver su fatiga y, en ese momento, se da cuenta de lo cansada que está ella también. Han estado tirando de adrenalina y ahora es consciente de lo vacías que están sus reservas.

—Yo no he tenido nada que ver con ella —dice Ryan entre lágrimas—. Quien haya dicho que subió a mi coche miente.

—Pero el testigo es un buen ciudadano, honrado. —Bledsoe no puede evitar decírselo a Ryan—: Y tú un conocido narcotraficante.

—Es suficiente —dice el abogado con un exabrupto.

—Ah, claro, usted fue su abogado aquella vez, ¿no es así? —espeta Bledsoe. Después, vuelve a mirar al chico—. Tienes un buen abogado, Ryan. Felicidades. Pero vamos a retenerte por ahora.

Bledsoe aparta su silla ruidosamente y se pone de pie mientras el abogado apoya la mano sobre la espalda del muchacho con gesto de consuelo. Gully sabe que Ryan no ha estado nunca en la cárcel. Ha visto su expediente. Era menor de edad cuando lo arrestaron por posesión y lo dejaron marchar a casa de sus padres. Pero ahora es un adulto y sospechoso de secuestro y de un posible asesinato.

Gully oye al abogado hablar en voz baja con Ryan.

—No te preocupes. Te van a retener aquí esta noche. No pueden encerrarte demasiado tiempo antes de llevarte ante un juez y acusarte. Pero si no encuentran ninguna prueba física, nunca van a poder condenarte.

Gully se pregunta si el abogado cree que Ryan es inocente. No está segura.

Marion Cooke vive sola en una casa de dos dormitorios en la planta baja y una habitación de invitados en el sótano con su propio baño. Es pequeña, pero está bien acondicionada. Nunca ha tenido hijos, así que la casa es silenciosa, limpia y ordenada. La habitación de invitados del sótano suele estar vacía. De vez en cuando, viene su hermana a quedarse unos días.

Marion pasa mucho tiempo en el centro antes de volver con el coche a casa, todavía nerviosa.

Deja su bolso en la encimera de la cocina y abre el cerrojo de la puerta que va de la cocina al sótano. Enciende el interruptor de la pared para iluminar las escaleras y la planta inferior. Se queda escuchando un momento, con la cabeza ladeada. Silencio. La televisión no está encendida. Eso no es normal.

Baja los escalones. El sótano está dividido en dos zonas separadas, un dormitorio con un pequeño baño en la parte delantera de la casa y una habitación más grande detrás, donde las ventanas fueron cubiertas con barrotes hace tiempo para evitar robos, lo que impide que entre mucha luz. Su huésped está en el dormitorio, donde no hay ninguna ventana.

Marion llama a la puerta del dormitorio.

—¿Avery?

33

Ryan se pone de pie sobre sus piernas temblorosas. Nada de esto parece real. Le da miedo mirar a su abogado a los ojos por si no le cree. Ryan sabe que no subió a Avery a su coche. Es inocente. Pero lo que realmente le asusta es que no parece que la verdad importe. Sabe que muchas veces se condena a personas inocentes por crímenes que no han cometido. Durante un momento, no puede moverse, pese a que su abogado le está instando a que lo haga.

Da un traspié al poner un pie delante del otro. Sus padres esperan fuera de esa sala, al final del pasillo. ¿Los verá antes de que se lo lleven? ¿Esposado? Quiere verlos, quiere que su madre lo abrace y le diga que todo va a ir bien, que volverá a casa enseguida, que ella hará que todo se arregle. Quiere que su padre luche por él. Pero no quiere que lo vean así. Le da miedo empezar a gimotear como un bebé.

Sus padres están en la sala de espera cuando lo sacan. Su madre da la impresión de haber estado sentada junto a la cama de un moribundo. Su padre está claramente asustado.

Ryan se pregunta si de verdad creen que se ha llevado a Avery Wooler y la ha matado. ¿Cómo pueden pensar eso de él? Ha tomado decisiones estúpidas. Desearía no haber tomado drogas nunca, que nunca hubiesen perdido la fe en él. Cometió un error y ahora todo el mundo está dispuesto a pensar lo peor de él.

Dejan que sus padres lo abracen. Su madre no lo quiere soltar. Monta una pequeña escena y él se siente agradecido, porque eso hace que aparten la atención de él y de sus imparables lágrimas. Mira a su padre a los ojos una última vez mientras se lo llevan.

Un agente lo lleva abajo y, cuando la puerta se cierra tras él y van bajando, todavía puede oír los lamentos de su madre. Las celdas están en el sótano. Ahora mismo, están vacías. No hay mucha delincuencia en Stanhope.

—Luego vendrán los borrachos —dice el agente mientras lo conduce desde atrás—. Sobre todo, un viernes por la noche. —Lo empuja al interior de una celda y le quita las esposas. Comprueba si lleva cinturón y le quita los cordones de las zapatillas. Cierra con llave y se va, con el sonido de sus pasos desapareciendo sobre el cemento. Ryan mira la celda como si mirase su futuro. Se tumba en una de las camas, acurrucado en posición fetal, y se queda observando fijamente la pared, demasiado aturdido como para seguir llorando. Esperando a que llegue la mañana y lo que le ocurrirá después.

Avery había oído que la puerta de la calle se abría arriba y, después, pasos que atravesaban la casa hasta la cocina y bajaban luego las escaleras del sótano. Ha escuchado con atención, completamente alerta; era el sonido de los pasos de una sola persona, y se ha relajado.

—¿Avery? —dice Marion al otro lado de la puerta del dormitorio antes de abrirla.

—¿Dónde has estado? —pregunta Avery incorporándose en la cama. Había oído a los agentes de policía que habían llamado a la puerta unas horas antes. No pudo oír mucho de lo que decían, pero sabe que Marion habló con ellos y luego se marcharon. Marion ha salido después y ha estado fuera un largo rato.

—Tenía que hacer unas compras —responde Marion—. Necesitaba traer unas cosas.

—¿Qué quería antes la policía? —pregunta Avery.

—Están haciéndole a todo el mundo las mismas preguntas una y otra vez, esperando que hayan recordado algo.

Marion no podía haber dicho nada. Si le hubiese dicho a la policía que Avery estaba escondida en su sótano, no estaría todavía aquí, ¿no?

—¿No te fías ya de mí? —pregunta Marion.

Avery no hace caso a la pregunta.

—¿Qué te han preguntado?

—Lo mismo que antes. Que si había visto algo fuera de lo normal, algún extraño o algún coche desconocido en el barrio sobre la hora en que desapareciste o los días previos.

—¿Qué les has dicho? —pregunta Avery. Quiere saberlo todo.

—Les he dicho que estaba en casa, dentro. Que no vi nada raro ese día. —Y añade—: No me han sacado nada.

Avery se deja caer de nuevo en la cama. Las cosas no están saliendo como quería, ya no. Ha visto en la pequeña televisión que tiene frente a la cama cómo a su padre lo llevaban a la comisaría y luego lo sacaban, con aspecto de no entender qué está pasando, con aspecto de que lo fuesen a arrestar. Era gratificante. Quería que sufriera. Veía las noticias en la televisión y leía los periódicos que Marion le traía, escondida en el sótano. Avery era famosa. Lo sería aún más cuando apareciera de nuevo, tras sobrevivir a un secuestro, con su desconocido secuestrador aún libre.

Disfrutó cuando vio que su padre había mentido sobre el hecho de haber estado en casa ese día. «Mentiroso». Y parecía que ahora vivía en un hotel. Parecía que lo iban a arrestar, que aprendería la lección, y ella podría reaparecer y volver a casa. Pero, de repente, estaban interesados en Ryan Blanchard. Ella ni siquiera lo conocía. Luego, dijeron en las noticias que la policía tenía un testigo anónimo que decía que había visto a Avery subir a su coche. No era verdad.

—Voy a preparar algo para comer —dice Marion—. Te lo bajaré aquí y podemos ver las noticias de las siete.

Marion se mueve por la cocina, poniendo agua a cocer para la pasta y sacando un bote de salsa del armario. Pronto llegará el momento de ponerle fin a esto. Han pasado tres días.

Avery se enfadó mucho al oír anoche en las noticias que alguien aseguraba haberla visto subir al coche de Ryan Blanchard. «¿Cómo puede ser?», había dicho Avery. «Yo nunca he subido en su coche. ¡Alguien está mintiendo!».

Marion cree que esos detectives la han creído. Nadie va a pensar que Marion Cooke, una respetada enfermera, esté mintiendo sobre lo que vio.

Marion coloca dos platos de pasta en una bandeja con cubiertos y dos vasos de leche y la baja al sótano. Avery ya ha encendido la televisión de la pared de enfrente. Son casi las siete. Esperan durante los anuncios. Marion se pregunta si dirán algo del testigo. ¿Dirá la policía su nombre? Habían dicho que no. Pero probablemente arresten ya a Ryan Blanchard y eso va a enfadar a Avery. No quiere que Avery sepa que ha sido ella. Todavía no. No quiere que Avery sepa que el pacto entre las dos nunca ha sido real.

Marion está cansada de tener a Avery en su casa; quiere que todo esto termine. Desearía no haber abierto hoy la puerta al agente que ha reconocido su voz.

Empiezan las noticias y, como era de esperar, la primera es sobre la niña que está sentada a su lado. «Ha habido novedades en la desaparición de Avery Wooler», dice la presentadora con voz seria. «La policía ha arrestado hoy a Ryan Blanchard, de dieciocho años. La policía ha confirmado que un testigo que asegura haber visto a Avery subir al coche de Ryan Blanchard se ha presentado en la comisaría. Blanchard vive en la misma calle que la niña desaparecida. A la niña de nueve años no se la ha visto desde que desapareció el martes por la tarde, a pesar de la intensa búsqueda en la que han participado cientos de voluntarios y agentes de la policía».

En la pantalla aparecen ahora imágenes de Ryan Blanchard cuando lo sacan de su casa esposado y lo suben a un coche particular.

—No —dice Avery. Marion la mira; la cara de la niña está enrojecida por la rabia—. ¡No, no es verdad! —Se gira para mirar a Marion, que niega con la cabeza mientras intenta mostrarse compasiva al tiempo que sigue escuchando la noticia por si dicen algo de la testigo.

«La gente del barrio se ha mostrado tan impactada como aliviada...», continúa la presentadora, pero no añade nada que no se haya dicho antes.

Marion mira a Avery. Está claramente furiosa. Cuando se enfada da un poco de miedo.

—Quizá haya llegado la hora de que vuelvas a casa —sugiere Marion con tono despreocupado. No lo dice en serio. Avery no puede irse a casa. Ya nunca podrá volver a casa. Marion tiene sus propios planes y Avery no los conoce.

—No.

Marion sabe ya lo terca que es esa niña, lo irritable que es.

—Yo quería que él se arrepintiera —se queja Avery—. ¡Quería que le echaran la culpa!

—Lo sé —contesta Marion.

—Y ahora quieres que me vaya —dice Avery con mal humor—. Me gusta estar aquí.

Marion siente una punzada de fastidio. Por supuesto que le gusta estar aquí, viviendo como una princesa consentida, mientras se le trae comida, ve toda la atención que está despertando su desaparición en la televisión y lee sobre sí misma en los periódicos. Todo eso alimenta su enorme narcisismo.

Pero Marion piensa que no es ella la que decide. Nada de esto va a terminar de la forma que Avery cree.

34

Avery fulmina con la mirada a la mujer que está a su lado. Marion quiere que se vaya. Nunca la quiere nadie. A Avery le enfurece que la rechacen y ahora Marion, su cómplice, su amiga secreta, parece estar rechazándola también.

Avery cree que le asusta tenerla aquí mientras se está realizando una intensa búsqueda. Probablemente le preocupe que la puedan arrestar si la descubren. Bueno, pues a lo mejor sí debería preocuparse. Porque Marion no debería equivocarse sobre quién es la que tiene aquí el poder. No es Marion. Marion aceptó ayudarla, pero la lanzará a los pies de los caballos si le interesa.

Es Avery la que manda. Porque sabe que si le cuenta a la policía que ha estado en el sótano de Marion Cooke todo el tiempo que ha estado desaparecida, no será ella la que esté metida en un lío, sino Marion. Marion cargará con las culpas; Avery solo tiene nueve años. Marion debería habérselo pensado mejor. Los adultos no deberían permitir que las niñas desaparecidas se alojen en sus sótanos mientras todo el mundo las está buscando.

Lo ha sabido desde el principio, pero Avery cree que parece que es ahora cuando Marion cae en la cuenta. Quizá no sea tan lista. De hecho, le sorprendió un poco que Marion accediera a ayudarla desde el principio. Quizá sí que sea un poco tonta.

Avery solía jugar en el bosque de detrás de su calle y se encontraba un día detrás del patio de Marion cuando esta la saludó. Avery estaba sola, jugando.

—Eres la hija del doctor Wooler, ¿verdad? —le preguntó. Parecía simpática.

—Sí —contestó. Se acercó un poco.

—Yo soy Marion —dijo sonriendo—. Soy enfermera. Trabajo con tu padre en el hospital.

—Ah —respondió Avery perdiendo el interés.

—¿Quieres unas galletas? Acabo de hacerlas.

Avery se quedó pensativa.

—Con pepitas de chocolate —añadió Marion.

A Avery le habían ordenado que no hablara con desconocidos. Pero le encantaban las galletas con pepitas de chocolate y esta mujer no era, en realidad, una desconocida. Era una vecina y trabajaba con su padre.

—Claro. —Avery la siguió al interior de la casa por la puerta que daba a la cocina. La casa era más modesta que la suya, y estaba en la misma calle. Marion parecía querer saberlo todo sobre ella, haciéndole preguntas sobre el colegio y sobre su familia. A Avery le pareció un poco raro tanto interés, pero los adultos eran así. Muchas preguntas. Al contrario que los niños. No le importó. Casi nadie mostraba interés por ella. Le habló de su madre y su padre, de cómo se peleaban por su culpa.

—¿Eso es verdad? —preguntó Marion—. ¿Por qué se pelean por ti?

—Porque soy difícil —contestó Avery.

—A mí me pareces una niña de lo más agradable —dijo Marion con una sonrisa.

Después de aquello, a lo largo del verano, siguió yendo a menudo a casa de Marion, por el bosque de detrás de las casas, y entraba por el patio que daba a su puerta de atrás, casi siempre por las galletas. Nunca se lo contó a nadie. Le parecía lamentable no tener amigos de su misma edad. Y cuando quería esconderse en algún sitio durante un rato después de que su padre la abofeteara, la única persona que se le ocurría era Marion.

Se pregunta si Marion todavía sigue pensando que es una niña de lo más agradable. Probablemente no. Se gira hacia ella, que todavía está sentada en la cama a su lado.

—Tienes miedo de que nos descubran —dice Avery.

Marion la mira.

—No nos van a descubrir.

A Avery le parece tremendamente confiada.

Marion recoge los platos sucios y sube. Deja la bandeja en la encimera y, en silencio, cierra con pestillo la puerta del sótano. La tiene siempre cerrada para que Avery no pueda subir al resto de la casa. Pero Avery conoce las normas y no ha tratado de salir del sótano por si acaso la veían. No sabe que la puerta está cerrada con pestillo.

Marion se inclina sobre la puerta.

Puede que la niña de abajo sea lista, pero solo tiene nueve años y no lo sabe todo. No tiene ni idea de qué es lo que de verdad está pasando aquí. Avery, escondida en su sótano, no tiene ni idea de dónde se ha metido. No sabe que está con el agua hasta el cuello.

No sabe que Marion está obsesionada con el padre de Avery. Lo cierto es que lleva mucho tiempo enamorada de él, que pasa los días y las noches pensando en él. Deseando volver a verlo en el hospital, viviendo solo para ese momento. En cierto modo, eso fue suficiente para alimentar su fantasía de que los dos terminaran enamorándose, juntos, ella y su guapo doctor, pese a que sabía que estaba casado y tenía una familia. Pero muchos hombres guapos, incluidos los médicos, dejan a sus mujeres y sus familias para casarse con otra, alguien más joven y más atractiva. No se engaña pensando que ella sea más atractiva que su mujer, pero, al menos, sí que es comparable; ha visto a su mujer en eventos del hospital. Ha pasado el último año, o más, tratando de atraer la atención de él, pero siempre la ha mirado con absoluta indiferencia. Pensaba que quizá se trataba de un hombre bueno, fiel a su esposa, incapaz de descarriarse, por mucho encanto fácil que tuviera, y eso hacía que lo idealizara aún más. Y le convertía en un reto.

Cuando reconoció a su hija merodeando cerca de su valla trasera, la invitó a entrar, sobornándola con galletas. Entablaron conversación, porque Marion quería conocer todo lo que pudiera sobre el doctor Wooler y su familia. Se hizo amiga de la niña, pero nunca se lo contó a nadie. Desde luego, no iba a contarle al doctor Wooler que solía charlar con su hija con regularidad. Él podría pensar que lo estaba acosando.

Podría haber continuado así de manera indefinida, alimentada por sus esperanzas y fantasías, limitándose a verlo en el hospital. Se había formado su propio culebrón en su cabeza. Y eso habría sido suficiente, si no llega a ser por ese día, apenas una semana antes, cuando lo vio con Nora Blanchard.

35

M arion se encontraba en un almacén de suministros del hospital cuando oyó que alguien entraba sigilosamente en la habitación de fuera. Después, oyó los pasos de un hombre y el sonido de la puerta cerrándose sin hacer ruido. Durante un momento, no se movió. Pero luego oyó la voz del doctor Wooler, grave y áspera. Tenía un tono seductor.

—Ven aquí.

Inmóvil, Marion oyó el gemido de una mujer y el sonido inconfundible de unos besos. Oyó fuertes suspiros, jadeos y más gemidos, y sintió que todo su mundo se derrumbaba. El doctor Wooler no era un hombre bueno y fiel a su esposa. Estaba engañando a su mujer, y no era con ella.

En aquel momento, sintió una inmensa rabia. Siempre había actuado como si ella no existiera, como si no la viera, ni siquiera cuando hablaba con él, cuando trataba de hacer todo lo posible por atraer su interés, y ahí estaba ahora, en los brazos de otra mujer. Le costaba respirar. Tenía que saber quién era esa otra mujer. Se acercó lentamente a la puerta entreabierta del almacén y miró. El doctor Wooler abrazaba amorosamente a una mujer a la que reconoció de inmediato: Nora Blanchard, una voluntaria del hospital, y una de sus vecinas. Claro. La mujer más guapa del barrio. No podía ser otra. Marion permaneció en silencio detrás de la puerta, hecha un lío, mirando por la rendija durante varios minutos, soportándolo, hasta que por fin se separaron, con la respiración agitada, sonriéndose el uno al otro mientras recuperaban la compostura.

—Salgo yo primero —dijo el doctor Wooler.

Ella asintió.

—Nos vemos pronto —añadió él, y le dedicó un último beso, una mirada de deseo y se marchó.

Marion permaneció en tensión detrás de la puerta, incapaz de decidir qué hacer. ¿Debía enfrentarse a Nora? Quería salir de ahí y darle una bofetada en la cara, clavar en ella sus cortas uñas, desfigurarla y dejarle cicatrices. Le abrumaban sentimientos de rabia y celos, decepción e indignación. Observó cómo la otra mujer, tan perfecta, tan deseada, se alisaba el pelo mientras esperaba un poco antes de salir. Era muy guapa. La visión de Nora siempre había hecho que Marion se sintiera vulgar, pero ahora sentía desprecio por sí misma. No podía competir con ella, y eso la dejaba abatida. «Nos vemos pronto», había dicho él. Era evidente que mantenían una aventura. Estaban claramente enamorados; había ahí mucha pasión, una pasión que se había imaginado para ella misma. Ahora se lo imaginaba dejando a su mujer, dejando a su familia, pero no por ella, sino por Nora Blanchard.

Marion no salió a enfrentarse con la otra mujer. Se limitó a quedarse detrás de la puerta del almacén de suministros hasta que Nora se fue. Y después se había ido a casa en mitad de su turno con la excusa de que estaba enferma. Eso había ocurrido apenas unos días antes de que Avery apareciera en su puerta trasera con el moretón en la cara. Marion la dejó pasar y escuchó su historia de que su padre le había pegado. No estaba segura de si creer a Avery, pues ¿por qué iba a estar él en casa a las cuatro de la tarde? Debía estar en el trabajo. Pero era evidente que alguien le había pegado y estaba claro que ella estaba enfadada con su padre; quizá sí fuera verdad. Marion seguía todavía enfadada con él.

Avery le contó su pueril plan de escaparse y esconderse durante un tiempo, fingir que había desaparecido, y le preguntó a Marion si podía quedarse en su casa. Quería que su padre lo lamentara. Quería que echaran la culpa a su padre. Marion también deseaba ver a William Wooler sufrir. Lo único que deseaba más aún era ver sufrir a Nora Blanchard, y encontró la oportunidad.

Así que dejó que Avery se quedara, escondida en su sótano. Le dijo a Avery que no subiera en ningún momento, por si alguien la veía por las ventanas, y como una vieja y malvada bruja, Marion la encerró sin que nadie lo supiera.

Marion la visitaba en el sótano y juntas habían visto por televisión cómo se desarrollaba la búsqueda y cómo el doctor Wooler caía en desgracia. Marion disfrutaba viéndolo sufrir, quizá aún más de lo que disfrutaba Avery. Lo tenía merecido. Por no hacerle caso, por engañar a su mujer, por elegir a otra más guapa que ella. Le gustaba el escrutinio que estaba sufriendo el doctor Wooler con la desaparición de Avery, porque ella sabía que le iban a investigar. Esperaba que descubrieran que estaba teniendo una aventura con Nora y que eso hiciese volar su vida por los aires. Esperaba destruir el matrimonio de Nora, y a su familia, y su cómoda vida. Pero había más. Porque había visto a Ryan Blanchard con su coche por la calle ese día, justo antes de que Avery apareciera en su puerta de atrás. Y supo que podía hacer algo que le arrancara a Nora el corazón del pecho.

Esperó hasta ver que William sufría lo suficiente y, después, salió a una cabina a llamar al teléfono de colaboración ciudadana para decir que había visto a Avery Wooler subir al coche de Ryan Blanchard. Y como no lo arrestaron de inmediato, había vuelto a llamar, añadiendo más detalles sobre el aspecto de Avery. Había dicho que estaba dispuesta a acudir a la comisaría, pero había mentido. No iba a identificarse como la testigo hasta que se hubiese deshecho de Avery.

Ha sido una pena que la policía la descubriera antes de lo que quería, pero se había preparado su historia sobre el exmarido maltratador. Ahora, Ryan Blanchard está arrestado y debe sacarse a Nora de la mente.

En cuanto todo se tranquilice un poco, Marion se deshará de Avery. Y luego, aparecerá en público y defenderá su versión hasta el último suspiro.

Alice Seton ha visto que han arrestado a Ryan Blanchard en las noticias de las siete. No puede evitarlo: se siente aliviada. Jenna no sabe de qué han acusado a su hermano, Derek, y

Alice y Pete quieren que siga siendo así. Puede que, ahora que Ryan está arrestado, todo esto termine.

Alice no le ha contado a su marido lo que ha hecho ese mismo día. Sí que le ha dicho que la detective Gully ha llamado a su puerta esa mañana y que les ha amenazado con una orden de registro. Los dos esperan que ahora se haya suspendido. Sintió un enorme alivio al enterarse de que habían arrestado a Ryan.

Pero no le ha contado a su marido lo que ha hecho después de que Gully se fuese en su coche. Que se ha vuelto loca y que ha puesto la casa patas arriba, buscando el cadáver de una niña muerta. Que ha registrado toda la casa: los conductos de ventilación, la sala de la caldera, el desván, todo. Cualquier sitio donde se pudiera esconder un cadáver, incluso el cobertizo de atrás. Jamás se lo contará a nadie. Es algo que se llevará con ella a la tumba.

Está muy avergonzada de que su imaginación la haya llevado tan lejos. Avergonzada de haber podido pensar eso de su hijo, aunque solo fuese por un segundo. En un momento dado de esa espantosa y loca mañana, ha mirado por la ventana y ha visto un coche. Seguía ahí cuando volvió a mirar más tarde. Se dio cuenta de que la estaban vigilando, lo cual no hizo más que aumentar su paranoia. Pero por fin, después de haber buscado por todas partes sin encontrar nada, cuando estuvo segura de que la policía no iba a encontrar nada, se sentó, escribió la lista de la compra y se fue a la tienda. No había nada que encontrar. Estaba segura.

Y ya no hay de qué preocuparse porque Ryan está en la cárcel. Dedica un pensamiento a Nora Blanchard, a la que conoce un poco porque sus hijas van al mismo colegio. Lo que debe estar sufriendo. Lo que todos deben estar sufriendo en esa casa.

Piensa en su propio hijo. Esto ha sido muy angustioso para él. Para todos. Alice se dice a sí misma que, con el tiempo, lo superará. Todo esto pasará y nunca más volverán a hablar de ello.

36

E rin Wooler recorre su casa como un fantasma que no puede marcharse. Se siente aliviada porque hayan arrestado a Ryan. Recuerda su cara cuando lo tiró al suelo. Pensó que tenía una expresión de culpable.

Debe tener fe en la policía, confiar en que saben lo que hacen. Al menos, han encontrado al testigo. Quiere saber quién es. Lo único que sabe es que debe tratarse de alguien que vive por aquí cerca, probablemente en esta misma calle. ¿Cómo si no va a haber visto lo que ha visto y ha reconocido el coche? ¿Por qué mantienen en secreto el nombre del testigo? Le gustaría saber quién es. Le gustaría saber quién ha esperado tanto tiempo para contarle a la policía quién se llevó a su hija. Quizá debería dar las gracias al testigo por haber ido por fin a la comisaría, pero lo único que siente es una enorme rabia por el retraso. ¿Por qué no le contó ese testigo a la policía lo que había visto en el momento en que lo vio? ¿Qué motivo podría justificar que una niña de nueve años subiera al coche de un hombre? Y fue muy poco tiempo después cuando llamaron a la policía y se inició toda una búsqueda. Así que ¿por qué narices no fue a la policía a contar lo que sabía? Si lo hubiera hecho, habrían tenido más tiempo para salvar a su hija. Le gustaría enfrentarse a ese testigo, igual que hizo con Ryan, y preguntarle: «¿Por qué?».

Jamás se recuperarán de esto si Avery no regresa nunca. Erin se pregunta cuánto daño le provocará todo esto a su hijo. A todos ellos. Cómo los va a cambiar. Ya sabe que ella ha cambiado. Jamás podrá mirar el mundo de la misma forma, nunca más.

Está muy preocupada por Michael. Sube y llama a la puerta de su dormitorio. La abre. Su hijo está sentado en su cama con su portátil, con una expresión pálida y de miedo.

—¿Quieres comer algo? —le pregunta.

—No.

—No has cenado nada —le dice.

—Tú tampoco.

Toma aire y lo suelta.

—¿Si preparo un bocadillo lo compartes conmigo?

—Vale. —Michael parece aliviado y ella se da cuenta entonces de lo angustiado que debe sentirse por ella, añadido a todo lo demás.

—Baja y preparo un bocadillo de queso fundido para los dos. —Es su favorito.

William Wooler está sentado en la silla de su habitación del hotel con la mirada perdida en la pared. No puede dejar de pensar en Ryan Blanchard y en lo que ha podido hacerle a

Avery. Todas las cosas que ha podido hacerle; después, probablemente la haya matado. Tiene que asumirlo: es posible que Avery no regrese nunca con ellos. Llora con las manos sobre los ojos.

Ponerle cara a su secuestrador ha hecho que todo se vuelva más espantoso. El testigo se ha presentado en la comisaría; debe ser verdad. Se pregunta quién será y por qué no revelan la identidad de esa persona. Ha estado viendo la televisión con una sensación de repulsión e incredulidad, viendo cómo se llevaban a Ryan. Un chico guapo. Parecía tan normal.

Dirige sus pensamientos a Nora. No la culpa. No puede culparla. Los niños terminan siendo lo que tienen que ser, a pesar de los esfuerzos e intenciones de sus padres. Lo sabe por Avery. Erin y él han hecho todo lo que han podido por quererla y ayudarla, pero ella es quien es y eso no lo pueden cambiar; solo esperan poder animarla a seguir en la dirección correcta. Pero mira Michael. No le pasa nada malo. Los han criado los mismos padres, en la misma casa y, sin embargo, no pueden ser más diferentes.

Si Ryan es un violador de niñas, un secuestrador o un repugnante asesino, William no puede culpar a Nora por ello, ni tampoco a su marido. Ellos no lo han hecho así. Nació así. William está convencido de ello. Ama a Nora, pero ahora lleva una carga. Cuando piensa esto suelta una carcajada, larga y amarga. Una carga. Ya te digo.

A Nora la tuvo que agarrar su marido mientras se llevaban a su hijo. No quería soltarlo y no dejaba de llorar y gemir.

Los agentes de la policía han tenido que separarla de su hijo, con suavidad, al principio, y luego a la fuerza.

Cuando se lo han llevado para bajarlo a la celda, ella se ha dejado caer sobre los brazos de su marido, como un peso muerto. Las piernas no la sostenían y él ha tenido casi que arrastrarla hasta una silla. Ella ha dejado de gemir a la vez que la invadía una especie de estupor.

Ahora, Oliver Fuller intenta captar su atención, hacer que se concentre. Le está diciendo que no han terminado. Que probablemente Ryan esté de vuelta en casa en uno o dos días. Intenta concentrarse en lo que el abogado le está contando. Le está diciendo que aún hay esperanza.

—A menos que aparezca alguna prueba física, no van a poder retenerlo —dice Fuller.

—¿Qué prueba física? —pregunta Nora. Su cerebro está nublado. Ya han registrado la casa; tienen el coche de Ryan. No han encontrado nada, que ella sepa.

—Si encuentran el cadáver —contesta Fuller con delicadeza.

Nora se encoge en su silla, paralizada. Por primera vez se descubre esperando que no encuentren nunca a la hija de William.

—¿Quién es el testigo? —pregunta Al con tono sombrío. El color ha desaparecido de su rostro.

—No lo sé. No quieren decirlo —contesta el abogado.

Hablan durante un rato más. Tienen que tratar la cuestión de los honorarios del abogado. Por fin, Al se pone de pie y se dirigen a su coche para volver a casa. Casi ha anochecido. Ella no puede soportar dejar a su hijo en la celda. ¿Qué le puede pasar ahí? Tienen que abrirse paso entre el grupo de reporteros que esperan fuera de la comisaría. Ella se pone las manos sobre la cara mientras la rodean y un agente de policía intenta apartarlos. Por fin, consiguen subir al coche de Al y cierran las puertas. Al pone el coche en marcha. Es un sonido hueco y vacío.

Nora está muda durante el trayecto a casa, con la mente llena de situaciones catastróficas. Se dice a sí misma que no cree que Ryan haya matado a esa niña pero, aun así, está tremendamente asustada. No tiene control sobre lo que está pasando. Por fin, mira de reojo a Al, que está conduciendo con la mirada fija al frente y las manos apretadas sobre el volante. Su rostro adquiere un tono cadavérico cada vez que las farolas lo iluminan. Se pregunta qué estará pensando. ¿Cree que su hijo es culpable? ¿O sabe él más que ella? Esta pregunta ha estado inquietándola, acechando en el fondo de su mente. ¿Es Al lo suficientemente vengativo como para haberles provocado todo esto haciéndole daño a la hija de William?

—¿Al? —pregunta en voz baja.

37

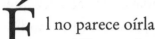l no parece oírla.

—¿Al? —repite ella con más firmeza.

—¿Qué? —pregunta con tono seco.

Y ahora, tiene que decirlo. Se le queda atascado en la garganta como un trozo de comida a medio masticar. Traga saliva, nerviosa, y se aclara la garganta.

—¿Crees que Ryan se la llevó?

Él la mira.

—Joder, ¿cómo puedes preguntarlo siquiera?

—Tú debes habértelo preguntado también —responde ella.

—No ha sido él —contesta Al. Lo dice con convicción, como si estuviese seguro—. No es capaz de algo así. Deberías saberlo…, eres su madre.

Ella no hace caso a la crítica insinuada.

—Lo sé —dice—. Solo necesitaba oírtelo decir, supongo. —Y añade, consciente de que parece asustada—: Es que… no estoy segura de que Oliver le crea.

Hay una larga pausa.

—Es abogado —dice Al después—. No le importa que sea verdad o mentira.

—Yo creo que sí le importa —contesta Nora.

—Qué más da lo que crea él —dice Al con brusquedad—. Hará todo lo que pueda por Ryan.

¿Se va a atrever Nora a decir lo que de verdad tiene en su mente? Empieza con un tono de lamento:

—Todo esto es culpa mía.

Al guarda silencio. Ella sabe que no va a llevarle la contraria. Al cree en la ira de Dios.

Sabe que está furioso con ella por lo de la aventura. «¿Hasta dónde llega su enfado? ¿Qué ha podido llegar a hacer?». Mira por el parabrisas hacia la profunda oscuridad, hacia el tráfico que viene de frente.

—Lo siento, Al. Siento lo de mi aventura con William, siento todo esto.

—Ah, ahora lo sientes, ¿no? Pues antes no lo sentías —dice él con desagrado. Sigue conduciendo en silencio durante un rato y, después, vuelve a hablar con un marcado tono sarcástico—: Puede que el mismo Wooler llamara al teléfono de colaboración, para alejar la atención de él.

Ella se gira en el asiento del pasajero y se queda mirándolo.

—No seas ridículo —espeta—. Además, él jamás me haría algo así.

Al enrojece lleno de rabia.

—¿Todavía crees que es inocente? —pregunta mirándola con desdén—. Pues yo no. Yo creo que ha matado a su hija. Probablemente sea él quien estaba abusando de ella, el muy pervertido.

Esto la enfurece.

—Desde el principio has estado muy dispuesto a creer que lo ha hecho William —lo acusa—. Te encantaría verle ir a la cárcel, ¿verdad? Para que así no podamos estar juntos nunca, ¿no es eso? —Se ha deshecho ya de todo tipo de prudencia. No quiere a este hombre. Es a William a quien quiere. No cree que William haya matado a su hija. ¿Por qué iba a hacerlo? Pero a medida que su pánico aumenta, puede entender por qué Al podría haberlo hecho: para castigarlos a ella y a William por lo que han hecho. ¿Podría haber ido tan lejos? Se había quedado sentado en su coche detrás del contenedor mientras ellos estaban en el motel, cada martes por la tarde, durante semanas. Y luego, llegaba a casa y fingía que no lo sabía. ¿Qué más podría haber hecho sin que ella se diera cuenta absolutamente de nada?

Han llegado a su calle y ahora él aparca en el camino de entrada y apaga el coche. Ella se arma de valor:

—¿Has sido tú? —sisea.

—¿Qué?

—¿Te has llevado tú a Avery? ¿Para castigarnos a William y a mí? ¿Para que él vaya a la cárcel y yo aprenda la lección? —Ahora está gritando—. Pero no te imaginaste que alguien podría mentir y decir que la vio subir al coche de Ryan, ¿verdad? Eso no te lo esperabas. ¡Pareces espantosamente seguro de que ella no subió al coche de Ryan! ¿Qué se siente al ver a tu hijo en la cárcel por algo que has hecho tú? —Habla deprisa, histérica, con las palabras tropezándose unas con otras y, de repente, siente un fuerte bofetón en la cara. El golpe la deja atónita y con la cara girada hacia la ventanilla del lado del pasajero. Deja de hablar súbitamente.

—Cierra la maldita boca —dice él lleno de rabia—. Eres una auténtica zorra.

Ella vuelve a mirarlo, con la cara palpitándole, y su voz suena fuerte y fría:

—Y bien, ¿has sido tú?

Él se queda observándola.

—No me puedo creer que de verdad me estés preguntando eso. —Ella espera. Cuando habla, la voz de Al suena grave y amenazante—: No. Yo no me la he llevado. Pero supongo que ahora sabemos lo que de verdad piensas de mí. Me crees capaz de matar a la hija de tu amante, a una niña, pero piensas que él es inocente y que jamás te va a hacer daño. ¿Dónde me deja eso, Nora? ¿Eh? —Está gritando ahora, sentado en el coche en la entrada de su casa.

«¿Dónde cojones me deja eso?».

Al fulmina a su mujer con una mirada llena de furia y ella se acurruca contra la puerta de su asiento. Él siente deseos de golpearla, pero se controla. Ya le ha dado una bofetada, y nunca en su vida había hecho algo así. Nunca ha estado tan enfadado, ni siquiera cuando se quedaba sentado detrás del contenedor del motel. Esta mujer, su mujer, a la que antes amaba, no solo ha estado acostándose con otro hombre. No solo se ha enamorado de otro hombre. Cree de verdad que él es capaz de hacer daño a una niña, solo para acabar con su felicidad.

¿Cómo han llegado hasta este punto?

—Sal —dice él, de repente.

Ella abre la puerta del coche rápidamente y sale huyendo, cerrándola después de golpe. Va corriendo por el camino de entrada mientras busca las llaves de la casa en su bolso. No mira atrás.

Él da marcha atrás con el coche, sale a la calle con un chirrido y se aleja calle abajo, cegado por la rabia. No debería conducir. Pero no se fía de sí mismo estando a solas en la casa con su mujer, la casa en la que han criado a sus hijos.

«¿Qué va a pasar con los niños?».

Sale de la ciudad con el coche, por la autopista, y se da cuenta de que está llorando. Apenas puede ver la carretera por culpa de las lágrimas. Su hijo está en la cárcel. No está tan seguro de él como ha fingido ante Nora. No sabe si Avery subió al coche de Ryan. No quiere creerlo. Si lo hizo, está seguro de que lo que pudiera ocurrir fue un accidente. Quizá él solo la llevó a algún sitio como favor. Quizá pasó algo, no sabe qué, pero Ryan no podía tener intención de hacerle daño. No podía tener intención de matarla. Y después, se asustaría y lo negaría todo. Así es Ryan. Quiere a su hijo a pesar de todo. Su hijo no es ningún monstruo.

Pero Al odia a su mujer. Ahora se da cuenta, ahora entiende que lleva tiempo sintiéndolo. Odia a su mujer con un afán puro e incandescente. Podría matarla. Su hijo no es ningún monstruo, pero Al se da cuenta en ese momento, mientras conduce a demasiada velocidad por esa oscura autopista, de que él sí podría ser capaz de algo horrible.

Gully está con el coche en una ventanilla de autoservicio, esperando una hamburguesa con patatas fritas, antes de volver a la comisaría, cuando suena su teléfono móvil. Ve que es Erin Wooler quien llama. Por un momento, se siente culpable; hoy no ha ido a verla en todo el día porque ha estado muy ocupada. ¿Ha sido esta misma mañana cuando ha hablado con Alice Seton pensando que Avery podría estar en algún lugar de esa casa? Y después, han identificado a la testigo y han ido a por Ryan. Había tenido intención de llamar a Erin en distintos momentos a lo largo del día, pero siempre ha habido algo que la ha entretenido. Acepta la llamada.

—¿Detective Gully?

—Hola, Erin —contesta Gully—. Siento no haberme pasado todavía hoy. Estaba a punto de llamarla.

—Esperaba tener noticias suyas —dice Erin, y Gully está segura de que se siente molesta con ella.

A continuación, Erin pregunta sin rodeos:

—Ryan Blanchard... ¿Se la llevó él?

Gully suelta un suspiro.

—No lo sabemos. Hasta ahora lo ha negado.

—¿Quién es el testigo?

A Gully se le encoge el corazón. Es por esto por lo que ha estado evitando a Erin Wooler, porque Gully sabía que le preguntaría quién es la testigo y no lo puede decir, aunque Gully cree que tiene derecho a saberlo.

—Me temo que eso no puedo decírselo.

—¿Por qué no?

Gully vuelve a suspirar.

—Así son las cosas ahora mismo. Hay una buena razón para ello, es lo único que le puedo decir.

—Eso es una gilipollez —responde Erin. Espera un momento y, después, le pregunta—: ¿Usted lo cree? ¿Que Avery subió al coche del chico?

—El testigo es muy convincente —contesta Erin evitando dar una respuesta directa.

—¿Por qué esperó tanto tiempo? —grita Erin.

Gully oye el dolor en carne viva en la voz de la mujer.

—Hay una razón, pero no puedo decirle cuál es —contesta Gully con una terrible sensación.

Erin cuelga de repente.

38

Avery está enfurruñada en el dormitorio del sótano. No está contenta con que hayan metido a Ryan Blanchard en la cárcel. Se suponía que esto era para hacer sufrir a su padre.

Puede oír a Marion en la planta de arriba. Marion quiere que se vaya. Avery se irá cuando esté lista. ¿Ha aprendido su padre la lección? ¿Ha sufrido lo suficiente? Está bastante segura de que nunca más volverá a pegarle después de esto. Puede que ya sea hora de escabullirse y dejar que la encuentren caminando por la calle en mitad de la noche.

Su reaparición causará sensación. Todos querrán entrevistarla. Quizá le pidan que vaya a algún programa de televisión de los importantes de verdad, como *Good Morning America*. Quizá le den dinero por ello. Si es así, se asegurará de que sea para ella, no para sus padres.

Dirá que la agarró un hombre por detrás, que le puso algo sobre la cabeza para que no pudiera ver y que la obligó a subir a un vehículo y se la llevó lejos. Después, la sacó del coche y la metió en el sótano de una casa y la encerró a oscuras durante no sabe cuánto tiempo. No tenía forma de saber la hora ni lo que estaba pasando en el mundo exterior. Estaba aterrorizada. El hombre nunca hablaba. Llevaba una máscara todo el tiempo. Le dejaba usar el baño del sótano y, después, la volvía a encerrar en la habitación. Nunca podría identificarlo ni sabría por qué se la llevó ni por qué la soltó. No le hizo ningún daño físico. Podrán ver que no la había tocado, así que no puede mentir en eso. Quiere que la crean.

Dirá que le volvió a tapar la cabeza, la subió de nuevo al coche, condujo durante mucho tiempo y la dejó en el bosque, le quitó la capucha y le dijo que se tumbara boca abajo y no se levantara hasta contar hasta quinientos. Después, se puso a andar hasta que encontró una carretera.

¿La creerán? Cree que sí. El único que quizá no crea su historia es su padre. Podría imaginarse la verdad, que se escapó, que se escondió en algún sitio y que se lo ha inventado todo. Pero no se atreverá a decirlo. ¿Qué pensarían si lo hiciera? Y él es el único, aparte de ella, que sabe qué ocurrió aquel día en la cocina. Le preocupará que ella diga algo. Tendrá cuidado con ella. Se da cuenta de que, en realidad, empieza a tener ganas de volver a casa.

Michael estará celoso por toda la atención que ella va a recibir. Estará molesto con ella, con la locura en la que se han convertido sus vidas. Pero ella lo va a disfrutar.

Avery verá las noticias de las once y, entonces, decidirá. Al final, es posible que le cuente a Marion que tiene pensado marcharse esta noche.

Erin Wooler está muy enfadada. Está enfadada con el mundo. Está enfadada con su marido, con la detective Gully y con el testigo misterioso que no acudió a la policía a tiempo. Su rabia es del tamaño de una montaña. Eso le da un objetivo, le da fuerza. Quiere hablar en persona con ese testigo misterioso. Quiere tener claro si esa persona anónima dice la verdad sobre Ryan Blanchard. Si es así, si se llevó a su hija, guardará su mayor rabia para él.

Da vueltas por la sala de estar, pensando en la detective Gully. No le va a decir quién es el testigo. Es evidente que teme contárselo, después de lo que pasó con Ryan Blanchard. Debe ser alguien cercano para haber visto lo que dice que ha visto. Para conocer el coche de Ryan. Para reconocer a Avery. Debe ser alguien de esta misma calle. Piensa en todas las personas de Connaught Street. Conoce a muchos de ellos de vista y con algunos ha hablado, pero no los conoce a todos. Podría ir ahora casa por casa y preguntar directamente si han llamado a la policía para denunciar a Ryan Blanchard. Seguro que quienquiera que sea le contará a ella la verdad si promete no decir quién es. Es la madre de la niña desaparecida. La mayoría de la gente de la calle son padres también. Le sacará la verdad a la fuerza si es necesario.

Erin vuelve a la ventana de la sala de estar y mira. Debe saberlo. Debe saber qué le ha pasado a Avery. No puede permanecer encerrada en esta casa, que se ha convertido en algo parecido a una tumba, esperando a que pase algo. Sube una vez más a la habitación de su hijo y llama a la puerta.

Cuando la abre, ve a Michael de nuevo en su rincón habitual de la cama, mirando su portátil. Al menos, ha comido algo. Se pregunta qué estará viendo, pero no le dice nada. En realidad, no quiere saberlo. Podría ser un juego o podría ser algo sobre Avery. Parece muy solo, muy perdido; ella no puede soportarlo. Se da cuenta de que, en algún momento, tendrán que hablar de su padre, de lo que va a pasarles como familia. Que quizá se queden los dos solos. Pero ahora no.

—Voy a salir un poco —dice.

—¿Adónde? —pregunta él levantando los ojos de la pantalla.

Erin piensa si contarle una mentira piadosa, pero recuerda lo que ocurrió la última vez, cuando le dijo que iba a ver a su padre al hotel y los periodistas publicaron todas aquellas fotos de ella de pie sobre Ryan Blanchard en la entrada de su casa.

—Voy a hablar con los vecinos —confiesa—. Sobre Avery.

Él no intenta disuadirla, como se esperaba.

—¿Quieres que vaya contigo? —pregunta.

Eso la sorprende y casi le parte el alma. Está preocupado por ella. Quiere protegerla. Ella se da cuenta de que puede que sea todo lo que le queda a su hijo; no puede desmoronarse ante él.

—No. Creo que alguien debería quedarse en casa, por si...

—Vale —contesta él y vuelve a mirar a la pantalla. Todo él desprende desesperanza.

Erin cierra la puerta y vuelve a bajar. En el vestíbulo, coge su chaqueta y se queda quieta un momento, mirando el espacio vacío donde había estado colgada la cazadora vaquera de Avery antes de que se la llevara el equipo de la policía científica. Después, sale. No hay nadie. La prensa se ha ido. Se queda sola en medio del silencio un momento, sintiéndose como si todos la hubiesen abandonado. Todo está oscuro y en silencio. Cierra la puerta y decide empezar por la acera de enfrente, por la casa de Alice Seton. Porque se le ha ocurrido que si Derek Seton hubiese estado abusando de Avery, no le sorprendería que Alice Seton llamara para denunciar a otra persona, fuera verdad o no.

39

Alice Seton oye que llaman a la puerta y se queda inmóvil. Ha empezado a sentir recelo cada vez que llaman a su puerta. El corazón se le acelera. No quiere salir a abrir. Mira el reloj. Son casi las nueve de la noche. No espera a nadie. ¿Y si es la policía? Vuelven a llamar. Se levanta del sofá, donde estaba tratando de leer un libro, y abre asustada.

Se queda sorprendida y desconcertada al ver a Erin Wooler en su escalón. Erin tiene el aspecto que se podría esperar en una mujer cuya hija ha desaparecido. Despeinada, afligida, casi desquiciada.

—Erin —dice. No sabe qué más añadir.

—¿Puedo pasar? —pregunta Erin. Su voz suena bastante centrada. Alice recuerda incómoda cómo esta mujer irrumpió en casa de los Blanchard el día anterior y atacó físicamente a Ryan Blanchard. Y luego, recuerda que fue el hijo de Erin, Michael, quien vio a Derek en la casa del árbol con Avery y acusó a Derek. Alice da un paso atrás, inquieta de repente. ¿Qué hace aquí? No sabe qué va a hacer Erin. Mira hacia atrás, como si esperara encontrar a su marido justo a su espalda, pero está arriba.

—Me gustaría hablar contigo y con tu marido, si no os importa —dice Erin en voz baja.

Y, en realidad, ¿qué puede hacer Alice? No puede echar a esta pobre mujer. Sus hijas jugaban juntas y Erin parece de lo más calmada ahora mismo. Le hace una señal para que pase, cierra la puerta despacio y la lleva a la sala de estar. Sabe que Derek está en su habitación con su ordenador y los auriculares puestos; no puede oír nada. Pete y Jenna están arriba.

—Pete está ahora mismo arriba atendiendo una llamada de trabajo —dice. Pero sabe que, si grita, su marido bajará corriendo.

Hace una indicación a Erin para que se siente en el sofá y ella se sienta en un sillón en frente de ella, con la sólida mesa de centro entre las dos.

—Lo siento mucho —dice Alice—. Por lo de Avery. ¿Cómo lo llevas? —Una pregunta tonta, pero está incómoda y eso la vuelve estúpida.

—Todo lo bien que cabe esperar, supongo —responde Erin con cierto tono de amargura. Hay una pausa incómoda. Después, Erin dice—: Quería preguntarte, de una madre a otra, si eres tú la que vio a Avery subir al coche de Ryan Blanchard.

A Alice le pilla del todo por sorpresa.

—¿Yo? No. ¿Por qué crees eso?

—¿O quizá fuese tu marido?

—Dios mío, no. No hemos sido nosotros —contesta Alice.

Erin debe creerla porque su rostro parece llenarse de decepción.

—No sé quién es ese testigo —dice Erin—. Y los detectives no quieren decírmelo.

—¿Por qué no?

Erin niega con la cabeza.

—No lo sé. La detective Gully me ha dicho que hay una buena razón, pero no me quiere decir cuál es. Yo solo necesito saber quién es y si está diciendo la verdad.

Alice puede ver que las lágrimas empiezan a inundar los ojos de la otra mujer y siente que sus propios ojos reaccionan inundándose también. Es terrible lo que esta mujer debe estar pasando. Empieza a relajarse, aliviada al ver que no parece que, al final, Erin haya venido por Derek.

—Por supuesto que sí —dice con tono compasivo—. Es decir, si es verdad que Avery subió al coche de Ryan Blanchard... —Se interrumpe, incómoda. Y continúa—: La policía debe creer que es verdad, o no lo habrían arrestado.

Erin hace un gesto que parece indicar que no se cree mucho a la policía.

—Voy a ir por todas las casas de la calle para averiguar quién ha hecho esa llamada —dice Erin—. Y cuando lo encuentre, sabré si está mintiendo.

—¿Cómo lo sabrás? —pregunta Alice, dubitativa.

Pero Erin no le responde.

—La policía ha interrogado a Derek, ¿verdad? —pregunta.

Alice se eriza.

—Sí, pero fue una cuestión rutinaria —responde a la defensiva.

Erin la mira directamente a los ojos.

—Creen que pudo haber hecho algo inapropiado a mi hija.

—No. No lo ha hecho —responde Alice ruborizada.

—Puedo entender que eso te moleste —dice Erin, también acalorada—. Imagínate cómo me siento yo. —Se levanta del sofá—. No conocemos a nuestros propios hijos tanto como creemos. No sabemos qué hacen a cada minuto del día. —Su expresión es de desolación—. No podemos.

Alice también se pone de pie.

—Derek no la ha tocado nunca —insiste, en voz baja. Acompaña a Erin a la puerta y, después, se queda mirándola mientras va por la acera hacia la izquierda y sube por la entrada de la siguiente casa. Alice ve que sí que está decidida a encontrar a ese testigo. Está decidida a averiguar la verdad.

William Wooler da vueltas por su pequeña habitación del hotel, abrumado por la pena y la culpa. Está atrapado en una situación inconcebible. Quiere mejorar las cosas, pero parece imposible.

Su prestigio dentro de su comunidad está por los suelos. Aunque condenen a Ryan, él siempre será el tristemente célebre doctor Wooler, que mintió a la policía cuando su hija desapareció. Y si no condenan a Ryan, ¿qué supondrá eso para William? Habrá una nube permanente sobre su cabeza durante el resto de su vida. Un considerable número de personas creerá siempre que ha matado a su hija pequeña.

Su matrimonio se ha roto. Y lo que es aún peor, la relación con su hijo ha quedado tan perjudicada que no podrá repararse. William se deja caer en la cama y llora por la pérdida de su hija, de su hijo… y también de su mujer.

Su relación con Erin no volverá a estar bien nunca. Pero debe intentar arreglar las cosas con Michael. Desearía poder ir a la casa, hablar con él, pero no quiere enfrentarse a Erin y no cree que ella le deje entrar. Pero puede llamar al móvil de Michael. Le envía antes un mensaje, para decirle que lo va a llamar desde un número nuevo.

Está nervioso mientras suena el tono del teléfono de su hijo. Suena varias veces. William está a punto de colgar, desesperado, cuando Michael contesta. No dice nada.

—¿Michael? —dice William.

—Sí.

William descubre que no sabe qué decir.

—¿Estás bien? —pregunta por fin.

—Sí.

No parece estar bien. Parece perdido, como si estuviese sufriendo. Y William sabe que, en buena parte, es culpa suya.

—Lo siento, Michael —dice William—. Lo siento por todo. —Su voz se entrecorta con un sollozo—. Sabes que te quiero, ¿verdad? Os quiero a todos. —Michael permanece en silencio—. He cometido errores. Lo sé. Pero quiero…, espero…, puedes contar conmigo, Michael. Soy tu padre.

La línea se corta. Su hijo le ha colgado.

La hamburguesa y las patatas fritas que Gully ha devorado se asientan en su estómago formando un bulto. Piensa que es eso lo que pasa con casos como este, que todo consiste en comida basura y no dormir nada. Tampoco hay tiempo para hacer ejercicio en condiciones. Cuesta mantener la mente despejada. Recuerda su conversación telefónica con Erin Wooler esa misma noche y suspira, agotada. Es esencial saber si Marion Cooke está diciendo la verdad. ¿Es esta una búsqueda inútil? ¿El chico que está en la celda es inocente? ¿Están malgastando un tiempo precioso mientras el verdadero culpable huye?

Se acerca al ordenador. Investiga con más atención a Marion Cooke. Está divorciada. Sin hijos. Investiga a su exmarido. Greg Kleig. Hace una búsqueda sobre él. Sigue viviendo en Boston y no ha vuelto a casarse. Tiene un trabajo de informático. Y tiene dos condenas por agresión por unas denuncias presentadas por su exmujer. Investiga un poco más y encuentra un registro de la orden de alejamiento que ella consiguió poner contra él. Parece que Marion Cooke dice la verdad. Al menos, en esto.

Nora está sentada en medio de la casa vacía a oscuras, pensando en su hijo, solo en una celda. Faith se ha quedado a pasar la noche en casa de su amiga Samantha. De nuevo, había dispuesto que la madre de Samantha la recogiera cuando fueron detrás de Ryan a la comisaría de policía esa tarde. Qué oscuro se ha vuelto todo. Tiene miedo por Ryan. Tiene miedo por sí misma, miedo de su marido. Le duele la cara por el golpe que le ha dado.

¿Volverá esta noche?

Y si vuelve, ¿qué va a pasarle a ella?

Quiere pensar que todo va a ir bien, pero hace ya tiempo que no lo cree. No desde que Avery Wooler desapareció.

Ahí es cuando empezó todo. Si no la hubiesen mandado a su casa ese día, nada de esto habría ocurrido.

Nora podría haber decidido poner fin a su infeliz matrimonio, como han hecho millones de mujeres antes que ella. Podría haberse divorciado de su marido, William podría haberse divorciado de su mujer, y podrían haber estado juntos. Podrían haber sido felices. Podrían haber conseguido que funcionara. Las familias mezcladas no son tan inusuales. Pero ahora...

No puede pensar en William sin sentir desesperación. La culpa la abruma. Cree que, en cierto modo, sus actos están en el centro de todo este horror. La última vez que habló con él, por teléfono, parecía estar desmoronándose. Le había dicho que la quería. Ahora su propio hijo está en la cárcel, sospechoso del asesinato de la hija de él. ¿Y si William no puede pensar ahora en ella sin sentir repugnancia? ¿Y si su marido es el culpable?

Sabe que debería preparar una maleta y marcharse. Pero no tiene adónde ir y sus hijos la necesitan. Y siente, en cierto modo, que lo que le pueda suceder a ella es merecido. Lo que quiere ahora es la verdad. Pase lo que pase, quiere saber qué le ha ocurrido a Avery Wooler.

Espera a que su marido vuelva a casa.

40

Erin va recorriendo sin descanso el lado este de la calle, evitando pasar por la casa de los Blanchard. Llama a cada puerta y soporta las miradas de espanto y pena que recibe. Algunos muestran una amabilidad auténtica y su deseo de poder ayudar; otros no quieren hablar con ella, como si, de alguna manera, estuviese mancillada. Pero nadie confiesa ser el testigo anónimo y ninguno de ellos parece mentir, por lo que ella cree. Llega al final de la calle y cruza al otro lado. Ve el cartel de FAMILIA WINTER en el buzón de la siguiente casa. Erin no conoce a los Winter, ni sabe nada de ellos. Llama.

Pero, cuando la puerta se abre, queda claro que la mujer que lo hace sabe quién es. ¿Cómo no lo va a saber? Su cara ha aparecido en todas las noticias.

—¿Puedo pasar para hablar un minuto con usted? —pregunta Erin—. Soy Erin Wooler.

La mujer vacila antes de responder:

—Lo sé. Y lo siento mucho. Pase. Soy Gwen.

A Erin le parece una de las amables. La lleva a la sala de estar, donde un adolescente guapo está sentado de cualquier manera en un sillón con un iPad.

—Adam, ¿te importa dejarnos solas un momento? —pregunta su madre.

Él levanta la vista, sin mirar a Erin a los ojos y, en silencio, sale de la habitación.

—Sé a qué ha venido —dice Gwen una vez que se quedan solas, sentadas en la sala de estar.

Erin la mira y el corazón empieza a latirle con fuerza. ¿Ha encontrado a su testigo?

—Pero le aseguro que Adam no ha tenido nada que ver con su hija. No es más que un malvado chismorreo que ha lanzado alguien por tratarse de un chico distinto. Adam tiene autismo. La policía ya ha venido y saben que no tuvo nada que ver con ella.

Erin se queda sorprendida.

—Ah, no lo sabía. —Hace una pausa—. Imagino que debe ser difícil tener a un hijo dentro del espectro autista —dice Erin.

—Sí, muy difícil —asiente Gwen.

—Avery es también muy difícil —se descubre diciendo Erin. No tenía intención de decirlo, le ha salido sin más—. Tiene problemas de conducta, es muy desafiante. —Reprime un sollozo—. Deseo que regrese más que nada en el mundo.

—Claro que sí —dice Gwen—. Usted es su madre. La quiere, a pesar de todo.

—Hay un testigo anónimo —continúa Erin— que asegura que vio a Avery subir al coche de Ryan Blanchard.

—Lo he visto en las noticias —responde Gwen.

—¿Ha sido usted?

—¿Yo? No. Yo no vi nada. —Se inclina hacia delante y habla con ternura—: Usted quiere saber quién es el testigo, hablar con él en persona. Yo haría lo mismo. Ojalá pudiera ayudarla.

Parece decirlo de verdad. Erin asiente.

—¿Quiere que le ofrezca algo? ¿Una taza de té?

Pero Erin niega con la cabeza y se levanta para marcharse.

—Tengo que buscar a ese testigo. Tengo que saber si lo que dice es verdad.

La otra mujer se pone de pie.

—Si alguna vez quiere hablar, aquí me tiene. —Y añade—: Creo que le puede venir bien una amiga.

Al Blanchard está sentado en su coche, aparcado nada menos que detrás del contenedor en la parte de atrás del motel Breezes. No se le ocurría otro sitio al que ir. Ha salido de la ciudad por la autopista a toda velocidad, con el corazón más oscuro que una noche sin luna, y cuando ha visto el motel, le ha parecido sentir que lo llamaba. Encuentra una especie de extraño consuelo estando donde tantas veces se ha visto antes, donde todo empezó. Es como un lugar familiar, casi seguro. Siente una especie de nostalgia. Porque antes, cuando solía pasar las tardes detrás de este contenedor, solo sabía que su mujer le estaba engañando. Su hijo no era sospechoso de secuestro y asesinato de una niña y su mujer no sospechaba que él hubiese cometido esos mismos delitos tan atroces. Se queda ahí sentado durante un largo rato, a veces, con la mirada perdida en el cielo de la noche, otras, llorando sobre el volante.

Aterido de frío, piensa qué debería hacer. Siente que se está volviendo loco. Lo que le gustaría hacer es regresar a casa, rodear con sus grandes manos el largo y precioso cuello de Nora y apretar hasta que se muera. Se la imagina, con sus ojos mirándole con expresión de espanto, suplicantes, mientras él acaba con su vida. Y después, la mete en el coche y la trae aquí para tirarla en ese contenedor. A partir de ahí, no sabe. Su mente se bloquea. No puede ver más allá del acto de lanzar su cuerpo a ese contenedor, que ha sido testigo de lo que ella ha hecho, y de su humillación. Ese es su lugar.

Marion está en la cocina, preparándose una taza de té. Oye que llaman a la puerta y se queda inmóvil. ¿Y si ha vuelto la policía otra vez? Las luces están encendidas y no puede fingir que no está en casa. Deja el té en la encimera de la cocina y va hacia la puerta de la calle. La abre. No es la policía. Es peor que eso.

—¿Puedo pasar? —pregunta Erin Wooler, temblando en su puerta, con su rostro demacrado bajo la cruda luz del porche.

Marion siente que la sangre se le congela. No puede dejar que Erin Wooler entre. Su hija está en el sótano.

—¿Está bien? —pregunta Erin mirándola con atención.

Marion recurre a su formación como enfermera y se recompone. «Considéralo como una emergencia. No es más que una emergencia. Puedes hacerlo».

—Lo siento —dice a la vez que se lleva una mano a la frente—. Tengo la tensión baja y me he levantado demasiado rápido para abrir la puerta. Por un momento, he creído que me iba a desmayar.

—¿Puedo pasar? —repite Erin.

Marion intenta quitarle las ganas.

—Eh…, estaba a punto de darme un baño. —Pero Erin no hace caso de la indirecta. Se queda ahí, en la puerta, decidida, mirándola—. Pero claro, pase un momento.

Marion se aparta y la lleva a la cocina, en la parte de atrás de la casa. Si hablan en voz baja, es posible que Avery ni siquiera sepa que su madre ha estado aquí. Y Marion se dice a sí misma que, aunque Avery sí se dé cuenta de que su madre está arriba, no va a delatarse. Se ceñirá al plan.

«Pero ¿y si no lo hace?».

La cocina está en la parte posterior de la casa, que no queda encima del dormitorio donde está escondida Avery. Hay menos posibilidades de que las oiga desde aquí. Marion no ofrece a Erin una taza de té. Se sorprende mirando hacia la puerta del sótano y rápidamente aparta la vista. Saca una silla para Erin.

—Sé quién es usted, por supuesto —dice Marion en voz baja—. Es la mujer del doctor Wooler, la madre de la niña desaparecida.

41

Marion mantiene la mirada fija en Erin y, no puede evitarlo, también en la puerta del sótano, justo detrás del hombro izquierdo de Erin. De repente, le aterra que el pomo pueda girar. Pero la puerta está cerrada con pestillo. Avery podría haber oído la voz de su madre en la puerta de la calle; había oído a los agentes de policía. Marion la mira con un miedo irracional de que empiece a traquetear y ser golpeada mientras Avery intenta entrar en la cocina, y temiendo que pueda gritar.

—En serio, ¿está usted bien? —pregunta Erin con tono de preocupación—. Parece haber visto a un fantasma.

—La verdad es que no me encuentro bien —responde Marion apartando la vista de la puerta que tiene detrás y fijándola en el rostro de Erin. Intenta controlar sus miedos. No debe permitir que los nervios la traicionen. Solo tiene que mantener la calma y sacar a Erin de aquí lo antes posible. Incluso si Avery ha oído la voz de su madre en la puerta, guardará silencio en su dormitorio. No va a echarlo todo a perder ahora. Aunque después querrá saber de qué han hablado.

Lo que a continuación le pasa por la mente es si Erin sabe que su marido se ha estado acostando con Nora Blanchard. Erin y ella tienen eso en común: las dos han sido despiadadamente rechazadas por el mismo hombre. Ha elegido a Nora Blanchard antes que a ellas dos. Se descubre estudiando el rostro de Erin, haciendo las inevitables comparaciones. Marion piensa, con cierta satisfacción, que Erin no ha llevado bien esta crisis. Es evidente que le ha pasado una terrible factura.

—No voy a estar mucho rato —dice Erin—. Solo quería preguntarle una cosa.

Marion intenta concentrarse en lo que la otra mujer le dice. ¿Qué es lo que querrá preguntarle?

—¿Qué?

—¿Es usted la que ha dado la información de que Avery subió al coche de Ryan Blanchard?

Marion se sobresalta y siente que el corazón se le acelera. No se esperaba esto. Erin la está mirando fijamente.

—¿Lo es? —vuelve a preguntar Erin. Su voz suena ahora más alta, sospechando.

—No —responde Marion—. No he sido yo. —Le parece que suena convincente. Siempre se le ha dado bien mentir, aunque ahora la ha pillado a contrapié, desprevenida. No deja de pensar en Avery, escondida en el sótano.

Pero Erin la está mirando ahora.

—Ha sido usted, ¿verdad? Usted llamó a la policía para contar lo de Ryan.

Dios santo. Ve como Erin se levanta y la silla se arrastra ruidosamente por el suelo de baldosa.

—Está mintiendo —la acusa Erin—. Estoy segura. ¿Por qué miente?

La voz de Erin suena ahora más elevada y Marion se levanta también y se aparta, apretando el trasero contra la encimera mientras la otra mujer se acerca a ella. Erin parece una mujer poseída. Marion recuerda que atacó a Ryan en su propia casa por culpa de ella.

—No soy yo —protesta Marion. Debe controlar la situación y sacar a esta mujer de aquí.

Pero está claro que Erin no la cree.

—¿Por qué? ¿Por qué lo niega?

Marion la mira mientras intenta pensar. Siempre ha tenido la intención de dar la cara en público como la testigo después de que Avery se fuera. Será una satisfacción. Incluso lo está deseando. Habla en voz muy baja.

—Vale, sí, he sido yo.

—¿Por qué lo niega? —pregunta Erin—. ¿Es verdad? ¿La vio subir al coche? —Su voz suena ahora llena de rabia, demasiado alta.

Marion recupera la compostura. Debe ceñirse a su historia. Mantiene la voz baja aposta.

—No quería que mi nombre se supiera porque me estoy escondiendo de un exmarido maltratador. Me matará si me encuentra —dice Marion. Es muy convincente. Es como si se hubiese persuadido a sí misma de que su exmarido quiere matarla—. Y sí —añade en voz baja—. Vi a Avery subir al coche de Ryan ese día. —Mira a Erin a los ojos—. Es la verdad.

Espera que eso tranquilice a la otra mujer, que apacigüe las aguas. Una vez que lo sepa, se irá. Pero no es eso lo que ocurre.

—¿Está completamente segura de que era Avery?

—Estoy segura.

—Entonces ¿por qué esperó tanto tiempo para llamar? —grita Erin—. ¡Sabía que Avery había desaparecido! ¡Todo el mundo lo sabía! ¡Pero usted esperó más de un día!

La cara de Erin está lívida de la rabia. De la boca le salen gotas de saliva. Marion piensa que Erin va a golpearla. La situación se ha descontrolado. Marion intenta apaciguarla.

—Ya se lo he dicho. Tenía miedo de que mi marido...

Erin niega con la cabeza. No lo acepta.

—¡No! Usted podría haber llamado enseguida sin haber dado su nombre. No tenía por qué esperar. ¡Ella podría haber vuelto conmigo a casa si usted hubiera llamado enseguida! —Ahora está llorando. Llorando y gritando—. Pero no lo hizo. Y mi hija... no está. ¡Por su culpa!

—Salga de mi casa —dice Marion con una furiosa frialdad. Necesita que esa mujer se vaya ahora mismo.

Erin le vuelve a lanzar una última mirada de ira y sale de la casa.

Marion cierra la puerta con pestillo cuando sale, con el corazón golpeándole el pecho, y vuelve a la cocina, donde se apoya contra la encimera, con las manos aferrándose con fuerza al borde. Mira fijamente la puerta del sótano. ¿Lo ha oído Avery todo? Puede que sí, pese a que el dormitorio del sótano está más apartado.

42

A very está detrás de la puerta de la cocina, en el pequeño rellano que hay en lo alto de las escaleras del sótano. Sabe que Marion está en la cocina, al otro lado de la puerta, a pocos pasos de ella, porque lo ha escuchado todo. Ha oído que llamaban a la puerta y ha reconocido la voz de su madre. Ha oído los pasos que cruzaban por encima de ella y se alejaban camino de la cocina, y Avery ha llegado a la conclusión de que Marion no quería que ella escuchara la conversación. Avery se ha preguntado por qué no.

Marion se habrá esperado que ella se quedara en el dormitorio, a oscuras, sin moverse, sin querer que la descubran. Pero Avery quería saber qué estaba pasando, así que ha salido sigilosamente del dormitorio y ha subido las escaleras enmoquetadas para escuchar tras la puerta.

Lo que ha oído la ha dejado boquiabierta. Ha sido Marion la que ha llamado dando la información de que ella subió al coche de Ryan Blanchard, alejando las sospechas de su padre. Era mentira. Eso la ha puesto furiosa. «¿Por qué ha hecho eso?».

Pero aun así, Avery no estaba dispuesta a aparecer por sorpresa y echar a perder todos sus planes.

Ahora, su madre se ha ido y Avery está detrás de la puerta, llena de rabia, pensando qué hacer. Podría abrir la puerta ahora mismo y decirle a Marion que lo ha oído todo. Ver qué tiene que decir en su defensa. Eso es lo que quiere hacer. Le hace falta una tremenda fuerza de voluntad, pero regresa a su dormitorio del sótano sin hacer ruido.

El móvil de William Wooler suena en la mesita de noche de su habitación del hotel. Se queda mirándolo, nervioso, y después, contesta:

—¿Sí?

—¿William?

Es su mujer. Y parece enfadada.

—¿Qué pasa? ¿La han encontrado?

—No. Pero sé quién es la testigo.

¿Se lo ha dicho la policía? Se habían negado a contárselo a él.

—¿Quién? —pregunta con voz tensa.

—Marion Cooke. Vive en nuestra calle.

Él apoya la espalda en el cabecero de la cama. «Marion Cooke». Resulta desconcertante, increíble, saber que es ella la testigo, que es alguien a quien conoce.

—¿Cómo lo has sabido?

La escucha, impresionado, mientras ella le cuenta. Es más de lo que él ha hecho.

—Al principio, lo ha negado —dice Erin—. Pero después, lo ha confesado. Dice que es verdad que Avery subió al coche de Ryan y es evidente que la policía la cree, porque le han arrestado. Pero, William... —Ahora está llorando—. ¿Cómo pudo esperar tanto tiempo para llamar? Vio como él se la llevaba. Si hubiese llamado inmediatamente...

William piensa que tiene razón. Si lo hubiesen sabido antes, quizá la habrían encontrado a tiempo. Pero ahora... sabe..., lo saben los dos..., que puede ser demasiado tarde.

Siente cómo la rabia va inundándole, al igual que a su mujer. No sabe qué decir.

—¿William?

—No me lo puedo creer —dice con voz temblorosa—. Es enfermera en el hospital. —Se siente absolutamente traicionado por alguien a quien suele ver con regularidad. Ella sabía que Avery había subido al coche de Ryan y estuvo más de un día sin decir nada, aunque en todas las noticias decían que la estaban buscando y que la policía sospechaba que William le había hecho algo a su propia hija. No había dicho nada. ¿Por qué? Marion tiene que responder a muchas preguntas. Pero si dice la verdad, que Ryan se llevó a Avery... Siente cómo que la habitación le da vueltas.

—No sabía que trabajabais juntos —dice Erin—. No lo ha mencionado. —Llora con desesperación—. Si él no confiesa, jamás sabremos qué le ha pasado.

Cuando ella cuelga, William suelta el teléfono lleno de confusión. Erin cree que Marion dice la verdad sobre lo de que Avery subió al coche de Ryan. ¿Por qué iba a inventarse algo así? Pero él no quiere que eso sea verdad. Porque si lo fuera, es probable que Avery esté muerta.

Al principio, William creyó que Avery se había escapado. Él es el único, aparte de Avery, que sabe que le pegó aquel día con tanta fuerza que la tiró al suelo. Cuando lo piensa siente una profunda vergüenza. Recuerda haber salido hacia su coche, vacilar, y girarse con la intención de volver a entrar y suplicarle una vez más que le perdonara. Pero no lo hizo. Es el único que sabe lo furiosa que debía estar. Sabe que puede ser vengativa. Creía que se había escapado, pero, a medida que ha ido pasando el tiempo y no la encontraban, le pareció cada vez menos probable. Ha pasado de temer que volviera a aparecer y le contara a todo el mundo que le había pegado a temer que de verdad se la hubiese llevado alguien y que a él le arrestaran erróneamente por asesinato. Y ahora, su peor temor es que probablemente la haya secuestrado y asesinado el hijo de la mujer a la que ama.

Marion se queda apoyada sobre la encimera de la cocina, agarrada al borde, durante un largo rato. La situación se ha descontrolado. Han estado gritando. Intenta recordar exactamente qué es lo que han dicho, pero ahora es todo un revoltijo en su cabeza. ¿Es posible que Avery lo haya oído todo?

Debe bajar y enfrentarse a la niña: a sus preguntas, sus exigencias y su fría inteligencia. Sabe que cuanto más espere a bajar, más enfadada e impaciente se pondrá Avery. Pero antes tiene que pensar. Abre el frigorífico y saca una botella abierta de vino blanco. Se sirve una copa y bebe. Se la termina rápido.

Tiene que enfrentarse a Avery. Cuanto más lo retrase, peor será.

Avery oye que se abre la puerta de la cocina en lo alto de las escaleras. Ha dejado abierta la puerta de su dormitorio, esperando. Está de mal humor. Piensa que Marion ha tardado mucho tiempo. Probablemente, decidiendo qué decir. Avery está sentada en la cama. Es casi la hora de las noticias de las once.

Marion entra en el dormitorio y la mira con los brazos cruzados sobre el pecho.

—Ha venido tu madre —dice.

Está tratando de actuar con normalidad, pero no puede engañar a Avery.

—Ya lo sé —responde Avery con despreocupación—. ¿Qué quería?

Marion parece relajarse un poco. Se sienta en la cama.

—Ha ido por toda la calle tratando de averiguar quién ha llamado dando la pista sobre Ryan Blanchard. La policía no le quiere decir quién ha sido.

Avery se queda mirándola.

—He oído gritos.

Marion asiente.

—Tu madre estaba muy enfadada, despotricando con que la policía no está haciendo su trabajo. La preocupación la está volviendo loca.

Avery dirige la mirada a la televisión.

—Las noticias empiezan en un minuto. —Coge el mando a distancia y enciende la televisión, pero la deja en silencio hasta que comience el programa—. Estaba pensando en irme esta noche —dice. Pero Avery quiere castigar a Marion. Continúa—: Hasta que te he oído decir que has sido tú la que has dicho lo de Ryan Blanchard. —Se gira ahora para mirar a Marion—. ¿Crees que no lo he oído todo? ¿Creías que me iba a quedar en mi habitación como una niña buena? —La mira con desprecio, sintiéndose furiosa y superior—. Estaba justo detrás de la puerta de la cocina y lo he oído todo. —Se inclina para acercarse a la cara de Marion y vuelve a espetar—: Todo. —Se aparta—. ¿Por qué has hecho eso, Marion? —Al ver que Marion no responde, grita—: ¿Por qué lo has hecho? —Y se gira, coge la lamparita de la mesa de noche que está a su lado y la lanza contra la pared, donde se hace añicos por el fuerte golpe casi rozando la televisión. Pero Marion permanece irritantemente calmada.

Hay una larga pausa.

—Quería vengarme de su madre —dice por fin.

—¿Por qué?

—La odio —contesta Marion—. Trabaja de voluntaria en el hospital y actúa como si fuese mejor que las demás. Ni siquiera es enfermera. Pero tiene a todos los médicos comiendo de su mano.

—¿Por qué? —Avery quiere saber cómo consigue esta mujer que todo el mundo termine haciendo lo que ella desea.

—Porque es guapa. Esa es la única razón.

—¿A mi padre también? —pregunta.

—Sobre todo, a tu padre —responde Marion con rencor.

Avery se da cuenta de que está celosa. Por eso lo ha hecho. Avery puede entenderlo, pero no le gusta que Marion haya interferido en sus planes.

—¿Se está acostando con mi padre? —pregunta. Marion la mira como si le sorprendiera que una niña de nueve años pudiera decir una cosa así. Puede que solo tenga nueve años, pero es lista. Sabe lo que hacen los adultos.

—Sí.

—¿Cómo lo sabes? —pregunta Avery.

—Los vi juntos, en el hospital. No sabían que yo estaba allí.

Avery asimila esta información.

—Vas a retirarlo —dice, por fin.

—¿Qué?

—Vas a ir a la policía y vas a decir que te lo has inventado, lo de que me viste subir al coche de Ryan.

—No puedo hacer eso.

—Sí que puedes. Y lo vas a hacer.

43

Marion se queda mirando a la niña que está sentada en la cama, la que cree que tiene la sartén por el mango.

—No puedo —repite Marion.

—Tienes que hacerlo —insiste Avery—. O vamos a tener que cambiar de plan. —Avery la mira, furiosa—. Dijiste que me ibas a ayudar, Marion. Pero no es eso lo que has hecho, ¿no? Me has utilizado. Así que dile a la policía que has mentido con lo de Ryan o yo les contaré dónde he estado en realidad todo este tiempo.

Marion la mira, sorprendida de que esta niña de nueve años crea que es de verdad tan estúpida. Lo suficiente como para ponerse en manos de una niña egoísta y vengativa.

Avery aparta la mirada y sube el volumen de la televisión. Están empezando las noticias.

—Ah, y lo veré en las noticias y así sabré que de verdad lo has hecho. Porque ya no puedo fiarme de ti, ¿verdad? —Se gira y la mira con frialdad.

—Muy bien —responde Marion por fin. Se levanta y dice—: Solo quería verla sufrir, igual que tú querías ver sufrir a tu padre. —Pero Avery ha dirigido su atención a la televisión y ya no la mira a ella. Marion no se queda para ver las noticias. Sale de la habitación, vuelve a subir y cierra la puerta con pestillo en silencio al salir.

No va a cambiar su declaración a la policía. Ya no. Nunca. Pobre Avery.

Pobre tonta.

Ryan Blanchard oye un ruido acercándose hacia él. Tiene la mirada perdida sobre la pared de cemento que tiene delante de él en su celda.

Un agente está bajando a un hombre borracho y furioso a las celdas.

—Aparta tus putas manos de mí —grita el borracho.

—Ya basta —contesta el agente.

De repente, Ryan tiene miedo de que el agente meta al borracho agresivo en la celda con él. Pero pasan por delante y lo mete en la celda vacía que está a su lado, donde el hombre continúa maldiciendo y farfullando en voz alta. Ryan respira aliviado. Pero entonces, se da cuenta de que esto no es nada. La cárcel de verdad será mucho peor.

Se lo han quitado todo, incluidos los cordones de las zapatillas, así que no tiene nada con lo que suicidarse. Pero puede que exista una forma.

Creen que ha matado a una niña. Teme que su abogado también lo crea y no sabe qué pensarán sus padres. Está demasiado asustado como para seguir llorando.

Es tarde. La noche es clara y fría y la luna en cuarto creciente se ve de forma nítida en medio del cielo negro. Al no sabe cuánto tiempo lleva sentado en su coche, congelado detrás del contenedor, pensando en matar a su mujer. Sabe cómo lo va a hacer. Con sus propias manos. Sabe qué va a hacer con su cuerpo. Sabe que ella está en casa, sola. No va a poder defenderse. Cuando lo haya hecho, pasará el cadáver por la cocina y lo meterá en el maletero del coche. El coche estará en el garaje con la puerta cerrada. Piensa en lo curioso que es que tantas de estas casas tengan un garaje adosado a la casa. Eso hace que resulte muy fácil sacar un cadáver sin que nadie lo vea. Y después, la traerá aquí. Alguien podría ver cómo la saca del maletero y la mete en el contenedor. Eso es un riesgo. Ni siquiera va a envolverla en una manta. No está seguro de cómo va a salir sin que le descubran; sus pensamientos no llegan tan lejos. Y la verdad es que no le importa. Al fin y al cabo, todo se ha ido ya al infierno. Piensa en lo que su mujer ha dicho, en que cree que él es un asesino de niñas. Jamás podría hacer daño a una niña inocente. Pero sí podría estrangular a su mujer.

Quizá ella viera algo en él de lo que ni siquiera había sido consciente.

Gira la llave con mano temblorosa y pone el coche en marcha. Lo saca de detrás del contenedor y da la vuelta por delante del motel. Tiene intención de salir a la autopista, volver a Stanhope, con su esposa adúltera, pero se descubre pisando a fondo el freno, de repente, incapaz de respirar. Se detiene en un aparcamiento vacío. Le tiembla todo el cuerpo.

Se queda sentado en el coche, temblando como un flan. ¿En qué estaba pensando? No puede matar a su mujer. Está volviéndose loco. Se ha dejado llevar por una fantasía.

Abre la puerta del coche, cruza la acera hacia el parpadeante cartel de neón que señala la recepción del motel y pide una habitación. Cuando paga y coge la llave, todavía con manos temblorosas, se da cuenta de que la mujer aburrida que está detrás del mostrador no tiene ni idea de lo que ha estado pasando por su mente trastornada. Casi le dan ganas de advertirle que tenga cuidado con la gente. Gente como él.

Avery se mueve inquieta por el pequeño dormitorio del sótano, impaciente y frustrada. Mantenerse escondida todo este tiempo ha sido más difícil de lo que se esperaba. Marion ha salido hace mucho rato. ¿Cuánto tiempo se tarda en contar a la policía que has mentido?

Alimenta sus sentimientos de rabia y traición. Marion ha actuado a sus espaldas y ha denunciado a Ryan con una llamada anónima, sin esperarse que Avery se enterara.

Avery da vueltas por la habitación. Está muy enfadada con Marion. Puede que sí cambie su historia. Quizá debería decir que Marion la ha tenido encerrada en este sótano contra su voluntad y que ha conseguido escapar. Al fin y al cabo, hay una razón para que Marion mintiera a la policía: se la tenía jurada a Nora Blanchard desde hace tiempo. Podría decir que Marion la ha secuestrado y la ha escondido en su sótano para así poder acusar al hijo de Nora. Podría contarles que ella vino en busca de galletas y consuelo esa tarde, como había hecho en anteriores ocasiones, y que Marion la tentó para bajar al sótano, la golpeó con algo y, después, la dejó encerrada en el dormitorio del sótano. Es muy evidente que Marion está celosa de la guapa Nora Blanchard. Marion está enamorada de su padre. Todo encaja. Puede conseguir que funcione. Y nadie siquiera sabe que ella y Marion se conocían. Avery podría decir incluso que Marion lo tenía planeado desde hacía tiempo, que la había estado invitando durante todo el verano a galletas mientras le hacía preguntas sobre su padre, a la espera de que llegara el momento adecuado.

Es una historia mucho mejor que la que iba a contar.

Pasea por el pequeño dormitorio, rodeando los tres lados de la cama, una y otra vez.

Pero ¿y si Marion dice la verdad y cuenta que el «secuestro» había sido idea de Avery? Eso le preocupa. No cree que nadie la crea. ¿Qué niña de nueve años podría hacer algo así? Y sabrán que Marion mintió sobre Ryan porque ella nunca subió a su estúpido coche. Creerán a Avery, no a Marion, sobre todo cuando Avery les cuente que Marion está loca por su padre y tiene celos de Nora. Dirá que ha temido por su vida. No le importa lo que le pase a Marion. Marion la ha traicionado.

Podría marcharse ahora mismo, mientras Marion está fuera. Quizá debería hacerlo.

Sale del dormitorio a la estancia principal del sótano. Está muy oscuro y va tanteando mientras sube la escalera. Sabe que Marion no ha vuelto a casa; la habría oído. En el rellano de arriba, intenta girar el pomo de la puerta de la cocina, pero no gira. Está cerrado. Esto no se lo esperaba.

Está furiosa. No se lo puede creer. ¡Marion la ha dejado encerrada! ¡Cómo se atreve! Mientras ella estaba escondida y en silencio en el sótano, cumpliendo las reglas, y sin tener ni idea. Vuelve a probar a abrir, traqueteando. Da varias patadas a la puerta llena de furia. ¿Por qué ha cerrado Marion con llave? No tenía que hacer eso. Puede que ya no se fíe de ella tras haber amenazado con contar la verdad.

Se da la vuelta y baja de nuevo las escaleras.

A medida que va avanzando la noche, empieza a preguntarse qué es lo que está entreteniendo a Marion. ¿Y si ha perdido la cabeza? ¿Y si no vuelve nunca? ¿Y si se ha llevado el coche, el bolso y el pasaporte y no ha ido a la comisaría de policía? ¿Y si está en un avión con destino a algún lugar y deja que se muera aquí de sed y hambre, completamente sola? Avery está desesperada. No puede salir. Empieza a gritar pidiendo ayuda, dando golpes contra los barrotes de las ventanas, llorando, hasta que queda agotada. Pero no viene nadie.

Por fin, oye un vehículo que aparca en el camino de entrada. Se abre la puerta de un coche y, después, se cierra de golpe. Avery espera en el dormitorio. Su respiración acelerada por el pánico vuelve despacio a la normalidad. Entra en el pequeño baño y se lava la cara para que Marion no vea que ha estado llorando.

Claro que Marion iba a volver, piensa Avery. Marion no tiene intención de hacerle daño. Es una mujer adulta. Ha estado cuidando de ella. Es enfermera, su trabajo es ayudar a los demás. Solo ha cometido un error tonto y egoísta, eso es todo. No volverá a hacerlo.

44

Marion entra en la casa. Se ha obsequiado con un rico postre en su restaurante preferido que está abierto toda la noche, y se ha quedado allí un buen rato, leyendo un libro. Sentaba bien alejarse de la atmósfera opresiva de la casa por un tiempo.

Cierra con llave la puerta al entrar y va a la cocina. Deja el bolso en la encimera. Es muy tarde, casi las dos de la mañana. Le gustaría ir a su habitación y meterse en la cama, pero Avery estará esperando a que le cuente qué ha pasado. Se queda mirando la puerta del sótano, llena de desprecio. Por fin, quita el pestillo en silencio, se asoma a las escaleras y deja que la visión se le acostumbre a la oscuridad.

Baja despacio la escalera, agarrada a la barandilla, esperando que Avery esté ya dormida.

—¿Marion? —La voz de la niña se oye entre la oscuridad.

«Mierda».

—Sí, estoy aquí. —Va tanteando hasta que llega al dormitorio. La puerta está abierta, esperando. Y Avery enciende la otra lámpara de la mesita de noche, que está más cerca de la puerta. Está sentada con la espalda apoyada en el cabecero. El pequeño charco de luz ilumina a Avery desde abajo, dándole un aspecto espeluznante, como una niña malvada de alguna película de miedo. Parece malcriada, enfadada y peligrosa.

—¿Se lo has contado? —pregunta Avery.

Marion se deja caer sobre los pies de la cama.

—Sí.

Avery la obliga a que le cuente cada detalle del rato que ha estado en la comisaría de policía. Y Marion se inventa cada uno de los pormenores. Hace un buen trabajo. Siempre se le ha dado bien mentir. Por fin, Avery parece satisfecha.

—Bien —dice. La mira con sus fríos ojos azules—. Nunca más vuelvas a hacer algo así.

—No lo haré, lo juro —contesta Marion con gesto serio. Debe tenerla contenta hasta que llegue el momento. Se pone de pie.

—Y, Marion —dice Avery—. No vuelvas a cerrar más la puerta con cerrojo.

«Mierda», piensa Marion. «Ha intentado salir. Lo sabe».

—De acuerdo —asiente—. No lo haré. Lo siento, es la costumbre. Buenas noches.

Marion vuelve a subir, se pone el pijama y se mete en la cama. Por supuesto, ha cerrado el pestillo de la puerta del sótano. Está tan bien lubricado que no ha hecho ningún ruido. Avery sabe que la ha estado dejando encerrada. Pero ya no importa. Avery no puede subir. No puede salir. Avery se había fiado de ella. Había entrado en su casa esperando encontrar a una amiga, pero ha terminado cayendo en una trampa.

Avery ha cometido un terrible error.

Porque Marion no puede dejar que Avery siga con vida. El hecho de que Avery no parece ser consciente de esto todavía resulta casi cómico. Podría contar la verdad algún día sobre dónde ha estado. Ahora que sabe que ha estado encerrada. Secuestro. Podría pasar muchos años en la cárcel. No puede permitirlo.

Marion se dice a sí misma que en cuanto Avery desaparezca, todo saldrá tal y como ella desea.

Todo el mundo piensa ya que Avery está muerta. La policía no tiene ni idea de dónde está. Cree que Marion la vio subir al coche de Ryan Blanchard. Está segura de que la han creído. Jamás cambiará su declaración. Se irá a la tumba jurando que vio a Avery subir al coche de Ryan. Lo único que tiene que hacer es deshacerse de Avery. Y después, aparecerá en público para contar lo que vio. Parecerá una valiente cuando la gente entienda por qué no dio la cara antes, cuando oigan su historia sobre su exmarido maltratador.

Lo cierto es que su exmarido jamás le ha puesto un dedo encima. Aun así, ella había conseguido acusarle de agresión, dos veces, ambas habiéndose infligido ella misma heridas importantes. Y las autoridades la creyeron, las dos veces. Cuando él le dijo que su matrimonio se había acabado, ella quiso destrozarlo, y eso es lo que había hecho, sin remordimientos.

William no podrá siquiera mirar a Nora nunca más. La vida perfecta de Nora quedará destrozada. Y puede que William se enamore ahora de ella. Puede que esto los una. Recrea una pequeña fantasía en su cabeza, de cómo William, tras acabar con Nora, tras acabar con su mujer, la ve a ella con nuevos ojos...

Pero entonces, su mente regresa a la realidad. Va a tener que deshacerse de Avery y de cualquier rastro de ella. La envolverá en bolsas de basura y la meterá en el maletero de su coche bien entrada la noche. Nadie la está vigilando. No es sospechosa. Conducirá hasta algún lugar desierto y se deshará del cuerpo. Se pondrá guantes y ropa de la que también se pueda deshacer después, en otro lugar.

La casa es otro problema. Tardará días en limpiar el sótano. Tendrá que lavar las sábanas, fregar las superficies, pasar la aspiradora por la moqueta una y otra vez y tirar la bolsa de la aspiradora en algún lugar. Y tendrá que limpiar también arriba, porque Avery solía entrar a su cocina a por galletas durante el verano, cuando Marion estaba tratando de sacarle información de su padre. Hay mucho que hacer. ¿Cómo puede estar segura de hacerlo todo? Pero, por otra parte, nadie va a registrar su casa de todos modos. Si finalmente encuentran el cadáver de Avery, ¿por qué van a ir a registrar la casa de Marion? Ella ni siquiera conocía a Avery. Solo es una persona que vio cómo la niña subía a un coche.

Marion es una persona malévola, pero no violenta. Puede que por eso haya estado retrasando esto. Avery es violenta, dada a las rabietas, y se defenderá. Así que Marion ya ha decidido que lo mejor será drogarla antes. Ponerle una dosis de algo en la comida. Marion tiene bastantes somníferos en el botiquín como para dejarla inconsciente. Esa niña come como un cerdo; para cuando se lo haya tragado, será demasiado tarde.

La estrangulará mientras duerme. Y después, la desnudará, utilizará el accesorio de mano de la aspiradora para limpiarle el cuerpo a fondo, para quitarle cualquier pelo o fibra. Lo hará mañana. Y mañana por la noche, cuando oscurezca, se deshará del cadáver. Ha llegado el momento. Ha estado esperando a que hubiese menos presencia de la policía. Y no cree que pueda soportar tener a esa mocosa en su sótano un día más.

Avery está tumbada despierta en medio de la oscuridad, preguntándose qué estará pensando Marion arriba, en la cama. Está segura de que Marion está bien despierta, igual que ella. No se fían la una de la otra. Avery piensa que Marion la ha traicionado; merece lo que le va a pasar.

Avery está ocupada preparando nuevos planes. Cuando llegue el momento, no se escabullirá hacia el bosque para reaparecer con una historia sobre un desconocido, como habían acordado. Ahora tiene una historia nueva. Dirá que Marion la secuestró y la retuvo contra su voluntad, que ha escapado, y la creerán. Y Avery cree que no habrá nada que Marion pueda hacer porque Avery tiene todas las de ganar.

45

A la mañana siguiente, Marion abre los somníferos uno a uno y vacía su contenido en un vaso de leche que está sobre la encimera. Tendrá que deshacerse después de la caja. Le preocupa por un momento que Avery note el sabor de las pastillas, pero luego decide que puede contar con que se va a beber la leche con su tostada con crema de cacahuete. Le ha llevado a Avery el mismo desayuno cada mañana desde que está aquí y siempre se lo termina del todo. Marion está deseando que llegue el día en que no tenga que prepararle ninguna comida más a esa mocosa. Quiere volver a estar sola en su casa. Quiere que todo vuelva a la normalidad.

Remueve el contenido de la última pastilla en el vaso de leche. Abre el pestillo de la puerta que lleva al sótano y baja con cuidado la escalera con el plato de la tostada y el vaso de leche. Llega a la habitación y empuja la puerta con el pie.

Se queda mirando a Avery un momento. Parece que está normal, pero Marion sabe que no es así. Aunque, por otra parte, Marion sabe que tampoco es que esa niña sea precisamente normal. Las dos están participando en una especie de espantosa danza macabra.

Ha llegado la hora de hacer algo al respecto. Le pasa a Avery el vaso.

Avery ve las noticias de la mañana sola, mientras desayuna. Marion se ha ido rápidamente con la excusa de que tenía cosas que hacer.

En las noticias de la mañana no dicen nada de que el misterioso testigo haya cambiado su versión. No dicen nada de que hayan soltado a Ryan Blanchard. Según el telediario, todavía sigue arrestado, sospechoso de haberla secuestrado. «¿Por qué?».

La mente de Avery se dispara. Habrían soltado a Ryan si Marion hubiese confesado a la policía que se lo ha inventado todo, como dijo que había hecho anoche. Pero quizá no lo hiciera. Quizá Marion no llegó a ir anoche a la comisaría de policía.

Avery termina teniéndolo exasperantemente claro, primero como una posibilidad y, luego, como una certeza. «Marion no les ha dicho nada». Le ha mentido… ¡otra vez! No quería cambiar su declaración y no lo ha hecho. Le ha vuelto a mentir porque quiere que Ryan Blanchard sea declarado culpable de su desaparición. Pero Marion tiene que ser consciente de que cuando Avery reaparezca, todos sabrán que nunca…

Ah. El corazón de Avery casi se detiene.

Deja el vaso de leche a medio beber. Se ve invadida por la sospecha y por un repentino miedo. Con el corazón latiéndole con fuerza, piensa en la puerta de la cocina. ¿Ha cerrado con pestillo? Sube sigilosamente las escaleras y, en silencio, prueba a abrir. El pomo no gira. Marion ha vuelto a echar el pestillo de la puerta. Está encerrada. Nadie sabe que ella está aquí. No hay forma de salir de este sótano a menos que Marion se lo permita. Y Marion no va a hacer eso. Nunca más.

Algo inquieta a Gully mientras coge otra taza de café en la comisaría de policía. Hay algo que le preocupa, como si se le hubiese caído un hilo en algún sitio y no lo pudiera encontrar. ¿Qué es?

Vuelve a su mesa, se deja caer en su silla... y entonces, se le ocurre. Busca en el ordenador. Lo tiene delante de los ojos, algo que ya había visto antes. Marion, la testigo convincente, que tiene miedo de su marido. El hecho de que tenga miedo de su marido es completamente lógico. Tiene dos condenas por agresión y una orden de alejamiento. Pero ahora, Gully está mirando una información en la pantalla a la que antes no había prestado suficiente atención. Marion ha pasado toda su vida de casada viviendo y trabajando en Boston. Pero se crio en Stanhope. Sus padres están aquí. Si Marion no quiere que la encuentren, ¿por qué ha vuelto a su ciudad natal, donde viven sus padres? Si su exmarido quisiera buscarla, no se lo ha puesto muy difícil. No se ha cambiado de nombre. Entonces, ¿por qué esconderse tras una llamada anónima? ¿Es todo una mentira? Han tenido arrestado a ese chico durante la noche basándose en la declaración de su testigo. Pero ¿y si es una falsedad? Se levanta y ve a

Bledsoe. Le cuenta sus inquietudes. Él asiente con el ceño fruncido

—Ve a verla —dice—. Llega hasta el fondo de esto.

Arriba, Marion está ocupada haciendo cosas en la casa, esperando a que los somníferos hagan efecto. Después, se sienta en la mesa de la cocina, moviendo los ojos entre la puerta del sótano y el reloj del horno. ¿Cuánto tiempo tardará Avery en quedar completamente inconsciente? Marion no quiere bajar demasiado pronto. Ha cogido una cuerda del garaje y la tiene sobre la mesa de la cocina, como si la estuviera mirando. Tendrá que deshacerse también de la cuerda.

Cuando cree que ya es hora de ir a verla, Marion se arma de valor y gira el pestillo de la puerta.

La abre y, cuando entra en el rellano y levanta el brazo para encender el interruptor de la luz, siente un fuerte empujón en la cadera que le hace perder el equilibrio por completo.

Marion cae por las escaleras. Y mientras lo hace, es como si todo estuviese ocurriendo en medio de una neblina y a cámara lenta y, sin embargo, puede pensar con claridad. Piensa que Avery la ha vencido. Está sorprendida, furiosa, desesperada, mientras cae por las escaleras, golpeándose la cabeza, los brazos y las piernas al mismo tiempo. Marion se da cuenta de que la puerta que tiene detrás se ha quedado abierta. «¿Cómo no lo había visto venir?». Se da un fuerte golpe en la nuca con el afilado pie de la escalera y termina tumbada boca arriba en el suelo, aturdida y con un dolor insoportable. Levanta los ojos al techo, mareada, asustada de que Avery se pueda escapar.

Pero Avery no ha huido, todavía no. Está de pie sobre ella. Mira a Marion sonriendo, con una espantosa mueca. Y ahora Marion está segura de que Avery es mala de verdad, que no tiene ningún límite moral. Ahora, Marion piensa que Avery es capaz de cualquier cosa. Tiene el egoísmo frío e insensible de una psicópata. En eso son parecidas. Y en sus últimos momentos, mientras nota que la sangre se le derrama por el cuello, Marion sabe que Avery ha ganado.

Avery disfruta de su momento de triunfo, deleitándose en el terror de los ojos de Marion, que se van apagando. Ve fascinada cómo el charco de sangre se extiende bajo la cabeza de Marion. Nunca antes ha visto morir a nadie. Avery se inclina sobre ella hasta estar segura. Los ojos de Marion están abiertos, pero ya no está. Marion está muerta.

Avery ve la cuerda que ha caído de la mano de Marion. Así que tenía razón. Marion sí que iba a matarla. Todavía le cuesta creerlo.

Pero esto es perfecto. Marion ha muerto al caer por las escaleras mientras Avery trataba de escapar. Ahora puede salir de la casa, correr por la calle gritando. No es que vayan a acusarla a ella de asesinato. Ha sido en defensa propia. Tiene nueve años y la habían secuestrado. Todo el mundo se pondrá de su parte.

Echa un último vistazo a su alrededor, lo deja todo como está y vuelve a subir corriendo las escaleras hacia la puerta abierta. Llega a la cocina que tan bien conoce. Ve un blíster vacío de somníferos en la encimera de la cocina.

Sí, es perfecto. Creerán que ha estado retenida, que la han drogado, que Marion tenía intención de matarla... porque todo eso es verdad. Se detiene en la puerta de la casa para mirarse en el espejo que hay sobre la mesa de la entrada. Tiene buen aspecto. Así no servirá.

Cambia la cara hasta convertirla en una careta de miedo y espanto, abre la puerta... y se sorprende al ver a una mujer que va subiendo por el camino de entrada. La mujer se detiene en seco, como si hubiese visto a un fantasma.

46

Gully está atónita. Reconoce a Avery Wooler, ve que se empieza a desvanecer y corre hacia ella para impedir que caiga. El corazón le late con fuerza. Mira hacia la puerta abierta que está detrás de Avery. ¿Qué ha pasado aquí? ¿Está Marion ahí dentro? ¿Hay alguien más ahí con ella? Coge su radio y pide refuerzos, una ambulancia. Llama a Bledsoe. Los ojos de Avery se abren parpadeando y la miran.

—Avery —dice Gully, sujetando en sus brazos el cuerpo de la pequeña niña—. ¿Hay alguien en la casa?

—La he empujado por las escaleras —consigue decir Avery. Sus ojos parpadean y vuelven a cerrarse.

Un coche patrulla se detiene con un chirrido delante de la casa con una ambulancia justo detrás, mientras la mente de Gully se dispara. Avery ha debido estar retenida en esta casa, en su misma calle, todo este tiempo, y no se han dado cuenta. Gully siente incredulidad y una espantosa sensación de fracaso. Le han fallado a esta niña. Pero está viva, y a salvo. No gracias a ellos.

Los agentes de uniforme suben corriendo los escalones y Gully les ordena que aseguren la casa mientras llegan otros coches patrulla. Los paramédicos de la ambulancia se inclinan sobre Avery mientras Gully se aparta. Los agentes vuelven al porche delantero e informan a Gully de que la casa está asegurada y de que hay un cuerpo de una mujer en el sótano.

Llega Bledsoe y ordena a los agentes que vayan calle abajo a por Erin Wooler. Ordena también que alguien traiga a William Wooler. Todo está ocurriendo muy deprisa pero, para Gully, es como si todo se hubiese detenido. Siente como si hubiese asistido a una explosión. Está aturdida, desorientada, todo está amortiguado y mudo.

Llega Erin, con Michael, mientras los sanitarios de la ambulancia comprueban el estado de Avery, y se abre camino hacia ella. Cae sobre su hija, entre sollozos.

—Avery, Avery —grita mientras abraza a su hija con fuerza. La abraza como si no la fuese a soltar nunca.

Michael mira desde fuera, con las lágrimas cayéndole por su pálida cara.

Gully siente que sus propios ojos se le inundan y puede notar también la emoción en Bledsoe y en todos los que están al lado. Esta niña ha estado desaparecida durante cuatro días, probablemente muchos la daban por muerta. Solo Dios sabe lo que habrá sufrido. Pero tienen un final feliz. Ha vuelto con ellos.

Por fin, llega William y se agacha junto a su mujer, llorando y mirando a su hija con atención. Parece que ninguno de los dos padres puede creerse que su hija esté viva.

Al final, Bledsoe se acerca y pide con voz cautelosa a Erin y a William si puede hablar con su hija. Se apartan, asintiendo. Avery parece reacia a querer separarse de los brazos de su madre.

—Avery —dice Bledsoe tras agacharse a su lado—. ¿Puedes contarnos qué ha pasado?

Gully se acerca para oírla.

Avery asiente. La ayudan a sentarse. Al principio, parece que le cuesta hablar, pero cuando consigue recuperar la voz, suena con tono histérico.

—Me encerró en el sótano. ¡Iba a matarme pero yo la he empujado por las escaleras! —La niña está ahora hiperventilando.

—No te preocupes, Avery. Ya no puede hacerte nada —dice Gully—. Está muerta.

Gully levanta los ojos hacia los padres. Los dos parecen estar impactados.

—Era Marion Cooke —dice.

William tiene que contener las náuseas. Marion Cooke ha hecho esto. Marion Cooke tenía a su hija durante todo este tiempo. No se lo puede creer. ¿Cómo ha podido ser tal monstruo?

Mira fijamente a su traumatizada hija. Marion está muerta. Parece que ha muerto al caer por las escaleras. Tarda un momento en asimilarlo. Su hija pequeña ha matado a una persona. No quiere ni imaginárselo. Se dice a sí mismo que su vida corría peligro y eso lo justifica todo.

Erin mira a su hija y la felicidad de haberla encontrado no queda en absoluto empañada por el hecho de que Marion esté muerta. Avery la ha empujado por las escaleras y la ha matado. Erin recuerda su visita a esta casa la noche anterior. Avery debía estar en el sótano todo el tiempo que estuvo aquí. Siente que está a punto de marearse.

Avery ha hecho lo que debía. Su hija es una superviviente. No se ha rendido. En ese sentido, es como su madre. Pero lo que no entiende es por qué Marion Cooke secuestró a su hija.

Gully observa cómo suben a Avery a la ambulancia. Ahora se ha congregado una muchedumbre en la calle, entre prensa y curiosos, todos ansiosos. Bledsoe y ella tomarán declaración oficial a Avery después de que la examinen a fondo en el hospital, pero ahora tienen cosas que hacer. Gully mira a Bledsoe mientras él saca su teléfono y llama al equipo de la policía científica.

Ella se gira y entra con andar fatigoso a la casa. Había pasado esto por alto. Todos lo habían pasado por alto. Pasará como la mayor metedura de pata de su carrera. ¿Por qué no habían prestado antes más atención a Marion Cooke? Les pareció una testigo fiable cuando dijo que había visto a Avery subir al coche de Ryan Blanchard. Y todo este tiempo, Avery había estado encerrada en su sótano. Podría haber sido todo distinto si Gully hubiese llegado apenas unos minutos antes.

Habían dado por supuesto el móvil sexual, porque la gran mayoría de este tipo de casos son de naturaleza sexual: una niña pequeña secuestrada por un hombre, violada y asesinada. No se le había ocurrido a ella ni a nadie que Marion Cooke podría haberse llevado a la niña.

Bledsoe está poniéndose unos guantes de látex y ella hace lo mismo.

Gully piensa cómo puede afectarle todo esto a Avery, el sufrimiento de ser secuestrada, de matar a otro ser humano para sobrevivir. Tendrán que añadir un trastorno de estrés postraumático a sus otros diagnósticos.

La sala de estar parece ordenada y se dirigen a la cocina. Bledsoe ve de inmediato el paquete vacío de somníferos sobre la encimera de la cocina.

—Mira esto.

—La estaba drogando —dice Gully.

Bledsoe asiente y mira por la cocina. Los dos ven la puerta abierta que conduce al sótano. Ven el cadáver en el suelo al fondo de las escaleras. Despacio, bajan y se detienen sobre el cuerpo de Marion Cooke, en silencio, sin acercarse demasiado para no contaminar nada.

—Dios santo —dice Bledsoe.

Gully observa toda la escena, ve la cuerda en el suelo.

—Parece que Marion la había drogado y puede que tuviera intención de estrangularla.

Justo entonces oyen un sonido arriba. Ha llegado el equipo de la policía científica.

47

Erin Wooler está en el hospital. Es el mismo donde trabaja su marido, donde trabajaba Marion Cooke. Espera a que el médico y la enfermera terminen de examinar a su hija.

Está muy agradecida de tener a su hija de vuelta, viva y, al parecer, ilesa. Al menos, en el sentido que más temían. Pero esto le va a provocar un daño, un daño espantoso, y Erin tendrá que estar al lado de Avery y esforzarse por ayudarla a superarlo. Se pregunta si William estará también a su lado para ayudar a su hija. Su matrimonio ha terminado, pero sigue siendo el padre de Avery. Debe cumplir con su parte, aunque ella es la que siempre se ha ocupado más de criar a los niños, sobre todo, a su difícil hija. Rodea con el brazo a Michael mientras están sentados en las sillas de plástico de la sala de espera. Parece como si a Michael le hubiesen quitado un enorme peso de encima.

Ella levanta los ojos para mirar a su marido, que está sentado en frente de ella, en una idéntica fila de sillas de plástico; tiene los codos apoyados en las rodillas y está inclinado hacia delante, con la mirada perdida en el suelo. El afamado doctor reducido a un asiento de una sala de espera mientras sus compañeros hacen su trabajo. Lo mira como si tratara de encontrarle sentido a todo esto, mientras intenta adivinar por qué Marion se llevaría a su hija.

William puede sentir los ojos de su mujer sobre él, pero no la mira. No entiende qué ha pasado. Marion está muerta. No puede decirles qué estaba pensando.

Por fin, sale el médico a la sala de espera y les hace una señal para que se acerquen. William se pone de pie de inmediato y Erin y él siguen al doctor a otra sala que está en el pasillo. Michael se queda en la sala de espera.

El médico toma asiento y les dice que se sienten en las sillas que tiene delante. William traga saliva, nervioso, temeroso de lo que está a punto de oír.

—Físicamente se encuentra en perfecto estado —dice el médico—. Parece estar bien hidratada y alimentada. No ha sufrido lesiones ni ha sido violada físicamente, en ningún sentido. Sin embargo, es evidente que sí ha sufrido un trauma severo y van a tener que buscar ayuda para eso. Les pasaré algunas recomendaciones.

—Gracias —contesta William.

Erin asiente a su lado.

—Sí, gracias. ¿Puede venirse a casa?

—Ah, sí. Yo creo que será lo mejor para ella.

Se ha corrido la voz y ahora todo el mundo sabe que Avery Wooler ha escapado de su secuestradora. Una multitud los espera en la puerta del hospital y Avery tiene que contener el impulso de aparecer con un gesto de triunfo. Se siente como una heroína y le gustaría que la aclamaran como tal. Pero Marion está muerta y ella no puede salir del hospital con la cabeza en alto, encantada, después de lo que ha sufrido. No es eso lo que la gente se espera. Estarán esperando ver a una niña traumatizada, desorientada y todavía asustada. Y eso es lo que ella les va a dar.

La policía los va a llevar a casa, y eso resulta emocionante. La meten en la parte de atrás de un coche patrulla con su madre mientras su padre los sigue detrás con Michael en otro coche de policía. Cuando salen del hospital son perseguidos por varios reporteros y Avery se da la vuelta y los mira por la ventana de atrás todo el tiempo que le es posible, porque estar a solas con su madre le incomoda. No quiere que la observe demasiado. Sin embargo, su madre la quiere y siempre pensará lo mejor de ella aunque, en realidad, no debería. Su padre no es así. Es por su padre por quien debería estar nerviosa. Pero él ya la teme y ella quiere que siga siendo así.

Su madre no habla durante todo el trayecto hasta la casa, pero mantiene su mano aferrada con fuerza y no deja de mirarla, como si no pudiese creer que fuera real. Avery se muestra silenciosa y llorosa y deja que su madre le agarre la mano, aunque no es algo que ella toleraría con normalidad.

Cuando llegan a la casa, los agentes de uniforme las acompañan rápidamente al interior, rodeándola como si fuese algo valioso. Hay reporteros también aquí, esperando su regreso. Avery entra la primera en la casa, después de que su madre abra la puerta con la llave. Solo han pasado cuatro días desde que salió por la puerta de atrás de esta casa y apareció en la de Marion. Es como si hubiese pasado mucho tiempo. Su madre se acerca por detrás. Su padre y su hermano llegan a continuación y todos entran en la cocina. Los dos agentes de uniforme se quedan dentro de la casa con ellos.

Cree que su padre finge estar feliz, pero la mira con inquietud. Avery sabe que se está acordando de la última vez que estuvieron en esta cocina, cuando la golpeó con tanta fuerza que terminó en el suelo. William se pregunta si ella lo contará. Podría hacerlo. Avery intenta expresárselo con los ojos y él aparta la vista.

—¿Por qué siguen ustedes aquí? —pregunta Avery a los agentes de policía.

—Debemos quedarnos hasta que lleguen los detectives Bledsoe y Gully —le explica uno de ellos.

Eso no le gusta. Habría preferido tener un poco de intimidad, de respiro, pero no puede hacer nada al respecto. Los detectives van a venir y ella debe estar preparada.

Michael ha regresado a casa desde el hospital en el asiento trasero de un coche patrulla con su padre, que estaba inusualmente callado. Siente un tremendo alivio porque hayan encontrado a Avery. Ahora, su madre volverá a la normalidad. Ha estado enormemente preocupado por ella. Pero él sigue un poco inquieto. La mujer que se llevó a Avery está muerta. No está seguro de qué va a pasar ahora.

Una vez que entran en la casa, el ambiente parece cargado, extraño. Todos querían a Avery de vuelta y ahora está aquí. Pero es como si todos actuaran con pies de plomo. No ayuda el hecho de que los dos agentes de la policía estén con ellos en la casa. Entran en la cocina.

—¿Quieres comer algo, Avery? —pregunta su madre, como para romper el hielo.

Avery se sienta en una silla junto a la mesa de la cocina, como si de repente estuviese demasiado débil para estar de pie.

—Sí —responde.

A Michael todo esto le parece raro. Nadie sabe qué decir, cómo actuar, después de algo así.

—Puedo prepararte una tostada con huevos, ¿quieres?

—Vale.

Michael descubre que su padre mira a Avery con expresión como de miedo. Nunca ha visto a su padre mirándola así. Se pregunta qué estará pasando.

—¿Puedo coger galletas? —pregunta Avery mientras su madre empieza a freír los huevos.

—¿No crees que deberías comerte antes los huevos? —responde su madre.

—Quiero las galletas ahora —insiste Avery.

Su madre las saca del armario y le pasa el paquete. Michael mira fijamente a Avery y ella lo mira a él mientras se come ruidosamente las galletas, directamente del paquete. No le ofrece ninguna.

—Me alegra que estés de vuelta —dice Michael con sinceridad.

Avery lo mira como si no le creyera.

A Michael se le ocurre que quizá ella no sepa reconocer el cariño.

48

Alice Seton está conmocionada. Está de pie en su sala de estar, mirando por la ventana hacia la casa de los Wooler, al otro lado de la calle. Hay una muchedumbre de periodistas y de otras personas también. Ve un cartel escrito a mano sobre un cartón y lee lo que dice: BIENVENIDA A CASA, AVERY.

Debe ser la única que no está del todo feliz porque Avery esté viva, a salvo y de vuelta en su casa.

Cuando oyó la noticia de que Avery había aparecido, no podía creérselo. No estaba en casa cuando la encontraron en la puerta de su vecina Marion Cooke, así que no vio nada de eso con sus propios ojos. Pero se lo contaron todo después varios vecinos cuando llegó a casa con Jenna de su clase de ballet. Vio el escándalo en la calle y se enteró de toda la increíble historia.

«Marion Cooke», piensa mirando por la ventana. Eso tampoco se lo puede creer. Probablemente como todo el mundo, había supuesto que a Avery se la había llevado algún hombre y la habría asesinado. Había estado preocupada por la seguridad de su propia hija.

No conocía a Marion Cooke, solo de vista. Y ahora está muerta. ¿Por qué secuestraría a Avery?

No se siente orgullosa de ello, pero su primer pensamiento cuando supo que Avery estaba viva no fue de alivio ni felicidad. Había creído que Avery estaba muerta. Y había encontrado en ello cierto consuelo impío. Porque si Derek le hubiese hecho algo a Avery, por muy leve o inocente que fuera, ella ya no estaría para contarlo. Nunca se había fiado de Avery. Hay algo en ella. Jenna dice que es una mentirosa.

Ahora, mira nerviosa desde la acera de enfrente. Intenta sentirse contenta por Erin, pero está inquieta. ¿Va la policía a hacer un seguimiento de su historia sobre el chico mayor? ¿O lo dejarán pasar? No es probable que Erin lo deje pasar. Puede que Avery confiese que se lo inventó. Puede que no fuese Derek al final. Pero quizá les cuente algo más, algo feo y falso. Pete se acerca por detrás de ella en silencio y le pone las manos sobre los hombros.

—No te preocupes —dice, como si le leyera la mente—. Es imposible que Derek le hiciera nada a Avery. Limitémonos a alegrarnos porque está bien.

El ambiente en casa de los Blanchard es de celebración. Han liberado a Ryan y ha vuelto a casa. Casi no pueden creerse este repentino giro de los acontecimientos. Pero hay un trasfondo de angustia.

Al había vuelto esta mañana. Nora no le ha dicho una sola palabra directamente a su marido desde que ha vuelto.

No parece en absoluto arrepentido por haberle pegado. Ella lo descubre mirándola de vez en cuando con una expresión de repugnancia, o quizá de alarma, no está segura. Ya no sabe qué está pensando. Apenas soporta estar cerca de su marido. Le tiene miedo.

Ella, Al y Faith estaban en casa cuando ocurrió. Se encontraban en la cocina. Faith había vuelto de pasar la noche en casa de Samantha. Oyeron el ruido, un coche patrulla que pasaba a toda velocidad por su calle, con la sirena encendida y, después, una ambulancia, y vieron desde cierta distancia cómo ocurría todo.

No mucho después, han dejado salir a Ryan y lo han traído a casa. Nora casi se desmaya por el alivio y daba en silencio y de forma fervorosa las gracias a Dios.

Ya han pasado varias horas desde que Nora se enteró de que había sido Marion la que había tenido a Avery todo este tiempo. Su marido no le había hecho nada a esa pobre niña. Ahora que sabe la verdad, le parece imposible haber llegado a sospechar de él. Debió volverse loca por culpa del miedo que sentía por su hijo, y por su propia sensación de culpa. No podía pensar con claridad. Al no era capaz de algo así. Le había pegado, pero ella le acababa de acusar de matar a una niña. No era Al el lobo con piel de cordero, sino Marion, una enfermera del hospital, una mujer con la que normalmente trabajaba. Y no se le había ocurrido. Nadie lo había imaginado.

Hasta ahora, no han dicho nada en las noticias sobre el motivo por el que Marion habría podido hacerlo. Lo único que saben son los datos esenciales: que Avery ha estado retenida en el sótano de Marion Cooke, que Avery ha escapado y que Marion está muerta.

Pero Nora sabe el motivo.

Marion estaba enamorada de William. Nora siempre lo ha sabido, lo ha visto en la forma de actuar de Marion en presencia de él, en cómo lo miraba cuando creía que nadie la observaba. Y Marion debió saber, como fuera, que William estaba enamorado de Nora. Así que Marion secuestró a su hija y culpó al hijo de Nora. Marion es el monstruo, no Al. Pero es Nora la culpable. Si no hubiese sido por ella, por su adulterio, por su pecado, nada de esto habría ocurrido jamás.

Y cada vez que mira a su marido, se pregunta si él estará pensando lo mismo, que ella está en el centro de todo esto. Pero no se acerca a ella, no le escupe en voz baja a la cara que se había equivocado con él. En lugar de eso, la evita.

Todo esto la tiene aturdida. ¿Y si Marion hubiese conseguido su objetivo? ¿Y si hubiese matado a Avery? Es posible que no la hubiesen encontrado nunca. Ryan no habría quedado nunca libre de sospecha, ni tampoco William. Sus vidas habrían quedado destruidas. Erin no se habría recuperado jamás. El plan de Marion estaba perfectamente diseñado para sabotear cualquier posibilidad de que William y ella fuesen felices juntos. Qué malvada había sido Marion. Cómo debía haberlos odiado a los dos.

49

Gully enciende la grabadora de vídeo y empiezan. Bledsoe y ella están en sus sillones de siempre mientras que Avery está sentada en el sofá, flanqueada por sus padres a cada lado. Debido a su tierna edad, han decidido hacer esto en casa en lugar de en la comisaría. A Michael le han pedido que se quede arriba y él ha obedecido de buen grado. Gully se pregunta si estará escuchando a la vuelta de la esquina, sin que lo vean. Es lo que ella haría si fuese él.

—Avery —empieza Bledsoe—. Sé que esto es difícil, pero es importante que nos cuentes todo lo que ha pasado, desde el principio, desde el martes por la tarde. ¿Lo podrás hacer?

Ella asiente con valentía y respira hondo.

—Vale. La señorita Burke me echó del coro y me mandó a casa. —Se detiene.

—¿Viniste directamente a casa? —pregunta Bledsoe. Ella hace un gesto de asentimiento—. ¿Puedes hablar para que se te oiga, por favor, Avery?

—Sí. Se suponía que tenía que esperar a Michael, pero no quise. Mamá y papá no me han dado todavía una llave, pero hay una debajo del felpudo de la puerta. Me lo contó Michael. —Y continúa—: Entré en la cocina. —Vuelve a hacer una pausa.

A Gully casi le parece como si estuviese sacándolo todo lentamente, para crear tensión. Intenta apartar un pensamiento desagradable, pero ahora que tiene a Avery delante, se da cuenta de que la idea de niña a la que estaba tratando de buscar se ha desvanecido y que no le gusta la de verdad. Hay algo extraño en ella. Por lo poco que ha visto de Avery, parece tener a sus padres y a su hermano mayor comiendo de su mano. Actúan como si estuvieran completamente a su servicio. Es una familia extraña. No lo había pensado hasta que Avery ha regresado. Había creído solamente que tenían problemas, como todo el mundo.

—Entraste en la cocina, ¿y qué pasó entonces? —pregunta Bledsoe.

—Mi padre llegó a casa. —Mira a su padre.

Gully se da cuenta de que William parece quedarse inmóvil y no puede mirar a su hija. Todos saben que él le pegó. Nota que Avery está siendo deliberadamente dramática.

—Se enfadó al verme en casa —continúa—. Me preguntó qué estaba haciendo aquí. —Vuelve a hacer una pausa.

—¿Y entonces? —insiste Bledsoe.

—¿Tengo que contarle la verdad, aunque no quiera? —pregunta ella.

—Sí, claro. Debes decir la verdad —responde Bledsoe.

—Me pegó tan fuerte que me tiró al suelo —dice Avery.

Gully oye como Erin ahoga un grito y ve que William mira al suelo, sin negar nada.

—Y después, me suplicó que no se lo contara a mi mamá —continúa Avery. Hay un desagradable silencio a continuación—. Y luego, se fue.

—¿Y qué pasó después? —pregunta Bledsoe.

—Yo estaba llorando. Salí por la puerta de atrás y por la que da al bosque que hay detrás de nuestra casa. Seguí por la valla hasta la casa de Marion Cooke. La conocía. Éramos amigas.

—¿Erais amigas? —la interrumpe Bledsoe, sorprendido. Asiente.

—Sí. Me vio un día en el bosque, el verano pasado, y me invitó a su casa a comer galletas. —Vacila—. Después, volví varias veces. Me hacía muchas preguntas sobre mi papá.

—Continúa —la anima Bledsoe.

—Así que ese día fui hasta su casa y llamé a su puerta trasera. Ella estaba en la cocina, me vio y me dejó pasar. Yo le conté lo que había pasado. Me dio algo para comer. Me desperté en el sótano, en el dormitorio. Yo no sabía dónde estaba. —Hace una pausa durante un momento y ve cómo la están mirando.

—¿Y luego?

—Intenté salir del sótano, pero las ventanas tenían barrotes y la única salida era por la puerta en lo alto de las escaleras que daba a la cocina, que estaba cerrada con pestillo. Aporreé la puerta sin parar, pero ella no venía. —Se detiene.

—Debiste pasar mucho miedo —dice Bledsoe.

—Sí. —Avery asiente con gesto serio—. Estaba aterrada. No entendía por qué me tenía encerrada como una prisionera. Hasta que me contó que estaba enamorada de mi papá y que él tenía una aventura con Nora Blanchard y que iba a hacer que los dos lo pagaran.

Hace una pausa y a Gully casi le parece que la hace para calibrar la reacción de los demás.

—Los había visto liarse en el hospital —continúa Avery. Las palabras le salen ahora más rápido—. Marion la odiaba. Decía que actuaba con mucha superioridad y que no era más que una voluntaria. Decía que tenía todo lo que quería porque era muy guapa, incluido a mi padre.

«Así que Marion estaba colada por el guapo doctor», piensa Gully mirando a Erin, que ha estado rígida todo el tiempo, pero que ahora se ha quedado pálida, con aspecto enfermizo. Todo empieza a tener un cierto sentido diabólico. No se puede creer que todo esto haya pasado en esta ciudad.

—Había una televisión en la habitación —continúa Avery—. Y ella se sentaba conmigo en la cama y, a veces, me dejaba ver las noticias, así que yo sabía lo que estaba pasando. Le contó a la policía que me había visto subir al coche de Ryan Blanchard para que lo arrestaran. Yo le supliqué que me dejara ir. Le prometí que no diría nada. —Ahora empiezan a aparecer lágrimas en los ojos de Avery—. Me di cuenta de que me iba a matar y que le echarían las culpas a él. —Avery toma aire—. Era más grande y más fuerte que yo. Supuse que la única forma de escapar era sorprenderla en lo alto de las escaleras cuando abriera la puerta. Así que hoy he estado esperando ahí a que abriera la puerta. Y cuando lo ha hecho, la he empujado con todas mis fuerzas por la escalera y, después, he salido corriendo de la casa. —Y añade, en medio del silencio—: Ha pasado todo muy deprisa.

Ahora, Avery parece la heroína de una tragedia, pálida y temblorosa, abrumada por lo que ha sufrido y por lo que ha hecho.

Gully y Bledsoe observan a la niña. Sus padres también la miran con atención, su madre con una terrible expresión de compasión, su padre con... Gully no está segura, pero podría ser consternación.

El rostro de Avery se oscurece.

—Yo no tenía intención de matarla. Solo quería escapar.

50

Erin observa a su hija en silencio; aún no se atreve a mirar a su marido. Todo esto empezó con él, con su amante, Nora, y con Marion, la mujer despechada. Aturdida, Erin piensa que nada de esto había tenido que ver con ella ni con su inocente hija. Entonces, se gira para mirar a William con hostilidad, a la vez que él empieza a entender lo que les ha causado a todos. No quiere mirarla a los ojos.

Erin culpa a su marido de todo: su atractivo, su encanto y sus flirteos tienen toda la culpa. Marion Cooke se enamoró de su marido mientras él estaba enamorado de otra, y ese sucio triángulo amoroso ha conducido a esto. Jamás podrá perdonarle. Teme que Avery quede traumatizada para siempre.

William siente las oleadas de odio que desprende su mujer. Sabe que se lo merece. Al menos, una parte. Pero él no tiene culpa de lo que ha hecho Marion. Ninguna persona sensata podría pensarlo.

Al menos, Avery ha vuelto sana y salva y la pesadilla ha terminado. Ya nadie piensa que él sea un asesino. Pero la verdad lo pone enfermo. Él jamás había hecho nada para dar esperanzas a Marion. No sabía nada. ¿Quién iba a imaginar que Marion, una enfermera competente y profesional, era capaz de algo así? ¡Iba a matar a su hija! Prácticamente, había acusado a un chico inocente de asesinato, por pura maldad. Aquella mujer había intentado destrozar varias vidas, por celos. Es realmente aterrador. Se trataba de un plan diabólico, perfectamente urdido para hacer que cada uno de ellos sufriera y para que Nora y él se alejaran al sospechar el uno del otro. No le había importado que su hija tuviera que morir para hacer que todo eso funcionara.

Le inquieta enterarse de que Avery y ella se habían hecho amigas. Que Avery fue allí ese día, por propia voluntad. Intenta no hacer caso de sus dudas, apartarlas de su mente.

Pero Marion ha fracasado. Avery está bien, y a salvo. Saben la verdad. El hijo de Nora no tiene nada que ver con la desaparición de Avery. Y ahora saben también que William tampoco. Siente que puede volver a respirar.

Mientras se disponen a marcharse, Bledsoe dice:

—Van a hacerle la autopsia a Marion Cooke. Está todo bastante claro.

Avery ha subido a su habitación a descansar, agotada después de todo lo que ha pasado, sobre todo, el interrogatorio con los detectives. Ha ido bien. Lo más importante es que Marion está muerta. No la puede contradecir.

Escucha con atención y oye que los detectives salen de la casa. Su padre no se ha marchado con ellos. Sus padres siguen en la sala de estar, hablando en voz baja. Michael está en su habitación, con la puerta cerrada. Ella sale en silencio al rellano, donde no la pueden ver, y trata de oír lo que dicen.

Al principio, no consigue entenderlos, pero después, como siempre, olvidan mantener la voz baja.

—¿No estás preocupada por ella? —pregunta su padre.

—¡Claro que estoy preocupada por ella! —responde su madre.

—Yo... no me refería a eso —contesta su padre.

—Entonces ¿a qué?

Oye que su padre se acerca al pie de las escaleras y ella se agacha para que no la vea. Probablemente ha ido a comprobar si está ahí. Lo oye entrar de nuevo a la sala de estar y ella vuelve a asomarse.

—A lo que me refiero es... —Su padre baja la voz, pero aun así, Avery puede oírlo—: ¿La crees? ¿Crees que ha pasado tal y como ella lo ha contado?

—¿Por qué no iba a hacerlo? —pregunta la madre, horrorizada.

—Bueno, tú siempre te crees todo lo que dice —contesta su padre con tono irritado—. Siempre te ha pasado.

—¡Lo que creo es que la tiraste al suelo de un golpe!

—Sí, lo hice —confiesa él acaloradamente—. No sé qué me pasó, Erin. Fue como si me estuviese provocando, a propósito. Pero sé que eso no es excusa. Lo lamenté al instante.

Jamás me he sentido más avergonzado ni arrepentido en mi vida. Me odié por eso. Todavía me odio. Le supliqué que me perdonara. Le dije que la quería, que no había tenido intención de hacerle daño. Que yo debería portarme mejor. ¡Por el amor de Dios! —Su voz suena a frustración—. No tuvo nada de eso en cuenta. —Su tono es ahora más amargo—. Y no me perdonó que le pidiera que no te lo contara. —Hay un silencio y, después, continúa, incómodo—: ¿No crees que es... manipuladora?

—Todos los niños son manipuladores —responde su madre con desdén—. Siempre intentan salirse con la suya.

—Pero no como ella —dice él—. Michael no es así.

Avery siente un familiar pinchazo de rabia hacia su padre.

—Sé que Avery es difícil —dice su madre—. Eso no lo niego. Bien lo sabe Dios. Es terca y desafiante y no se le da muy bien relacionarse con los demás, pero no me gusta lo que parece que quieres insinuar. —Hace una pausa—. Parece que estás sugiriendo que... que las cosas no han pasado como ella dice.

—¿Y si fuera así?

Avery intenta escuchar ahora con más atención.

—¿Cómo puedes decir eso? —responde su madre con rabia—. ¡Después de todo por lo que ha pasado! ¡Estás culpando a la víctima! ¡Solo tiene nueve años! —Hay un momento en el que ninguno de los dos habla. A continuación, su madre continúa—: Creo que deberías irte.

—Me voy.

Avery puede oírle moverse abajo. Va a tener que apartarse para que él no la vea desde la puerta.

—Erin —dice su padre—. Yo quiero a Avery, es mi hija, pero me da miedo. No estoy seguro de lo que es capaz de hacer. Tú... mantén los ojos abiertos.

—Vete.

Avery vuelve a meterse a hurtadillas en su dormitorio.

51

Erin se queda en el sofá, sin moverse, después de que su marido se vaya. Está pensando en cómo eran antes, como familia, y cómo van a ser ahora.

Le resulta repugnante lo que estaba sugiriendo William. Le parece que está tratando de blanquear lo que hizo, pasarle de algún modo la culpa de su bochornoso comportamiento a su hija. Él la golpeó y se siente avergonzado, abochornado y arrepentido ahora que ella y los detectives conocen el verdadero alcance de lo que pasó. A William no le gusta que Avery siga enfadada con él por aquello, lo suficientemente enfadada como para contar la verdad. Quizá esté preocupado porque le puedan acusar. A lo mejor debería estarlo.

«Manipuladora...». Porque ella no le hizo caso cuando él le suplicó que la perdonara. ¿Y por qué iba a hacerlo? ¿Por qué los hombres siempre creen que se les debe perdonar? ¿Que solo tienen que pedirlo? Quizá lo que él considera relevante no es lo que su hija, ella y millones de niñas y mujeres consideran relevante. Así que él le suplicó que le perdonara. ¿Y qué? ¿Solo con eso basta? Y ahora está tratando de desacreditar a su hija. «No te creas todo lo que dice». Porque así es como él ve el mundo, a través del sesgo masculino. Como si Avery tuviese algo que ver. Bueno, pues no es así como ella lo percibe. Avery es una víctima, cualquiera pensaría lo mismo. Y Erin ha sido también otra víctima. De la infidelidad de su marido, de todas sus asquerosas mentiras.

¿Cómo no se había dado cuenta antes? Ahora lo ve con bastante claridad. Erin sigue enfadada con el mundo..., con su marido, con su amante y con la loca muerta que estaba obsesionada con él. Ellos son los que han provocado todo esto. Y ahora ella se queda con una hija aún más perjudicada, sin otra cosa que una lista de nombres de médicos que la puedan ayudar. Está claro que William no va a ser de mucha ayuda.

Se levanta despacio. Por fin tiene ocasión de estar a solas con Avery, de hablar con ella en privado, sin que nadie más las escuche. No sabe si va a poder conseguir que su hija se abra con ella; ya sabe cómo es. Va a llevar su tiempo. Se pregunta qué es lo que le espera. ¿Tendrá pesadillas? ¿Se aislará? ¿Se portará mal? ¿Se mostrará enfadada, volátil? Dios..., en algún momento deberá volver al colegio y todos sabrán lo que le ha pasado, lo que ha hecho. Quizá tengan que mudarse a otro lugar, para proteger a Avery de tanta notoriedad. ¿Debe desarraigar al pobre Michael, que es feliz aquí, con sus amigos y su equipo, y que es posible que todavía quiera mantener algún tipo de relación con su padre?

Por un momento, todo esto la abruma y, de repente, se

sienta en el pie de las escaleras, superada por el agotamiento. Pero entonces, recuerda que su hija está viva y que ha vuelto con ella, que es lo que con tanta desesperación había rogado, así que ahora no puede lamentarse. Es solo que, cuando se imaginaba que Avery volvería, jamás pensó más allá de ese momento de felicidad, en lo que ocurriría después. Lo que les espera ahora.

Se levanta y sube las escaleras hasta la habitación de Avery. Toca despacio en la puerta y la abre.

—Hola —dice Erin. Avery la mira. Parece recelosa—. Ya estamos solos —continúa Erin con tono tranquilizador—. Tú, Michael y yo. Los demás se han ido. —Se acerca y se sienta en la cama.

Avery asiente.

—Bien.

Erin no puede evitarlo. Extiende los brazos y tira de su hija hacia ella y la besa en la cabeza, tratando de tranquilizarla, pues sabe que eso es lo que necesita, y aunque es consciente de que con esto no es suficiente, es lo único que puede hacer. Y Avery se deja abrazar, lo cual no es propio de ella, así que Erin cree que ella también debe ser consciente de su necesidad. Las dos han sufrido mucho. La abraza y le susurra sobre la cabeza:

—Todo va a ir bien, Avery. Todo va a ir bien. —La sigue abrazando y espera a que su hija pequeña se eche a llorar y lo suelte todo. Pero no lo hace. Permanece callada, insensible. Es Erin la que está llorando.

Por fin, Erin se aparta y mira los ojos secos de su hija. Y piensa que debe estar todavía impactada. Va a llevar tiempo. Los médicos la ayudarán... si ella les deja. Avery nunca ha colaborado con ninguno de los especialistas a los que la han llevado. Pero seguro que esto es distinto, ¿no? Le ha pasado algo terrible.

—Avery, puedes contar conmigo —dice Erin—. Lo sabes, ¿verdad? A cualquier hora del día o de la noche, yo te escucharé. O si solo necesitas un abrazo..., si hay algo que quieras contarme..., podría venirte bien compartirlo.

—Vale —contesta Avery, pero no dice más.

—Vale —asiente Erin. Es evidente que Avery no está todavía preparada para abrirse. Va a tardar un tiempo. Pero Erin tiene tiempo, tiene todo el tiempo del mundo para su hija. Aun así, hay algo que quiere preguntarle—: Yo estuve allí, en casa de Marion anoche, mientras tú estabas en el sótano... ¿Sabías que estaba allí? ¿Y no pudiste gritar?

Avery niega con la cabeza.

—Me tenía drogada. Debía estar durmiendo.

Erin asiente.

—Claro —dice—. Te quiero, Avery. Nunca lo olvides. Cuando desapareciste, yo... —Rompe a llorar, incapaz de articular nada más.

Su hija le da unas palmadas torpes en el hombro.

—No pasa nada. Ya he vuelto. Todo va a ir bien.

Y resulta tan extraño escuchar eso de la boca de Avery que Erin deja de llorar y se queda mirándola.

—Sí —asiente—. Eso es. Vamos a estar bien. Todos.

—Y por primera vez, lo cree. Pero todavía hay algo que la inquieta—: Avery, necesito que me digas la verdad. ¿Alguien más te ha molestado alguna vez? ¿Algún chico mayor?

Avery aparta la mirada.

—No quiero hablar más. Estoy muy cansada.

Erin no quiere insistir. Se levanta de la cama, poco apaciguada.

—De acuerdo, descansa un poco.

Sale del dormitorio. Avanza por el pasillo y llama a la puerta de Michael. Tiene que saber lo que Avery les ha contado; saldrá pronto en las noticias. Como es habitual, está sentado en su cama con su portátil. Se quita los auriculares. Ella se sienta en la cama a su lado.

—¿Estás bien? —pregunta.

Él rompe a llorar. Ella tira de él para abrazarlo y le susurra sobre la cabeza, casi igual que ha hecho con su hija.

—No pasa nada, Michael. Todo va a ir bien. —Su hijo es el más sensible; ella sabe que necesita soltarlo todo. Todo esto ha sido de lo más espantoso para él.

Por fin, él se aparta, se seca los ojos con las manos y, con expresión de preocupación, le dice:

—¿Qué le va a pasar?

—No le va a pasar nada. La muerte de Marion ha sido un accidente. Avery estaba intentando escapar…, ha sido en defensa propia. Tiene nueve años. Nadie va a culparla ni a hacerla responsable. Estará aquí, con nosotros. Los dos vamos a tener que ayudarla, Michael. Va a necesitar mucho apoyo.

Él aparta la mirada y, tras una pausa, pregunta:

—¿Y papá?

Ella escoge con cuidado sus palabras.

—Tu padre no va a seguir viviendo con nosotros. Pero tú podrás verle todo lo que quieras, ¿de acuerdo?

Michael no sabe qué responder a eso y cambia de conversación:

—He oído… lo que Avery les ha contado a los detectives. Estaba escuchando. Ha sido todo culpa de él.

Erin traga saliva. Quiere darle la razón, pero le contesta:

—Tu padre ha hecho cosas horribles, pero no es culpable de los actos de Marion. Él no tenía ni idea de que Marion había secuestrado a Avery. —No sabe si Michael querrá tener relación con su padre después de todo lo que ha pasado y de lo que sabe de él. Ella no va a tratar de influirle hacia un lado ni hacia el otro.

Michael y Avery siempre han estado más unidos a ella. Lo cual tiene sentido. Es la que ha pasado más tiempo con ellos. Es su madre. Es la que ha estado más implicada en su crianza. Los conoce mejor que William.

52

Qué? —A Avery no le ha gustado lo que acaba de decir su madre.

Están sentadas en la mesa del desayuno a la mañana siguiente. Domingo. Avery ha dormido bien, de nuevo en su propia cama. Michael es más dormilón y aún no ha bajado. En la calle, la multitud de periodistas y curiosos se ha disipado un poco desde el día anterior. Avery ya se ha asomado unas cuantas veces entre las cortinas de la ventana de la sala de estar, a pesar de que su madre le ha dicho que se aparte, que no les haga caso, que no se preocupe por ellos. «Si no les haces caso, se irán», ha dicho con voz angustiada. Pero Avery no quiere que se vayan y algunos ya lo han hecho. Los que le dieron la bienvenida a casa con pancartas y carteles se han marchado, pero los medios de comunicación siguen ahí, deseosos de conseguir una entrevista, una fotografía, un artículo. Y ella quiere dárselo. Quiere ser el centro de atención, quiere ser famosa y quiere mucho dinero a cambio. Quiere tener el control de su propia vida. ¿Y ahora su madre le está sugiriendo que se esconda?

—Yo creo que lo mejor va a ser que nos mudemos —dice su madre—. No querrás volver al mismo colegio después de esto, ¿no?

Avery piensa a toda velocidad.

—¿Y tu trabajo? —pregunta.

—Puedo conseguir otro.

—¿Y Michael?

Su madre asiente.

—Lo sé. Lo he estado pensando. Pero creo que estará de acuerdo. No va a querer vivir tampoco en medio de esta locura. —Y añade—: Creo que será lo mejor para todos nosotros.

—Para ti, querrás decir —responde Avery.

Su madre se queda atónita.

—No, Avery. No se trata de mí. Se trata de lo que es mejor para ti. Para todos nosotros. —Insiste—: Podríamos empezar de nuevo, en un sitio donde nadie nos conozca.

Avery niega con la cabeza.

—Yo no quiero mudarme.

—Ah.

—Es que los de las noticias nos seguirán adonde sea que vayamos —dice Avery.

—No si no lo permitimos —contesta su madre—. Si no hablamos con ellos, todo se irá apagando y podremos seguir con nuestras vidas. No querrás vivir siendo el centro de atención.

«Ya está otra vez diciéndome qué es lo que yo quiero», piensa Avery. «Ella no sabe qué es lo que quiero».

—A mí no me molesta —dice, y va a coger otra tostada. Su madre le lanza una mirada inquisitiva. Avery sabe qué está pensando. Está pensando que no es más que una niña y que no sabe lo que hace. Pero Avery sabe muy bien lo que hace.

—Yo creo que sí debería hablar con ellos —dice Avery.

—¿Qué? No, Avery —contesta su madre, nerviosa—. No creo que sea una buena idea.

—¿Por qué no?

—Porque... porque no eres más que una niña. Van a explotarte. Invadirán tu vida y nunca te dejarán en paz. Retorcerán todo lo que digas, sacarán las cosas de contexto. La prensa es muy poderosa. No tienes ni idea de lo que podrían llegar a hacer. —Y añade con consternación—: Todo lo que publiquen te perseguirá toda la vida. No querrás que esto te defina.

—Yo no les tengo miedo —dice Avery—. Sé qué decirles.

—Pues... no —insiste su madre—. Vamos a pensarlo. No nos precipitemos. Quizá opines de otra forma dentro de uno o dos días.

Avery se queda pensando. Puede esperar uno o dos días. Puede que incluso sea mejor.

Nora sale de su casa con el coche tras decir que va a comprar al supermercado. Normalmente no va a la compra los domingos por la mañana, pero nadie dice nada. Al la ignora de forma deliberada.

Tiene que salir de casa, con su atmósfera tan claustrofóbica. Le dan ganas de gritar. Los niños se han dado cuenta de que algo va realmente mal entre ella y su padre. Han visto el moretón en su cara, pero les da miedo preguntar. Eso ha aguado un poco la celebración de tener a Ryan de vuelta en casa y de que hayan encontrado a Avery con vida. Tendrá que contarles lo de William y ella antes de que lo vean en las noticias. Sabe que la policía va a celebrar una rueda de prensa hoy a mediodía. Entonces, todo se sabrá, por qué Marion ha hecho lo que ha hecho. Todos se enterarán. Y eso la pone enferma.

Está pensando en William. ¿Dónde está? ¿Está en su casa? Pasa con el coche por delante de la casa de los Wooler y ve que sigue habiendo un grupo de periodistas arremolinados en la puerta, esperando a que pase algo. No puede saber si él está ahí o no. Su coche no está, pero puede que siga teniéndolo la policía o que esté en el garaje.

Va hasta el hotel Excelsior, donde sabe que se ha estado alojando. ¿Está ahora dentro? Aquí ya no hay periodistas. Aparca y se queda sentada dentro del coche. ¿Se atreverá a entrar? Podrían colocarle una letra escarlata en el pecho. Esta es una ciudad conservadora. La gente va a la iglesia. Tienen opiniones, critican. Ella debería saberlo porque es una de ellos.

Debe decidir qué va a hacer, quién va a ser. No puede seguir casada con Al, no después de todo lo que ha pasado. Cada vez que piensa en él, sentado en su coche tras el contenedor del motel, siente asco. Y cada vez que piensa en cómo volvía después a casa y fingía que no pasaba nada y se comportaba con su habitual indiferencia, siente miedo. Ya no sabe quién es. No sabe qué está pasando por debajo de esa capa exterior tan familiar.

Se odian; el veneno que hay entre los dos salpicará a sus hijos. Estarán mejor si se separan. Si siguen juntos, se convertirán en versiones retorcidas de sí mismos. Tendrá que dejarlo ella, o quizá él se ofrezca a marcharse. Sería mejor que ella se quedara en la casa con los niños. ¿Y si él no se quiere ir? ¿Y si la culpa a ella, la mujer escarlata, y la echa de casa? Si lo hace, ella se llevará a los niños. Esto la obliga a reconsiderar su plan. ¿Y si él quiere la custodia de los niños? ¿La conseguiría? Ella no está libre de culpa. ¿Una mujer tiene que ser intachable para quedarse con sus hijos? No lo sabe. Siente miedo en lo más profundo.

William sabe ahora que Ryan no ha tenido nada que ver con su hija. Ella sabe que William es inocente, excepto en lo de haberse enamorado de ella. Lo único que los separa es el sentimiento de culpa y vergüenza de ambos. Y la opinión pública. ¿Podrá vivir Nora con la condena pública si elige a William después de que se conozca la verdad sobre Marion? ¿Y sus hijos?

Se queda sentada un largo rato y, después, pone el coche en marcha y va a casa. No puede hacerlo. No volverá a ver a William. Ahora lo primero serán sus hijos.

53

E rin está feliz de tener a su hija de vuelta. Con frecuencia, se descubre mirando a Avery, solo para sentir la tranquilidad de que es real. Pero no es que las cosas sean de nuevo como eran antes. Todo ha cambiado.

Aunque hasta ahora ha estado protegida de la prensa, Avery es portada no solo en la prensa local, sino en la nacional. Durante las últimas veinticuatro horas, desde que la policía celebró su rueda de prensa, ha habido periodistas en la puerta de su casa y han recibido peticiones para que concedan entrevistas en exclusiva e incluso les han ofrecido un libro, como si estuviese escrito por la propia Avery, a cambio de una impresionante cantidad de dinero. Todo esto hace que a Erin le dé vueltas la cabeza. No le gusta nada de eso, ni tampoco a William, con el que ha mantenido frecuentes contactos por teléfono. Todo esto la tiene revuelta.

Erin teme lo que toda esta publicidad puede provocarle a su hija, a todos ellos. Ya ha sido bastante malo, pero

Avery está empeñada en hacer las entrevistas y el libro. William y ella se niegan en rotundo. Será tremendamente invasivo. Tremendamente humillante para todos ellos. ¿Y si Avery se arrepiente? Eso la pone más que enferma. Si permiten que lo haga, parecerán unos padres que quieren capitalizar la tragedia de su hija. Pero cuanto más le dice ella que no, más insiste su hija, y todo se convierte en una lucha de poder que le resulta demasiado familiar, hasta que Erin llama a un abogado del bufete donde trabaja para pedirle consejo.

Gully sigue a Bledsoe al interior de la oficina de la forense el lunes por la tarde. Han venido a por los resultados de la autopsia de Marion Cooke. Se dirigen a la sala de autopsias. A Gully no le asustan las autopsias, tiene un buen estómago, pero imagina que Bledsoe no ha visto tantas como ella. En Chicago, se encontraba con cadáveres a todas horas. Siente curiosidad por ver la reacción de Bledsoe.

La sala es parecida a otras en las que ha estado: suelo de baldosas, encimeras y camillas de acero inoxidable, todo muy limpio y esterilizado. Parece un quirófano, y eso es exactamente, solo que el paciente siempre está ya muerto. No han venido para ver la autopsia; la forense los ha llamado para hablar de los resultados.

—¿Qué puede contarnos? —le pregunta Bledsoe tras los saludos preliminares. Gully se da cuenta de que parece bastante cómodo, que no es para nada de los que se marean.

—Vengan a echar un vistazo —dice la forense haciéndoles una señal para que se acerquen.

Gully baja la mirada hacia Marion Cooke, tan pálida, fría y con la piel cerosa. Tiene la sábana subida hasta el pecho, dejando al descubierto solamente los hombros y la cabeza. Gully se acuerda de cuando interrogó a esta mujer en la comisaría de policía, sin saber que Avery estaba prisionera en su sótano. Qué convincente había parecido cuando insistía en que Avery había subido al coche de Ryan Blanchard. Y ahora está muerta.

—Esto es lo que la mató —explica la forense a la vez que inclina la cabeza y apunta a la herida—. El filo del peldaño penetró por la zona posterior de la cabeza. —Hace una pausa—. Probablemente ocurrió en la caída. —Gully y Bledsoe la miran, esperando—. Aunque no necesariamente.

—¿Qué quiere decir? —pregunta Bledsoe.

—Lo que quiero decir es que no puedo estar del todo segura. Las caídas son complicadas. Podría haberse golpeado la cabeza con bastante fuerza justo en ese ángulo. Y si hubiese estado sola, mi dictamen sería automáticamente que la causa de la muerte fue un accidente. Pero no estaba sola en el momento de la muerte y las circunstancias eran poco comunes. —Y añade—: Mucha gente muere por una caída por unas escaleras, pero la verdad es que no siempre. Por cada cien caídas en un tramo de escaleras que terminan con lesiones, muy pocas son mortales, solo en torno al uno por ciento. —Tras un silencio, continúa—: Voy a dictaminar que la causa de la muerte es indeterminada porque la verdad es que no puedo estar segura.

—Entiendo —responde Bledsoe—. Gracias.

Gully sigue a Bledsoe hasta la calle. Los dos vuelven al

coche en silencio. No hablan hasta que están dentro y con las puertas cerradas.

—¿Qué opinas? —pregunta Bledsoe.

Bledsoe suspira y apoya la cabeza en su asiento.

—No lo sé.

—Esa niña me preocupa —dice Gully—. Hay algo en ella.

—Sé a qué te refieres —asiente Bledsoe—. Es un poco... rara, en cierto sentido. —Se queda sentado en silencio, pensando. Después, dice—: ¿Es posible que Avery bajase hasta el pie de las escaleras y golpeara la cabeza de Marion contra el borde cuando estaba en el suelo?

Gully permanece en silencio.

—Tiene nueve años, por el amor de Dios —dice Bledsoe, como si descartara esa idea.

Un rato después, Gully niega con la cabeza mientras mira por el parabrisas.

—Es un caso muy extraño. En ningún momento ha habido ninguna prueba física contra Ryan Blanchard. Jamás lo habrían condenado. ¿En qué estaba pensando Marion?

—Estaba de remate —contesta Bledsoe—. ¿Tú no ves *Dateline*? ¿O *Crímenes imperfectos*? Yo sí. La gente hace cosas raras, increíbles. Podría haber sido suficiente para arruinarle la vida a Ryan, dejar sobre él esa nube de sospecha. Y también sobre Wooler. Lo habría separado de Nora.

—Debió ver a Ryan con su coche por la calle justo antes de que Avery apareciera en su puerta trasera. ¿Cómo podría haberlo hecho si no? ¿Y si Ryan hubiese estado en el trabajo? Lo vio ese día pasar por la calle, a esa hora, cosa que sabemos que sí hizo. Después, Avery aparece en su puerta de atrás, sin su cazadora, con el pelo recogido en una trenza... y aprovecha la oportunidad.

—Sí —asiente Bledsoe.

Gully pone en marcha el coche.

54

Erin está angustiada cuando llega a la comisaría a última hora de la tarde del lunes, tras recibir la llamada de la detective Gully. William ya ha llegado cuando la llevan a una sala de interrogatorios. ¿Qué es lo que querrán ahora?

No tiene que esperar mucho para averiguarlo. Bledsoe les habla con bastante delicadeza de los resultados de la autopsia, de que la forense va a dictaminar que la causa de la muerte es «indeterminada» y no por accidente.

—¿Qué quiere decir? —protesta Erin—. ¡Fue en defensa propia!

—La defensa propia es una defensa legal, no una causa de la muerte —le explica Bledsoe—. Para una muerte que no tiene una causa natural, la forense solo puede dictaminar que ha sido accidente, homicidio, suicidio o indeterminada.

Erin vuelve a mirarlo mientras se pregunta adónde quiere llegar exactamente.

—En este caso —continúa Bledsoe—, la forense no

puede estar del todo segura de que la lesión mortal ocurriera con la caída o si sucedió inmediatamente después.

Ahora sí que lo entiende Erin.

—No me lo puedo creer —dice con firmeza, aunque está alterada—. ¿Está queriendo decir que Avery podría haber herido deliberadamente a Marion después de empujarla por las escaleras para escaparse? —Mira a William; está callado, pero parece sorprendido. Y preocupado. No sale en defensa de su hija, como debería. Se pone furiosa con él.

—Por favor —responde Bledsoe—. No se alarme. No va a haber ninguna acusación contra su hija. Nadie cree que Avery hiciera nada aparte de empujar a Marion por las escaleras para escapar.

Hay un silencio cargado de tensión. Parece que nadie quiere hablar.

—¿Cómo está ella? —pregunta Gully, por fin.

Erin piensa que lo cierto es que Avery se encuentra bien. Tal y como se encontraba antes del secuestro. Malhumorada, exigente, poco colaboradora, controladora. Pero no es distinto a como estaba antes. Si acaso, puede que esté más alegre. No parece retraída ni está teniendo pesadillas ni mojando la cama. Erin va a intentar pedir pronto una cita con un médico, uno de los de la lista, pero le preocupa que Avery se niegue a ir.

—No lo sé —responde Erin—. Parece que se encuentra bien, pero puede que esté aún impactada. —La simpatía y el respeto mutuo que había existido entre Erin y Gully al principio de la investigación se han evaporado. Al fin y al cabo, el final feliz no ha tenido nada que ver con la buena labor de la policía y las dos lo saben. Y ahora, está esto. Erin no puede evitar pensar que si hubiesen hecho mejor su trabajo, podrían haber encontrado a Avery antes de que esta se viera obligada a empujar a Marion por las escaleras. Pero es demasiado educada como para decirlo en voz alta. Erin se pregunta si Gully podrá leerle el pensamiento. Su expresión de arrepentimiento así lo indica.

—¿Y Michael? —pregunta Gully—. ¿Cómo está?

—Ha sido duro para él —confiesa Erin—. Ha sido duro para todos nosotros —añade mientras se levanta para irse.

—Manténganla alejada de la prensa —les advierte Gully cuando salen—. Pueden ser salvajes.

William la sigue al coche y le pregunta si puede llevarlo de vuelta al hotel. Suben los dos al coche. Los últimos hallazgos se instalan con ellos en el asiento delantero, como una bomba que no ha explotado. Erin nota que William quiere decir algo, pero no lo hace. Erin empieza a conducir para llevarlo al hotel y enseguida comienzan a discutir. Él no quiere que Avery hable con la prensa y le dice que no se lo permita. «Sobre todo, ahora», enfatiza.

Eso la enfurece.

—¿Y cómo se supone que voy a hacerlo? —dice—. ¿Encerrándola en su habitación? La prensa ha acampado justo en la puerta.

Por su silencio, Erin sabe que él tampoco tiene ni idea de cómo impedirlo. Nunca han podido controlar a Avery, ese es el problema. Hace lo que quiere y ellos no pueden impedírselo. Si quiere hablar con la prensa, lo único que tiene que hacer es salir a la puerta y abrir la boca. Erin no puede tenerla atada a una correa.

Deja a William en el hotel y va hacia su casa mientras la mente no para de darle vueltas. Parece que los detectives están sugiriendo que Avery pudo hacerle algo deliberadamente a Marion después de empujarla por las escaleras. Pero si fuese eso lo que de verdad pasó, Erin lo puede entender; incluso lo puede perdonar. Esa espantosa mujer había tenido prisionera a su hija durante varios días, había planeado matarla. Avery debía estar temiendo por su vida, traumatizada, sin ser responsable de sus actos. ¡No es más que una niña! ¿Por qué no lo entienden? Le preocupa lo que crea la policía. Lo que crea William.

Sin saber cómo, termina en la puerta de Gwen Winter.

Erin se dice a sí misma que Gwen sí la entenderá. Gwen sabe lo difícil que es. Aunque no tenga ni idea de lo que es estar en la piel de Erin ahora mismo.

Gwen la recibe en la puerta y las dos entran a la cocina, donde Gwen se dispone a preparar una cafetera. Erin no está del todo segura de qué hace aquí, solo que necesita hablar con alguien, alguien que comprenda, un poco, lo duro que es. Gwen Winter sabe lo que es tener un hijo difícil y tener que soportar que todos te juzguen, que te culpen.

—¿Cómo se encuentra? —pregunta Gwen, pero ya debe saber que Erin no está nada bien.

Su amabilidad le provoca un repentino sollozo y Erin, sentada en la mesa de la cocina, se cubre la cara con las manos e intenta pararlo, pero no lo logra. Todas las lágrimas que no puede derramar en casa delante de los niños salen delante de esta otra mujer, que es casi una desconocida.

—Así de bien, ¿eh? —dice Gwen cuando Erin levanta por fin la vista. Gwen le pasa una caja de pañuelos.

—Lo siento mucho —contesta Erin, abochornada.

—No tiene por qué disculparse. Ha sufrido mucho. Va a sufrir mucho.

Erin asiente, aturdida.

—No tenía ni idea de que iba a ser tan difícil... Me había concentrado tanto en que Avery regresara que no estaba preparada para lo que vendría después.

—Nadie puede estar preparado para algo así —dice Gwen. Y añade, pensativa—: Y cuando lo bueno y lo malo se mezclan, puede resultar confuso.

Erin asiente.

—Es justo eso. Estoy feliz de tener a Avery de vuelta. Pero... no es fácil. Nada de esto. Vivir en un escaparate.

Lleva años siendo juzgada por profesores, por otros padres, por desconocidos en restaurantes, debido al comportamiento de Avery. Intenta convencerse de que no es culpa suya. Michael era bueno. Erin se esforzaba todo lo que podía, pero Avery había supuesto siempre un desafío. Avery es Avery.

—Quiere a su hija —dice Gwen—. Pero eso no quiere decir que, en ocasiones, no resulte de lo más difícil. —Erin asiente—. ¿Sigue molestándola la prensa?

Erin vuelve a asentir. Está a punto de contarle lo que ha dicho la policía, lo que piensa William. Pero se le pasa.

—Al final, la dejarán en paz —dice Gwen tratando de consolarla—. No puede durar eternamente.

55

Michael no va a ir hoy al colegio. No está listo para enfrentarse a eso. A las miradas. A los susurros. A las preguntas. Y la cosa está punto de empeorar. Porque hoy es el día en que su hermana va a hablar en exclusiva con una conocida periodista para contarle su historia. En televisión. Van a grabarlo aquí mismo, en su sala de estar, esta tarde. Ella y su madre han discutido por esto, han consultado a abogados, pero Avery está decidida. Avery hace lo que quiere. Siempre.

A él todo esto le pone enfermo. Odia que la prensa esté en su puerta, rodeando su casa, tratando de mirar por las ventanas para hacer fotografías. La policía ha venido un par de veces para volver a ordenarles que se queden en la acera, pero ellos vuelven a acercarse sigilosos. Ha sido peor desde que Avery volvió. Él se siente atrapado en la casa, sin poder salir. Avery siempre ha buscado llamar la atención, pero esto está alcanzando un nivel superior. Ella sabe que a él no le gusta. Incluso se lo ha restregado por la cara.

—Ah, ¿te molesta? —preguntó la noche anterior en la cena, refiriéndose a la muchedumbre congregada en su puerta. Él la miró, sin decir nada.

—Por supuesto que le molesta, Avery —le espetó su madre—. A mí también. Le molestaría a cualquiera menos a ti. —Su madre hablaba como si estuviese al límite, sin energías. Ya había perdido la disputa con Avery por lo de la entrevista en televisión. Había terminado accediendo a dejarle conceder solo una, en un entorno controlado.

Michael tiene muchos sentimientos encontrados. Estaba contento de verdad por volver a ver a Avery, aliviado porque estuviese bien. Había estado muy preocupado por ella, y también por su madre. Tenía miedo de que su madre pudiera desmoronarse y no recuperarse jamás, y ahora que no estaba su padre, ella era lo único que le quedaba. Pero ahora Avery ha vuelto y es como si nunca se hubiese ido, aunque peor. Ahora actúa como si fuese famosa y lo cierto es que sí lo es. Michael siente como si viviera dentro de un terrible programa de telerrealidad, solo que nada de esto le parece real.

Se viste y va al dormitorio de Avery. Llama a su puerta.

—¿Qué quieres? —pregunta ella.

Él abre la puerta. A solas con su hermana pequeña se siente un poco cohibido, sin saber cómo decir lo que ha venido a decir. Sabe que tanto su padre como su madre ven a Avery de una forma distinta. Su madre tiene mucha mejor opinión de Avery de la que debería. Pero eso es porque Avery actúa de forma distinta ante cada uno de ellos. Es una Avery con su madre y una Avery distinta con su padre. Normalmente, su padre no se deja engañar por ella. Tampoco Michael. Ella no finge tanto con ellos. Pero sigue siendo su hermana pequeña.

—Quería preguntarte una cosa.

—¿Qué? —Ahora le está dedicando toda su atención.

Él se arma de valor para hacerle la pregunta que necesita que le responda.

—¿Alguna vez te ha hecho Derek algo en la casita del árbol? —Siente cómo se pone colorado.

Ella lo mira sorprendida.

—¿Derek? No. ¿Por qué?

—Jenna le dijo a la policía que tú le contaste que tenías un novio. La policía creyó que podría ser Derek.

Avery se ríe con gesto desdeñoso.

—Me lo inventé.

Él se queda mirándola un momento.

—Entonces, era mentira.

Avery se encoge de hombros, como diciendo «¿Y qué?» y él se da la vuelta lleno de rabia.

56

Avery está preparada. Lleva un vestido azul claro y el pelo bien recogido en una trenza que le cae por la espalda. Ha estado ensayando a escondidas sus expresiones faciales ante el espejo del baño de arriba, mientras le contaba a su reflejo su historia en silencio, gesticulando sus palabras.

Los técnicos llevan ya un rato en la casa, yendo de un lado a otro como abejas, cambiando cosas y haciendo mucho ruido. Han reorganizado los muebles de la sala de estar y, con eso, parecen haberse apropiado de toda la casa. Su madre está claramente angustiada con todo esto, mientras que Michael se ha escondido en su dormitorio. Avery sabe que a él le gustaría que todo esto terminara. Espera que salga de su habitación para ver la entrevista. Se supone que su padre llegará pronto, antes de que empiecen. Avery quiere que esté también presente. Quiere que la vean y la oigan. Han instalado unas grandes lámparas de pie con bombillas calientes y luminosas en la sala de estar, donde han colocado unas sillas para que se sienten Avery y la entrevistadora, la famosa periodista de la televisión Casey Wong.

—Cinco minutos —dice un hombre mientras Avery observa a Casey, que está sentada en una silla de la cocina mientras le retocan el maquillaje. A Avery también la han maquillado, lo que le hace sentir como una estrella de cine. Se pregunta si algún día podría ser actriz. La idea le entusiasma. Se pregunta si será lo suficientemente guapa. Todavía no lo sabe. Tendría que estar más delgada. Por lo que Avery ha visto en fotografías, su madre era guapa, pero ya no lo es.

Pasan a la sala de estar y se acomoda en la silla que le han asignado. Ahora que está sentada aquí, bajo las luces, con todos mirándola, empieza a ponerse nerviosa. Nota que el corazón se le acelera. Se dice a sí misma que es solo por la emoción. ¡Su momento ha llegado por fin! Casey y ella ya han tenido antes una pequeña charla, cuando estaban preparándolo todo, para conocerse un poco, y para que Casey pudiera tranquilizarla. Los grandes ojos marrones de Casey expresan amabilidad y empatía. Su madre eligió a Casey Wong porque siempre es muy amable y simpática con sus invitados. No es agresiva, como otros, según había dicho su madre. Cuando ha hablado con Avery todo el alboroto que había de fondo se ha difuminado y Avery ha sentido como si solo estuvieran las dos en la habitación. Eso es lo que ha dicho Casey: «Solo dos amigas manteniendo una conversación íntima».

Ahora, Avery levanta los ojos hacia el lateral de la sala de estar. Su padre ha llegado y está junto a su madre, con gesto serio. Eso la enfada. ¿Por qué no puede alegrarse por ella? Piensa que su padre solo se preocupa por sí mismo, por el mal lugar en el que todo esto le deja. Pero todos saben ya por qué Marion hizo lo que hizo. La policía ha publicado lo ocurrido, tal y como ellos lo interpretan. Ahora, ella va a contar su versión, su historia personal, lo que ha sido para ella. Su madre parece estar a punto de desmayarse, como si fuera a ella a la que van a entrevistar. Michael ha bajado ya de su dormitorio, pero no la mira a los ojos. Avery lamenta que ninguno de ellos le haga una señal de ánimo, y eso que está a punto de salir en la televisión nacional. A veces, odia a su familia.

Casey aparece junto a Avery y ocupa su asiento mirándola con una cálida sonrisa.

—Vas a estar estupenda —susurra.

El equipo se ocupa de los micrófonos, los fotómetros. Todo debe estar perfecto.

El hombre que se encuentra al otro lado de la sala de estar empieza la cuenta atrás:

—Tres, dos, uno…

Avery lo observa mientras cuenta y siente un pinchazo de adrenalina. Traga saliva. Y entonces, ya no hay tiempo para pensar porque Casey las está presentando y a Avery se le seca la garganta.

—Avery —empieza Casey con voz cálida—. Has sido muy valiente al aceptar compartir tu historia, una historia que ha impactado a todo el país. Y para mí es un honor ser la primera periodista a la que se la vas a contar. Gracias.

—Avery asiente y sonríe, insegura—. Sé que esto va a ser difícil, así que tómate tu tiempo y mantén la calma —dice

Casey con tono de ternura. Avery vuelve a asentir—. Avery, todos sabemos a grandes rasgos lo que te ha pasado, que desapareciste el martes 12 de octubre, hace poco más de una semana. Al principio, se pensó que había ocurrido cuando volvías a casa desde el colegio. Tus padres denunciaron tu ausencia y se puso en marcha una impresionante búsqueda. ¿Nos puedes contar qué pasó ese día?

Avery recupera la voz. Empieza despacio, pero va cobrando confianza a la vez que Casey asiente con la cabeza para animarla. Cuenta que su padre se la encontró en la cocina.

—¿Qué pasó cuando llegó a casa tu padre? —pregunta Casey con dulzura.

—Tuvimos una discusión y se fue —contesta Avery. Mira brevemente a su padre y ve el alivio en su cara. Y piensa que le debe una. Nadie fuera de su familia, salvo la policía, sabe que le pegó.

Cuenta que fue a casa de una vecina, Marion Cooke, que creía que Marion era su amiga, y que se despertó en el sótano, encerrada, sin poder escapar.

Casey la mira con compasión, negando con la cabeza, sus ojos como cálidos estanques.

—Me cuesta imaginarlo. ¿Qué sentiste cuando te diste cuenta de que estabas prisionera?

—Me asusté.

Casey vuelve a asentir.

—¡Por supuesto que sí! Debió ser aterrador. —Su voz suena tranquilizadora y su expresión es de preocupación—. ¿Te ató?

Avery hace un gesto de negación.

—No. Pero estaba encerrada y no podía salir.

—¿Te hizo daño, físicamente?

—La verdad es que no.

—¿Sabías por qué te había hecho eso?

—Me lo contó ella.

—¿Qué te contó?

Avery se siente ahora bastante cómoda.

—Marion era enfermera en el mismo hospital en el que trabajaba mi padre. Es médico. Me dijo que estaba enamorada de él, pero que él estaba teniendo una aventura con Nora Blanchard. Trabajaba como voluntaria en el hospital y es la madre de Ryan. Marion quería hacerles daño a los dos. Así que me encerró en el sótano y le contó a la policía que me había visto subir al coche de Ryan Blanchard.

Casey la vuelve a mirar, negando con la cabeza.

—Qué espanto. Y tú no eres más que una víctima inocente en todo eso, una niña inocente.

Avery asiente.

—Iba a matarme.

—¿En qué pensabas tú durante esos cuatro días, cuando estabas atrapada, sola y temiendo por tu vida?

—Lo único en lo que pensaba era en cómo escapar. Pero no podía. Ella le echaba el cerrojo a la puerta de arriba. Las ventanas tenían barrotes. No había forma de salir.

—¿Y en qué momento te diste cuenta…? Perdona, Avery, esto debe resultar difícil… ¿En qué momento te diste cuenta de que tenía intención de matarte?

Avery hace una pausa. Fue cuando supo que Marion había estado dejando la puerta cerrada con pestillo, cuando actuó a sus espaldas con lo de Ryan y cuando no confesó a la policía que había mentido, como había dicho que haría. Pero eso no lo puede decir. Se queda pensando, sin saber qué contestar durante un momento.

—Lo supe todo el tiempo —responde Avery—. Su plan no iba a funcionar a menos que yo estuviera muerta. No podía dejarme ir. Yo sabía lo que había hecho y por qué. Le asustaba que yo hablara. —La voz de Avery se ha convertido casi en un susurro y pone la expresión de dolor que había ensayado delante del espejo.

Casey mueve la cabeza con gesto de horror.

—Lo único que puedo decir es que eres una jovencita muy valiente y fuerte y que me alegra que estés hoy aquí sentada conmigo. —Sus ojos parecen inundarse por un momento, como si fuese a derramar una o dos lágrimas. Recupera la compostura y pregunta—: ¿Te llevaba comida y agua?

—Había un baño abajo con agua corriente. Y me traía comida.

—Estabas atrapada en ese sótano, sin tener ni idea de lo que estaba pasando fuera de esas cuatro paredes, de la enorme búsqueda que había por ti. ¿Qué imaginabas que estaba pasando?

—Ah, sí lo sabía. Veíamos juntas las noticias cada noche, así que sabía qué estaba pasando.

—¿Veíais las noticias juntas? Entonces ¿no estuviste en el sótano todo el tiempo? —Casey la mira con evidente sorpresa.

Avery ha cometido un error. Debe arreglarlo.

—Había una televisión en el sótano —le explica—. Marion bajaba y me obligaba a verla. Quería que yo supiera qué estaba pasando. Quería que yo viera lo lista que era. Creo que quería tener a alguien con quien hablar de ello y no había nadie más a quien pudiera contárselo.

—Entiendo —contesta Casey, despacio—. Debe haber sido raro, pues erais amigas de antes y estar viendo juntas la televisión después, sabiendo que tenía intención de matarte. Debió resultar muy confuso.

—Era muy confuso. Y aterrador.

—¿Nos puedes hablar del día que escapaste? ¿Qué pasó?

Avery se aclara la garganta.

—Ella era más grande y fuerte que yo. Me di cuenta de que la única forma de escapar era pillarla por sorpresa. Así que me escondí tras la puerta en lo alto de las escaleras y esperé a que la abriera. Y cuando lo hizo, la empujé por las escaleras todo lo fuerte que pude y salí corriendo.

—Fue una buena idea —dice Casey.

Avery se permite poner una leve sonrisa.

—Por desgracia, Marion Cooke murió en aquella caída —continúa Casey—. Pero, afortunadamente, lograste escapar y hoy puedes hablar con nosotros.

Avery observa cómo Casey arruga la frente, como si algo la desconcertara.

—Solo me pregunto una cosa. Si sabías desde el principio que tenía intención de matarte, ¿qué razón había para que esperaras cuatro días hasta empujarla por las escaleras?

—¿Cómo dice?

—Lo que quiero decir es que, si te llevaba comida todos los días, supuestamente tenía las manos ocupadas... Lo que me pregunto es por qué no pudiste empujarla por las escaleras antes.

—Yo…, no se me ocurrió.

La mirada de Casey sigue siendo amable, pero ahora también más curiosa. Su voz sigue siendo dulce.

—¿En serio?

Casey la está mirando fijamente a los ojos, y Avery siente una oleada de pánico. No puede pensar. Aparta la mirada y busca a sus padres por el fondo de la sala de estar. Pero después se recupera y vuelve a mirar a Casey.

—Me daba somníferos —dice—. Pasé inconsciente mucho tiempo.

Casey asiente.

—Entiendo. Así que la empujaste por las escaleras y saliste corriendo de la casa, a toda velocidad. Debías estar muy asustada, muy enfadada.

—Sí que estaba enfadada. Me traici… —Se interrumpe. Avery puede oír los latidos de su corazón en el repentino silencio.

Casey no lo deja pasar.

—Te traicionó. ¿Es eso lo que ibas a decir, Avery?

Avery vuelve a mirarla, muda y asustada. La mirada de Casey sigue siendo cálida, persuasiva y más curiosa que nunca.

—¿En qué te traicionó, Avery? ¿A qué te refieres?

Avery ha metido la pata. Aterrorizada, vuelve a buscar a su madre y fija la vista en su rostro horrorizado. Se quedan mirándose durante un espantoso momento. Ahora, su madre lo va a descubrir, va a saber cómo es Avery en realidad. Quiere que su madre intervenga, que acabe con esto, pero parece haberse quedado inmóvil. Ahora, Casey vuelve a hablar con voz suave y Avery la vuelve a mirar, asustada, paralizada. No sabe qué hacer.

—Hay algo más en esta historia, ¿verdad, Avery? ¿Por qué no nos cuentas lo que ocurrió de verdad, desde el principio?

Agradecimientos

Q ué bonito es cuando por fin acabas un libro y tienes que dar las gracias a toda la gente (son legión) que creen en una idea, que ayudan a moldear el libro hasta darle su forma definitiva, vistiéndolo con una cubierta deslumbrante y sacándolo al mercado de tal forma que llame la atención y ocupe con orgullo su lugar en estanterías de todo el mundo. Para ello, son necesarias muchas personas llenas de talento y dedicación, en distintas zonas geográficas y, como he dicho anteriormente, yo tengo la inmensa fortuna de trabajar con los mejores del mundo editorial. Ahora estamos con el séptimo libro y, una vez más, quiero expresar mi más sentido agradecimiento a todas las personas que creen en mí y que hacen que mis libros alcancen su mejor versión, en cada ocasión. Gracias a Brian Tart, Pamela Dorman, Jeramie Orton, Ben Petrone, y al resto del equipo de Viking Penguin en los Estados Unidos; a Larry Finlay, Bill Scott-Kerr, Sarah Adams, Tom Hill, y al resto del equipo de Transworld en el Reino Unido; y a Kristin Cochrane, Amy

Black, Bhavna Chauhan, Emma Ingram, y al equipo de Doubleday en Canadá. Gracias a todos y cada uno.

La labor de edición es muy complicada y les debo un enorme agradecimiento a Sarah Adams y Jeramie Orton por su visión y pericia a la hora de editar *Aquí todos mienten*. ¡Y enhorabuena a Sarah por haber encontrado un título tan estupendo!

Gracias, de nuevo, a Jane Cavolina, mi correctora favorita. Es un placer contar contigo para mis libros.

Gracias una vez más a mi fiel agente, Helen Heller. Celebras mis éxitos y me animas siempre que necesito un estímulo. Gracias también a Camilla y Jemma y a todos los de Marsh Agency por representarme por todo el mundo y vender mis libros en tantos países.

Como siempre, cualquier error que haya en el manuscrito es responsabilidad mía.

Gracias siempre a mis lectores. Mi agradecimiento hacia vosotros es mayor de lo que puedo expresar. Os tengo en mente cada vez que me siento a escribir. ¡Quiero que tengáis esa maravillosa sensación de sentiros completamente atrapados por un libro!

Y, por último, gracias a mi familia, incluido Poppy, el gato, que parece haberse jubilado y ya no se viene conmigo al despacho. Julia merece una mención especial por sus brillantes ideas. Y Manuel…, gracias, como siempre, por toda la ayuda, no solo técnica. Estaría perdida sin ti.